Nicht
nur ein
Liebesroman

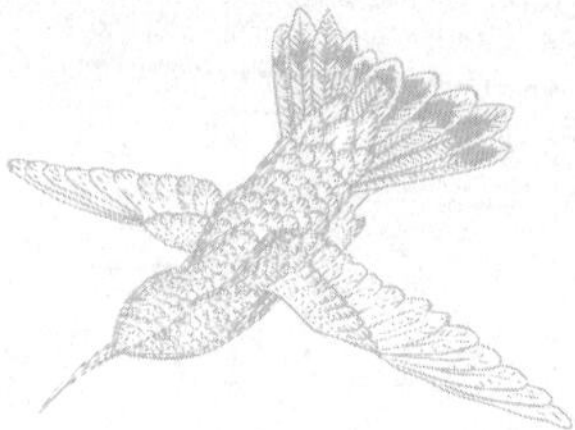

Emma Mills

Nicht nur ein Liebesroman

Aus dem Englischen von Katharina Diestelmeier

Für den großartigsten Papa (meinen Papa)

Das Abenteuer ist zu Ende. Alles geht einmal zu Ende, und nichts ist jemals genug. Bis auf das, was man in sich trägt.

E. L. Konigsburg, *Die heimlichen Museumsgäste*

Kapitel 1

Ich brauche dringend frische Luft.

Bree hat mich zu dieser Party mitgeschleppt und es ist viel zu warm hier. Alles ist viel zu eng.

Ich bin schon unter normalen Umständen nicht gern bei Fremden zu Hause. Die Bilder am Kühlschrank von jemand anderem, der Nippes auf dem Kaminsims, ob die Klopapierrolle sich nach vorne oder hinten abrollen lässt … All das sind sehr persönliche Dinge. Damit überhaupt nichts zu tun zu haben und trotzdem so nah dran zu sein, fühlt sich irgendwie an wie eine Grenzüberschreitung.

Bree kann ich das nicht sagen. Also höre ich mir einfach noch ein weiteres Gespräch darüber an, ob das mit Jen und Asher aus Mathe jetzt endlich »offiziell« ist (»Brauchen sie eine notarielle Beglaubigung?«, frage ich, aber niemand lacht), und gehe dann in die Küche, um durch die Hintertür zu flüchten.

Leider ist der Fluchtweg versperrt.

»Keine große Sache.« Der Typ, der das sagt, spricht mit lauter Stimme. Ganz offensichtlich ist es sehr wohl eine große Sache. Ein Kreis Schaulustiger hat sich um ihn versammelt – jene Art von Shakespeare-Chor, der immer auf solchen Partys auftaucht, um alles aufmerksam zu verfolgen, Urteile zu fällen und später den Massen davon zu berichten.

Ich bin erst seit drei Wochen auf der Grove-County-Highschool, aber ich erkenne den Sprecher aus dem Bio-Begabten-Kurs wieder. Er heißt Mason und sitzt am Labortisch vor mir.

Außerdem erkenne ich diesen Typ aus den Romanen meines Vaters. In wenigen Jahren könnte Mason der Sohn des Sheriffs sein, der die Tochter des Predigers ohrfeigt, oder der ehemalige Quarterback aus der Highschool, der fest entschlossen ist, sich für eine Zurückweisung zu rächen. Typen wie er kommen zu Dutzenden in Everett Finchs Welt vor und normalerweise sterben sie irgendwann bei einem Feuer.

»Sie will nicht mit dir reden«, sagt der Junge, der Mason direkt gegenübersteht.

»Und woher willst du das wissen? Durch beschissene Zwillingsmagie? Du spürst es, wenn sie angebaggert wird?«

Der Junge antwortet nicht, aber in seinem Blick liegt eine lautlose Wut, mit der ich mich an Masons Stelle nicht angelegt hätte.

»Wirklich, du solltest mir dankbar sein«, fährt der jedoch fort. »Ich glaube nicht, dass bei ihr schon alles verloren ist. Ich könnte ihr helfen, wieder in Ordnung zu kommen.«

Mason tritt einen Schritt näher an den Jungen heran und entlockt ihm damit ein leises, aber festes: »Hör auf.«

»Oder was?«

Der Junge antwortet nicht.

»Oder was?«, wiederholt Mason und tritt noch näher heran. In einer anderen Situation würde jetzt alle Welt denken, dass sie sich gleich küssen. Masons Lippen verziehen sich zu einem Lächeln. »Macht dich das an? Bist du auch falsch gepolt?«

»Hör auf«, sagt der Junge erneut.

»Na, komm, du schlägst mich doch sowieso nicht. Willst du wissen, woher ich das weiß?« Als der Junge nicht antwortet, nimmt Mason seinen Kopf zwischen beide Hände und zwingt ihn zu nicken. »Ja, Mason, das will ich wissen.« Und dann presst er mit Daumen und Zeigefinger die Wangen des Jungen zusammen. »Weil du ein *total netter Typ bist, Fuller*.« Bei jedem Wort drückt er zu.

Der Junge rührt sich noch immer nicht und vielleicht hat Mason recht – vielleicht wird er ihn nicht schlagen. Vielleicht ist er zu anständig, um sich zu wehren.

Aber ich nicht.

»'tschuldigung.« Ich dränge mich zwischen den Leuten durch, die vor mir stehen. »Tut mir leid, tut mir echt leid. Ich wollte nicht stören. Aber … sag mal, Scheiße, ist das dein Ernst?«

Mason sieht mich an, die Hand immer noch im Gesicht des Jungen. Sein fieses Grinsen wird von einem überraschten Ausdruck verdrängt. *Ein Mädchen redet freiwillig mit ihm* – und da weiß ich, wie ich ihn kriege.

Also schlucke ich meine Empörung herunter und bringe so etwas wie ein Lächeln zustande, während ich die Finger locker um Masons Handgelenk lege. Eine zarte Berührung. Er lässt mich widerstandslos seine Hand wegnehmen.

»Hey … diese Hände sind doch eigentlich nicht für so was geschaffen, oder?«, sage ich.

Er mustert mich, während ich meine Finger mit seinen verschränke.

»Diese Hände sind dazu geschaffen, jemanden zu streicheln«, fahre ich fort. »Zu liebkosen.«

»Ach ja?«, sagt Mason mit einem blöden kleinen Lächeln. Sein Opfer steht einfach da und ist vergessen.

»Ja«, sage ich. »Dich selbst. Vor dem Fernseher. Allein. Jeden Abend.«

Mason kapiert es nicht sofort, aber aus der Menge ist ein Prusten zu hören und kaum unterdrücktes Gelächter.

»Und wenn nicht, kannst du sie immer noch dazu nutzen, nach so etwas wie Intelligenz oder einem Hauch Anstand zu greifen.«

Die Reaktion der Menge schwillt an wie bei den Zuschauern einer Sitcom. Mason entwindet mir seine Hand.

»Was ist dein Problem?«, fragt er.

»Dein Gesicht«, entgegne ich, denn das würde meine Schwester Laney sagen.

»Fick dich.« Aber er hat die Kontrolle über die Anwesenden verloren. Der Chor summt bereits vor Aufregung. »Fick den ganzen Scheiß hier«, sagt er, dann grinst er mit zu vielen Zähnen. »Hast dir einen Wachhund zugelegt, was, Fuller? Betonung auf *Hund*.« Als würde er damit meine Gefühle verletzen. Das würde allerdings voraussetzen, dass ich überhaupt Gefühle habe.

Als ich nichts erwidere, schüttelt Mason den Kopf und tritt den Rückzug an, während der Chor sich um uns schließt. Ich schaue dahin, wo der Junge gestanden hat, aber er ist bereits zur Hintertür raus.

Neben mir taucht Bree auf, einen Plastikbecher in der Hand. Ihre Wangen sind gerötet und sie grinst über das ganze Gesicht. »Mann. Das war ... war das was New-York-Spezifisches, oder wie? Bringt man euch da so was bei?«

Ja. Hier ist dein U-Bahn-Ticket und so macht man unerträgliche Idioten öffentlich zur Schnecke.

»Es war was Typ-Spezifisches«, sage ich. »Der Kerl ist einfach ein Arschloch.«

Sie schüttelt den Kopf, immer noch grinsend. »Mann.«

»Was denn?«

»Du hast dich für Gabe Fuller eingesetzt«, sagt sie und zeigt in die Richtung, in die der Junge verschwunden ist. »Ausgerechnet für Gabe Fuller.«

»Ja«, sage ich, weil ich nicht weiß, was ich sonst sagen soll.

Da kommt ein Typ, an den ich mich dunkel aus meinem Literaturkurs erinnere, auf mich zu und streckt mir seine Handfläche entgegen, damit ich ihn abklatsche.

»Das war der Brüller«, sagt er.

Ich gebe ihm High five, aber plötzlich ist es hier wieder zu eng, es ist mir zu viel, daher entschuldige ich mich und gehe zur Tür.

Draußen ist es ruhiger. Man hört nur das leise Zirpen der Grillen und das sanfte Schmatzen eines auf der Hollywoodschaukel rumknutschenden Paares. Die Ketten, mit denen die Schaukel an der Verandadecke befestigt ist, klirren leicht, als erst sie und dann er das Gewicht verlagert. Einer von beiden seufzt, ein sanftes zartes Geräusch.

Ich beachte sie nicht weiter und stütze mich aufs Geländer. Die Nachtluft ist spätsommerlich schwer und feucht, aber ein paar tiefe Atemzüge tun mir trotzdem gut.

Hinterm Haus gibt es einige ungezähmte Bäume und den Versuch, einen Garten anzulegen – ein Spalier mit Weinreben, ein paar dornig aussehende Sträucher. Der Boden ist eine Studie aus zerstückeltem Nord-Florida-Rasen, der zum größten Teil aus Sand besteht, und einer dicken Schicht Virginia-Eichenblättern. Die Blätter glänzen im Schein der vom Bewegungsmelder aktivierten Lampe auf der Garage. Im selben Licht zeichnen sich deutlich zwei Gestalten im hinteren Teil des Gartens ab.

Ich kann sie von meinem Platz aus nicht hören. Und vom Kopf her weiß ich, dass es mich nichts angeht. Trotzdem verlasse ich die Veranda und gehe durch den Garten auf sie zu.

»Ich habe dir doch gesagt, wir hätten auf keinen Fall zu einer nicht von Frank sanktionierten Party gehen sollen«, sagt das Mädchen, als ich näher komme. Ich werde teilweise vom Schatten des Spaliers verdeckt.

»Warum hast du überhaupt mit ihm geredet?«

»Er hat mich angesprochen. Hätte ich ihn ignorieren sollen? Wir können nicht alle einfach durch andere Menschen hindurchsehen, Gabe.«

»Ja, na ja, versuchs halt mal. Sieh sie an, und anstatt sie wahrzunehmen, sieh dir an, was hinter ihnen ist. Und dann ignorier das auch.«

»Eine echt gesunde Herangehensweise. Und spitzenmäßige soziale Fähigkeiten.«

»Dieser beknackte Mason Pierce verdient deine sozialen Fähigkeiten nicht. Er verdient noch nicht mal die Haare aus dem Abfluss deiner Dusche.«

»Wer verdient denn die Haare aus dem Abfluss meiner Dusche? Soll ich sie Tash schicken? Soll ich dir welche aufheben?«

»Ich schwöre ...«

Das Ende seines Schwurs bleibt für immer offen, denn in diesem Moment bemerken sie mich.

Irgendwie wirkt der Junge – Gabe – bei meinem Anblick noch wütender als vorher. Es ist nicht diese stille glühende Wut wie eben, eher eine nach außen gerichtete Feindseligkeit.

Das Mädchen dagegen grinst breit und ihr ganzes Gesicht leuchtet auf. »Hey. Du bists.«

Es ist ein so seltsamer Satz – als hätten sie mich irgendwie erwartet –, dass ich bloß nicken kann. »Ich bins.«

»Das war nicht nötig«, sagt Gabe.

»Danke«, ergänzt das Mädchen. »Das ist es, was er zu sagen versucht.«

»Das war nicht nötig«, wiederholt er und aus irgendeinem Grund ärgert mich seine Gereiztheit. Ich hab was getan. Bin eingeschritten. Habe einem Schlägertypen den Wind aus den Segeln genommen. Ich hätte auch einfach nichts tun können wie der Rest der Plastikbecherfraktion da drin. »Ich brauchte keine Hilfe. Ich hatte alles unter Kontrolle.«

»Der Moment, als er dein Gesicht geknetet hat, war also ein entscheidender Teil deines Plans?«

Das Mädchen prustet und Gabe wirft ihr einen bösen Blick zu.

»Es war alles okay«, sagt er gepresst. »Nächstes Mal lass das mit dem Helfen bitte einfach sein.«

Ich nicke. »Okay. Klar.« Aber ich bin unfähig, die Sache auf sich beruhen zu lassen. »Denn wenn die Welt etwas braucht, sind es noch mehr Menschen, die bei Ungerechtigkeit tatenlos zuschauen, stimmts? Die UNO sollte sich dieses Modell zu eigen machen. Oder Amnesty International. Weg mit der Kerze hinter Stacheldraht, das Logo von Amnesty sollte einfach ein Typ sein, der mit verschränkten Armen an einer Wand lehnt, und in einer Sprechblase steht: ›Du willst helfen? Nächstes Mal lass es bitte sein.‹ Irgendjemand sollte die Nummer der Gates-Stiftung rauskriegen und sie informieren. Echt.«

»Das habe ich nicht …«, hebt Gabe an. Aber sobald ich einmal losgelegt habe, kann ich nicht wieder aufhören.

»Hey, ich weiß, dass die Wissenschaft mit Hochdruck daran arbeitet, Mittel gegen Krankheiten und so zu finden. Aber vielleicht sollten sie zur Abwechslung einfach mal versuchen, es sein zu lassen …«

»Ich wollte nicht …«

»Humanitäre Helfer«, rufe ich, als wäre der Garten voll davon. »Legt die Mittel, mit denen ihr etwas verändern wolltet, weg, denn das Gesellschaftsmodell, dem wir uns neuerdings verschrieben haben, ist ›Lasst das Helfen sein‹ …«

»Okay«, sagt er laut. »Okay, gut, ja, tut mir leid. Danke. Dass du mir geholfen hast. Danke. Du kannst jetzt aufhören.«

Das Mädchen lacht laut auf. Gabe funkelt sie an.

»Tut mir leid«, sagt sie. »Aber … deine Miene. Gott. Das ist so gut.« Sie zeigt auf mich. »Du bist genial. Du bleibst hier. Wir behalten dich.«

Gabe sieht erst sie an und dann mich, und einen Augenblick rechne ich fast damit, dass er auch loslachen wird. Zumindest zucken seine Lippen und um seine Augenwinkel bilden sich Fältchen, als er den Blick abwendet. Es ist fast, als wäre in seinem Inneren etwas entschärft worden. Als wäre das richtige Kabel durchtrennt worden.

»Wer bist du noch mal?«, fragt er.

»Sloane«, erwidere ich. »Und wer seid ihr?«

»Gabe. Fuller. Und das ist Vera.« Er zeigt auf das Mädchen. Im Licht der Garagenlampe kann ich sehen, dass sie sich ähneln – sie gleichen sich in der Nasenlinie und im Schwung der Lippen. *Zwillingsmagie* hat Mason gesagt. Zwei Paar dunkle Augen blicken unter dichten Wimpern hervor, umrahmt von der Art Augenbrauen, die gleichzeitig eindrucksvoll und einschüchternd sind.

»Nett, dich kennenzulernen«, sagt Vera und stößt Gabe an. »Nicht wahr?«

»Ja«, sagt er. Und dann, an Vera gerichtet: »Ich gehe jetzt. Fährst du mit Aubrey, oder ...?«

»Nein, ich komme mit. Sollen wir dich irgendwo absetzen, Sloane?«

»Schon okay, ich habe jemanden hergefahren.«

»Okay. Na dann.« Vera sieht Gabe an, der jetzt in Richtung Garage blickt. »Danke noch mal.«

»Kein Problem. Ich bin die ganze Woche da.«

»Du machst hier nur Urlaub?« Sie wirkt leicht enttäuscht.

»Nein. Nein, das ist bloß ... so was, was Comedians dauernd sagen. ›Ich bin die ganze Woche da‹ ... ›Geben Sie der Kellnerin ein Trinkgeld.‹«

Vera grinst. »Schon kapiert. Du bist witzig.« Sie wirft Gabe noch einen Blick zu, aber er reagiert nicht, sondern hat wieder den Mund zusammengepresst. »Dann sehen wir uns vermutlich in der Schule, oder?«, sagt sie.

»Klar. Ich bin die, die so aussieht wie ich.«

Sie lacht erneut und das ist auf eigenartige Weise befriedigend. Ich hatte schon lange kein so dankbares

Publikum mehr. Laney ist erst neun, kennt aber inzwischen alle meine blöden Witze auswendig.

Nach einem letzten Lächeln in meine Richtung nimmt Vera Gabe am Arm und führt ihn zurück zum Haus. Ich bin wieder allein.

Abgesehen von dem Paar auf der Hollywoodschaukel, denke ich, bis ich mich umdrehe und sehe, dass die beiden auch weg sind. Vielleicht haben sie während meiner Rede an die humanitären Helfer die Flucht angetreten.

Ich gehe zurück zur Veranda und lasse mich auf der leeren Schaukel nieder. Sie quietscht, als ich hin- und herschwinge. Die Ketten sehen aus, als würden sie nicht mehr viele heftige Knutschaktionen aushalten.

Ich werfe einen Blick auf mein Handy. Einundzwanzig Uhr vierunddreißig. Ich glaube, meine Mutter wird zufrieden sein, wenn ich bis zehn bleibe.

Da solltest du hingehen!, hat sie gesagt, als ich diese Einladung erwähnt habe. *Neue Leute kennenlernen! Spaß haben!*

Im Grunde nur Varianten dessen, was sie mir früher zu Hause immer gesagt hat. Also gab ich meine Standardantwort: *Diese Partys sind immer langweilig.*

Das weißt du nicht, bevor du dort gewesen bist, entgegnete sie. *Vielleicht ist es hier anders.*

Damit hatte sie nicht unrecht. Vielleicht ist es hier wirklich anders. Darauf hoffe ich schließlich irgendwie.

Kapitel 2

Samstagvormittags habe ich Gesangsunterricht, zwei Stunden entfernt auf dem Campus der University of Florida in Tallahassee. Meine Mutter bringt mich immer hin trotz meiner Proteste im Sinne von *Ich kann auch alleine fahren.*

Du kennst dich hier mit den Straßen nicht aus, sagte sie einfach, als ich das Argument zum ersten Mal anbrachte.

Genau, du weißt nie, was dir da draußen begegnen könnte, das es bei uns zu Hause nicht gab, fiel mein Vater ein.

Was denn zum Beispiel?, fragte ich. *Straßen sind Straßen.*

Alligatoren, sagte Dad schlicht.

Ich will einen Alligator sehen!, meldete sich Laney zu Wort.

Genau das ist die Begeisterung, deretwegen ich hergekommen bin, sagte Dad. *Weißt du, was, Jill, wenn wir lange genug bleiben, spricht Laney vielleicht irgendwann mit Akzent. Entwickelt einen breiten Südstaaten-Slang. Ich möglicherweise auch. Vielleicht besorge ich mir so einen weißen Colonel-Sanders-Anzug.*

Da sei Gott vor, entgegnete Mom.

»Sloane?«

»Hmm?«

»Ich hab gefragt, ob's dir was ausmacht, wenn wir kurz anhalten? Laney will so eine Floopy-Figur aus dem Film. Meinst du, du kriegst ein Happy Meal runter?«

Ich knicke die Ecke der Seite in meinem Buch um – auch wenn das vollkommen sinnlos ist, da es die allererste Seite ist – und klappe es zu. »Ich bin bereit, ein Opfer für die Gemeinschaft zu bringen«, sage ich.

Nachdem wir die Happy Meals gekauft haben, setzen wir unsere Fahrt auf dem Highway fort. »Hast du dich gestern Abend amüsiert?«, fragt Mom, als wir uns wieder in den Verkehr einfädeln. »Du warst ja ganz schön lange weg.«

»Bis zehn, wow. Sollen wir einen Festumzug veranstalten?«

»Na ja, es ist ziemlich außergewöhnlich, wenn du nicht um sieben schon den Schlafanzug anhast.«

»Vielleicht brauche ich die Bewegungsfreiheit eines Schlafanzugs, wenn ich auf Kunstraubzüge gehe. Oder ich schleiche mich raus und gehe in Clubs, wo man nur im Schlafanzug reinkommt.«

»Wenn es einen Club gibt, wo man nur im Schlafanzug reinkommt, bin ich mir ziemlich sicher, dass das nicht solche wären, wie du sie trägst.«

Ich glaube, ich könnte den Türsteher sehr wohl mit

meiner SpongeBob-Hose und Dads altem Sweatshirt von der State University New York betören.

»Wie war denn die Party?«, fragt Mom, bevor ich eine Erwiderung zustande bringe.

»Gut.«

»Bree scheint nett zu sein.«

Bree ist nett. Eins der ersten Dinge, die sie mir von sich erzählt hat, war, dass Kim Kardashian mal einen ihrer Tweets favorisiert hätte. Ich wusste nicht genau, wie ich angemessen darauf reagieren sollte. Ob irgendeine Art Glückwunsch angebracht gewesen wäre.

Bree ist meine Laborpartnerin, die Erste, die ich an der Grove-County-Highschool kennengelernt habe und vermutlich meine einzige Freundin hier. Nicht, dass wir bisher viel zusammen gemacht hätten außer Bio-Arbeitsblättern und der Party gestern Abend, und das auch nur, weil sie gesagt hat: *Du warst noch auf keiner Party? Mensch, Sloane, du musst endlich mal ausgehen!* Kein Wunder, dass meine Mutter Bree mag; sie sind aus demselben Holz geschnitzt.

»Mh-mhm«, sage ich und schiebe mir ein paar Pommes in den Mund.

»Ist was Lustiges passiert?«

Ich weiß nicht, ob ich es als besonders *lustig* bezeichnen würde, dass ich Mason Pierce den Wind aus den Segeln genommen habe, aber es hat mir eine gewisse Befriedigung verschafft. Auch die Begegnung mit Vera und Gabe war nicht direkt lustig, aber es war ... na ja, es war etwas anderes.

Doch das sage ich meiner Mutter nicht. Ich zucke nur mit den Achseln. »Eigentlich nicht.«

»Wie war denn deine Stunde heute? Du hast noch gar nichts erzählt.«

»Hab ich wohl.«

»Du hast ›gut‹ gesagt. Könntest du ›gut‹ noch etwas genauer ausführen? Als Beifahrerin ist es deine Aufgabe, die Fahrerin zu unterhalten.«

Das ist etwas, das sonst mein Vater dauernd sagt. Wahrscheinlich ist ihr das auch aufgefallen, denn sie fährt schnell fort: »Magst du Eileen?«

Meine neue Gesangslehrerin. Sie ist nicht übel. Aber: »Paula fehlt mir.«

Mom wirft mir einen Seitenblick zu und jetzt ist es an mir, schnell fortzufahren. »Aber na ja, Eileen ist auch gut. Ist vielleicht auch mal ganz nett ... eine neue Perspektive zu kriegen, oder?«

»Sie soll dich ja aufs Vorsingen vorbereiten.«

Meine Mutter ist ungefähr sechzehn Mal aufgeregter als ich, was das Vorsingen am College angeht.

»Dafür ist es echt noch zu früh«, entgegne ich nur. Ich habe erst kurz vor dem Umzug meine Vorabbewerbungen verschickt. Mit Eileen lerne ich neue Sachen und bearbeite auch die Stücke fürs Vorsingen weiter, die ich mit Paula begonnen habe.

Wir essen schweigend. Meine Mutter hat ihre Tüte auf dem Schoß und nimmt sich gelegentlich eine Fritte oder einen Schluck von ihrer Cola light.

»Soll ich dir was vorlesen?«, frage ich.

»Ich dachte, du hättest dein Buch schon auf der Hinfahrt ausgelesen.«

»Ich hab noch eins dabei. Eins von Dad.« Ich halte ihr den Umschlag hin, doch Mom wendet den Blick nicht von der Straße ab.

Ihr Gesichtsausdruck verändert sich nicht, aber ihre Stimme wird eine Spur härter. »Vielleicht schauen wir einfach mal, was hier läuft.« Sie schaltet das Radio an. *Fresh Air* auf NPR.

Ich lese trotzdem. Das Radio lässt sich leicht ausblenden, erst recht, wenn ich mich auf vertrautem literarischen Terrain befinde. Ich habe alle Bücher meines Vaters schon mindestens ein Mal gelesen. *Manche würden einwenden: Wenn man eins kennt, kennt man alle,* hat er mal gesagt. Das stimmt auf gewisse Weise auch – es gibt ganz eindeutig ein paar typische Everett-Finch-Motive. Kleine Küstenstädte. Liebe als Heilmittel. Tote Haustiere. Nur selten kam das gesamte Personal eines Buches mit dem Leben davon, aber wer auf jeden Fall starb, war der Hund. In *Vom Himmel geschickt* begegnet der treue alte Rufus seinem Schöpfer. In *Sommerglühen* wird Max der Streuner dahingerafft. Und in meiner aktuellen Lektüre *Sand an unserem Strand* gibt Avery, der zehn Wochen alte Welpe, den Löffel ab.

Ich habe meinen Vater mal gefragt, warum der Welpe sterben musste. Er sagte bloß: »Ironie des Schicksals.«

Trotzdem gefällt mir *Sand an unserem Strand* von allen immer noch am besten. Es geht um Sarah, eine Mittzwanzigerin, bei der eine tödliche Krankheit diagnostiziert worden ist und die in einen kleinen Ort am Meer zieht, um dort ihre letzten Tage in Frieden zu verbringen. Sie schreibt ihre Memoiren (*Ich weiß, es klingt albern, aber junge Leute können sehr wohl ihre Memoiren schreiben,* erklärt Sarah im zweiten Kapitel. *Nur weil man weniger Jahre aufzuweisen hat, bedeutet das ja nicht, dass sie weniger bedeutsam wären*) und entdeckt ihre Verbundenheit mit dem Meer neu. (*Der erste Ort, an dem ich je das Gefühl hatte, dass es mehr da draußen gab als mich,* sagt sie im zehnten Kapitel zu Jack.)

Das war eine meiner Lieblingsstellen – ihr Gespräch mit Jack über den Ozean. Ich bin versucht, vorzublättern, aber eigentlich kann ich so nie ein Buch lesen. Irgendwann blättere ich doch immer wieder zurück und hole nach, was ich ausgelassen habe, auch wenn ich es schon ein Dutzend Mal gelesen habe. Es kommt mir irgendwie nicht richtig vor, zu den besten Stellen zu springen und das Dazwischen zu übergehen.

Jetzt gerade sind wir irgendwie in einem Dazwischen. Ich werfe meiner Mutter einen Blick zu, als wir wieder auf die 30A einbiegen. Ich weiß nicht, warum ich gesagt habe, dass mir Paula fehlt.

Wenn ich darum gebeten hätte, wären sie geblieben, das weiß ich. Sie wären in New York geblieben, damit ich dort die Highschool fertig machen könnte. Aber ich habe nicht darum gebeten, weil es mir egal war. Vielleicht stimmt irgendwas mit mir nicht. Oder vielleicht kommt das davon, die Tochter eines Mörders fiktiver Welpen zu sein. Andere Perspektiven. Andere Prioritäten.

»Ich bin eigentlich zu alt für so was«, sagt Laney, als wir ihr zu Hause die Floopy-Figur geben.

»Okay, dann behalte ich es.« Ich will meiner Mutter das Teil abnehmen, aber Laney schnappt es mir weg.

»Nein, ich will es haben!«

»Hab ich mir doch gedacht«, sage ich und sie schneidet eine Grimasse, drückt aber trotzdem die Plastikverpackung an sich.

Kapitel 3

Als ich am Montagmorgen zu Bio komme, muss ich feststellen, dass mein Platz besetzt ist. Streng genommen gibt es gar keine feste Sitzordnung, aber es herrscht eine Art Selbstverpflichtung, dass trotzdem alle immer auf demselben Platz sitzen. Es ist sozusagen ein ungeschriebenes Klassenzimmergesetz.

»Entschuldige.« Ich stehe neben dem anderen Stuhl an dem Tisch, an dem Bree und ich normalerweise sitzen. »Bist du … wolltest du mit Bree zusammen machen?«

»Nein«, sagt der Junge auf meinem Platz. »Wir haben getauscht. Ich bin Remy.«

Remy ist breit und dunkelhäutig. Er hat ganz kurz geschnittenes Haar und den Ansatz eines Ziegenbarts, der aussieht, als wollte Remy es mal ausprobieren, aber als wäre sein Gesicht noch nicht ganz entschieden, ob ihm das gefällt oder nicht.

Ich sehe mich um und stelle fest, dass Bree sich gerade auf einen Platz neben einem stämmigen blonden Typen hinten im Klassenzimmer setzt.

Hm. Also steht Bree entweder auf diesen blonden Typen oder Remy steht auf mich. Sonst tauscht man nicht einfach den Platz. Siehe die Sache mit der ungeschriebenen Sitzordnung und den allgemein anerkannten Grundsatz von *Du hast am ersten Tag dort gesessen und wenn es dir nicht passt, findest du dich am besten so schnell wie möglich damit ab*.

Ich setze mich und werfe Remy einen Blick zu. An seinem Zeigefinger funkelt ein glänzender Klassenring mit einem großen blauen Stein. Ich kann gerade so die kleinen eingravierten Sportabzeichen am Rand erkennen – einen Baseball mit Schläger auf der einen Seite des Steins, einen Football auf der anderen.

»Ich bin Sloane«, sage ich.

»Ich weiß«, entgegnet er.

Da kommt Mason Pierce durch den Gang vor uns. Er setzt sich auf den Platz vor Remy, wirft uns einen Blick zu, dreht sich nach vorn und dann wieder zu uns. Er sieht zwischen uns hin und her und seine Lippen verziehen sich zu einem Lächeln, das eher ein spöttisches Grinsen ist. Remy nickt ihm zu.

»Johnson«, sagt Mason schroff. »Neue Freundin?« Es gelingt ihm, das Wort ›Freundin‹ klingen zu lassen wie eine Beleidigung.

»Sagen wir einfach, ich habe einen neuen Platz, und belassen es dabei«, entgegnet Remy mit einem Lächeln, das in deutlichem Kontrast zum scharfen Unterton in seiner Stimme steht. Bevor Mason etwas erwidern kann, räuspert sich der Lehrer und der Unterricht fängt an.

Heute bekommen wir etwas erklärt und machen keine Versuche, daher haben Remy und ich nicht viel miteinander zu tun. Irgendwann bricht die Mine meines Druckbleistifts ab und schießt in seine Richtung davon, woraufhin ich »Entschuldigung« sage und er gar nichts. Als die Stunde zu Ende ist, packt er seine Sachen zusammen, nickt mir zu und verschwindet.

Also steht Bree vielleicht wirklich auf diesen blonden Typen. Ich erwische sie nach der Stunde nicht mehr und kann sie daher nicht fragen, aber es scheint mir das wahrscheinlichste Szenario zu sein.

Bis sich Vera beim Mittagessen auf den Platz mir gegenüber fallen lässt und sagt: »Erinnerst du dich an mich?«

Ich sitze an einem Ecktisch in der Schulmensa, kaue an einem Apfel und lese *Sherlock Holmes' Buch der Fälle*.

»Von der Party«, fügt sie hinzu, als ich aufblicke.

»Ich weiß«, sage ich.

»Gut. Denn du bist mir nicht mehr aus dem Kopf gegangen. Ich habe noch nie erlebt, dass Gabe auf jemanden außer mir so sauer war.«

»Ist das gut?«

»Gabe sauer zu machen ist genial«, sagt sie grinsend. Dann legt sie den Kopf schräg und liest den Titel meines Buches. »Sherlock?«

»Ja.« Und ich weiß nicht, warum, aber dann sage ich: »Mein, äh, Vater hat mir diese Fälle immer vorgelesen, als ich noch klein war.« Jetzt liest er sie Laney vor und wenn ich zufällig in der Tür stehe und ein paar mithöre, ist es auch okay.

»Das sind die besten«, sagt sie. »Ich wünschte nur, es gäbe eine Geschichte, wo sie endlich zugeben, dass sie sich lieben.«

»Wie bitte?«

»Sherlock und Watson. Im gesamten Werk sagen sie nirgends offiziell, dass sie sich lieben, aber es ist so dermaßen offensichtlich. Sherlock würde für Watson töten.«

Ich lächele.

»Sind deine Freunde unterwegs?«, fragt sie und sieht sich um. »Ich will niemandem den Platz wegnehmen.«

Ich halte das Buch hoch. »Sherlock und Watson sind meine Freunde.«

Sie sieht mich einen Moment an, ein Blitzen in den Augen. Dann sagt sie: »Wir essen zusammen zu Mittag, okay?« Und holt ein Sandwich und einen Apfel aus ihrer Tasche.

»Okay.«

Vera plaudert, während sie ihr Mittagessen vertilgt. Ich lege das Buch weg und betrachte sie, während sie redet.

Das Garagenlicht von der Party am Wochenende ist ihr nicht wirklich gerecht geworden. Meine Mutter würde sie als »Hingucker« beschreiben. Irgendetwas sagt mir, dass es kein Chemie- oder Naturprodukt gibt, was meinen Haaren einen solchen Glanz verleihen würde; dass die Kosmetikindustrie nichts zu bieten hat, was meine Augen so zum Strahlen bringen könnte.

Trotzdem habe ich den Eindruck, dass es nicht wirklich an ihrem Aussehen liegt, an ihren Haaren oder ihrem Make-up, denn wenn man all das wegnehmen würde, hätte sie immer noch etwas an sich, eine Art Magnetismus. Vera beugt sich vor, um mit mir zu reden, als wären wir Verschworene, und das kleine Lächeln in ihren Mundwinkeln ist ansteckend.

Erst als wir nach dem Mittagessen durch den Gang gehen, wirft sie mir einen Blick zu und fragt: »Hat er dir Ärger gemacht? Im Unterricht?«

»Was?«

»Mason. Hat er dich im Unterricht fertiggemacht?«

»Oh. Nein. Ich meine ... woher weißt du, dass wir zusammen Unterricht haben?«

»Remy hat es mir erzählt.«

»Du kennst Remy?«

»Natürlich. Was glaubst du, wer ihm gesagt hat, dass er sich neben dich setzen soll?« Sie grinst, dann fasst sie mich am Arm und zieht mich hinter sich her zur nächsten Toilette, wo sie ihr Make-up in Ordnung bringt (das tadellos war). Als sie fertig ist, hebt sie ihr Handy, dreht sorgfältig ihren Körper so, dass ihre Taille unglaublich schmal und ihre Brust und ihr Hintern unglaublich ... auffällig ... wirken, lächelt und knipst.

Dann: »Tut mir leid. Ich bin dermaßen unhöflich. Willst du mit drauf? Wir können eine Serie machen.«

»Oh. Ich ...«

»Lächeln!«

Ich drehe mich schnell zur Seite wie Vera, als sie erneut knipst. Auf dem Foto sieht sie aus wie ein *Victoria's Secret*-Model, während ich aussehe wie jemand, der festgenommen wurde, weil er gegen Bewährungsauflagen verstoßen hat.

»Ich markiere dich, wie lautet dein Username?«

»Äh. Ich … äh …« Halte mein Leben eigentlich nicht fürs Internet fest.

»Kein Problem.« Sie scrollt durch die Filter, dann fliegen ihre Daumen: »›Selfie nach dem Mittagessen mit meiner neuen Freundin Sloane.‹« Kurze Pause. »Cool. Hundert Likes.«

»Moment …« Ich folge Vera aus der Toilette. »Hundert? Du hast das Bild doch gerade erst vor zehn Sekunden gepostet.«

»Ich weiß. Sie finden dich süß.«

»Sie?«

»Im Netz. Ich mache Sachen im Netz. Das ist lustig.«

Später erfahre ich, dass »Sachen im Netz machen« grob bedeutet, dass Veras Follower auf den verschiedenen Social-Media-Seiten ein ganzes Football-Stadion füllen könnten, und zwar mehrfach. Firmen schicken ihr Sachen, für die sie Werbung macht. Fremde schicken ihr Schmuck.

Aber jetzt, direkt nach dem Toiletten-Selfie, weiß ich nur, dass in weniger als einer Minute über hundert Leute ein Bild von mir »geliked« haben, auf dem ich irgendwie obdachlos aussehe, und mich süß finden. Vielleicht sieht man neben Vera einfach besser aus. Wie ein Planet, der in der Umlaufbahn der Sonne heller strahlt.

Sie geht mit mir zu meiner nächsten Stunde und sagt: »Nach der Schule treffen wir uns an der Bushaltestelle. Du solltest unbedingt auch kommen.«

Das wirft einige Fragen auf, wie »Wer ist wir?« und »Warum?«, aber ich stelle sie nicht. Ich nicke nur und sage: »Ja, klar.«

»Genial.« Sie schenkt mir ein sonniges Lächeln, dann ist sie weg.

Kapitel 4

Als ich später am Nachmittag nach Hause komme, sitzt mein Vater mit einem künstlerisch auf dem Kopf drapierten Handtuch in seinem Sessel. Er sieht aus wie ein Hirte im Krippenspiel.

»Wo warst du?«, fragt er, als ich hereinkomme.

»Mit Leuten unterwegs.«

»Ooh, mit wem denn?«

»Mit ein paar Teenagern aus der Gegend.«

»Du klingst, als wärst du achtzig.«

»Und du siehst aus, als wärst du wahnsinnig. Was machst du da?«

»Ich entspanne mich.« Er streicht über das Handtuch. »Frottee ist gut fürs Gehirn. Das habe ich in einem Artikel gelesen.«

Ich hebe eine Augenbraue.

»Okay, ich habe es in einem Blog gelesen. Auf einer irgendwie nicht besonders vertrauenerweckenden Website. Aber da stand, es könne – wie war es formuliert? – ›die Photonen re-energetisieren‹.« Er streckt die Hand nach seinem Tablet aus.

»Wirklich.«

»Möglicherweise wurde auch ein Eidechsenherrscher erwähnt. Aber das disqualifiziert schließlich nicht automatisch alles, was sie schreiben, stimmts?« Er wischt mehrmals über das Display. »Es soll den ›Pfad zur Rationalisierung frei machen‹.«

»Hast du heute was geschrieben?«

»Ich habe einen Slogan für diese Website verfasst. ›Herrscht in eurer Seele Regen, kommt und empfanget hier den Segen ... vom Reptilien-Messias.‹« Er streckt beide Zeigefinger aus, als wären es Pistolen.

»Dad.«

»Große Tochter.« Er legt das Tablet weg und klopft sich aufs Knie. »Komm her. Erzähl mir von deinem Tag. Erzähl mir von diesen Teenagern.«

Ich lasse mich auf dem Sofa nieder. »Sie sind aus der Schule.«

»Das habe ich mir fast gedacht. Gib mir ein paar Namen und Gesichter.«

Na ja, als Erstes war da Aubrey, die sich an der Bushaltestelle neben mich stellte. »Hallo, da ist ja die neue Freundin Sloane.« Auf meinen verwirrten Blick hin hob sie ihr Handy. »Ich folge Vera. Wie die Hälfte der westlichen Welt.«

»Oh, cool«, sagte ich, immer noch leicht verwirrt. »Du bist also so was wie ... ein Fan?« War Vera im Netz so berühmt, dass ich jetzt auch von Dritten erkannt wurde?

»Ich bin eine Freundin«, entgegnete sie. »Sie hat gesagt, wir würden uns nach der Schule hier treffen.«

»Oh. Klar. Tut mir leid.«

Sie bedachte mich mit einem schmalen Lächeln und wandte sich dann wieder ihrem Handy zu, als Remy sich winkend näherte. Offensichtlich war er ebenfalls Teil von Veras »wir«. Schließlich kam Vera und erklärte, dass wir zum Eisessen nach Opal fahren würden.

Entlang der Küste gibt es eine Handvoll Ortschaften wie Opal, die insgesamt Beaches of Grove County genannt werden. In diesen Urlaubsorten leben nur sehr wenige dauerhafte Bewohner; die meisten Jugendlichen der Grove-County-Highschool kommen aus einer Stadt namens Grayson, die etwas weiter die 30A runter liegt. Aber in Opal, wo noch die letzten Sommerlokale geöffnet sind, kann man sich gut etwas zu essen besorgen. Bald ist es vorbei mit den Sommeröffnungszeiten, dann wird es schwieriger werden, Eis zu bekommen.

Also fuhren wir dahin, setzten uns und aßen. Sie plauderten. Aubrey schrieb Nachrichten. Ich hörte höflich zu. Kein übler Nachmittag. Alles in allem war es … na ja, es war ein Nachmittag.

Das erzähle ich zum größten Teil meinem Vater, der mit geschlossenen Augen zuhört. Als ich fertig bin, sieht er mich an.

»Klingt nach einem produktiven Tag.«

»Ja?«

»Du hast drei Freunde gefunden. Nur in Sitcoms finden Leute sonst drei Freunde an einem Tag.«

»Wir sind keine ... Freunde. Wir haben Eis gegessen. Sie haben sich über die Avengers unterhalten.«

»Was glaubst du, wie Freundschaften entstehen? Gleiche Interessen. Essen. Wiederholung. Wenn du sie noch zweimal triffst, sind es deine Freunde.«

Ich glaube ihm nicht so recht. Schließlich gibt es dafür keine Formel. Und selbst wenn, wäre ich sicher nicht diejenige, der es gelänge, sie anzuwenden.

»Hey, willst du vielleicht Laney von ihrer Sache da abholen?«, fragt Dad. »Ihrem außerschulischen Kultur-Dingsbums oder wie das heißt?«

»Kulturclub?«

»Uh. Ja. Kulturclub. Hast du je etwas Dämlicheres gehört?«

»Ja. Die Photonen re-energetisieren.«

Er grinst. »Touché.«

»Willst du nicht gehen?«, frage ich. »Du könntest dir, nun ja ... was Richtiges anziehen.«

»Und den Pfad zur Rationalisierung aus den Augen verlieren? Auf gar keinen Fall.« Er scheucht mich weg. »Hol deine Schwester ab.«

Es ist nicht so leicht, Laney loszueisen. Mit ihren neun Jahren ist sie bereits ein Naturtalent in Sachen Sozialkontakte. Ich sehe sie aus der Ferne auf dem Rasen vor der Schule. Dort sind lange Plastikklapptische aufgebaut, auf denen Kunstmaterialien ausgebreitet sind. Offenbar zeichnen sie alle geometrische Muster; Laney erklärt mir später, dass das »Islamische Mosaiken« seien, und meine Mutter hängt ihr Bild in der Küche auf.

Jetzt sehe ich, wie Laney sich vorbeugt, um dem Mädchen neben ihr etwas ins Ohr zu flüstern. Beide kichern und wenden sich an eine Dritte.

Früher war es auch leichter, oder? Eine Handvoll Klebeohrringe oder ein paar Erfolge bei Club Penguin und man gehörte dazu. Vielleicht ist Laney aber auch einfach nur besser in solchen Dingen als ich. Ich habe heute Nachmittag nicht gerade mein Bestes gegeben. Die meiste Zeit habe ich in die Tiefe meines Eisbechers gestarrt und mich gefragt, wie um alles in der Welt jemand so viel über das Marvel-Universum wissen (Remy), so oft lächeln (Vera) oder so ausdauernd Nachrichten schreiben kann (Aubrey).

Ich begrüße die erwachsen aussehende Person an einem der vorderen Tische und sie ruft nach Laney.

»Zeit zu gehen«, sage ich.

»Nur noch zehn Minuten.«

»Mom macht Spaghetti.«

»Hmmmm, okay.« Laney verlässt ihre Freundinnen auf Neunjährigen-Art, das heißt, sie geht zurück zum Tisch und umarmt alle zum Abschied, als würden sie sich nie wiedersehen. Das dauert mindestens zehn Minuten.

Wir gehen zusammen nach Hause und sie erzählt mir von ihrem Tag, und dann gibt es wie versprochen Spaghetti. Anschließend geht mein Vater bei Sonnenuntergang mit Laney am Strand spazieren. Es ist noch zu früh, um Sterne zu sehen, aber Laney nimmt trotzdem ihren Sternführer mit – Dr. Angela Fellows' *Umfassende*

Einführung in den Sternenhimmel ist eine ihrer jüngsten Obsessionen. Sobald sie entdeckt hatte, dass zu verschiedenen Zeiten verschiedene Sternbilder zu sehen sind – *Der Himmel verändert sich das ganze Jahr über! Wir sehen unterschiedliche Teile der Galaxie, Sloane!* –, war die Sache ausgemacht.

Ich gehe heute Abend nicht mit, sondern bleibe lieber zu Hause und mache das Übliche. Hausaufgaben. Üben. Und schließlich – als Laney im Bett verstaut ist, meine Mutter Nachrichten guckt und mein Vater seine was auch immer re-energetisiert – gehe ich online und suche nach dem Nickname, den ich beim Mittagessen auf Veras Handy gesehen habe: *@vera_marie.*

Sofort tauchen die Accounts auf: *vera_marie* ist auf allen Netzwerken, sogar auf solchen, von denen ich nie zuvor gehört habe. Was ist Flipit? (»So was wie Snapchat, aber nur für Videos«, wird mir Vera später erklären, als ich sie danach frage). Was ist Heartmark? (»So was wie Flipit, aber mit Emojis«).

Die Zahlen sind atemberaubend. Followers, Likes, Klicks, Winkydinks (mit freundlicher Genehmigung von Heartmark). Ich klicke auf »Bilder« und Dutzende Veras sehen mich an: Vera, die in einem bauchfreien Top vor dem Spiegel posiert, Vera am Strand, Vera, die im Unterricht den Kopf auf die Arme gebettet hat.

Ihr Twitteraccount ist eine Studie in Bestätigungen und Ausrufezeichen. Sie schreibt mehr Replys als Tweets und es gibt so viele Aufmunterungen, so viele »<333333«s und »XOXO«s, die es locker mit der Anzahl von »bitte schreib zurück, das wär so toll« und »omg ily« in ihren Mentions aufnehmen können.

Ihre Profilbeschreibung ist auf allen Plattformen dieselbe: *Vera Marie Fuller. 17. Ich liebe das Leben, meine Freunde, mein Mädchen.*

Ich klicke auf *mein Mädchen*, was mich zu einem anderen Profil bringt – *@natashah19*. Ein Mädchen, das, falls überhaupt möglich, noch glamouröser aussieht als Vera. Die jüngsten Bilder zeigen sie beide zusammen auf einem Strandtuch im Sand. Natashah19s Arm ist ausgestreckt und hält die Kamera, aber anstatt in die Linse zu schauen, sehen sie einander an. Vera hat die Hand in Natashah19s dunklem Haar vergraben und zieht sie an sich, und Natashah19 grinst übers ganze Gesicht.

Umwerfend, lautet der oberste Kommentar, gefolgt von einem dieser Emojis mit Herzaugen.

Ich klicke auf eins meiner eigenen, vernachlässigten Profile und folge Vera. Dann klappe ich den Laptop zu und gehe ins Bett.

Kapitel 5

»Also, wie hast du damit angefangen?«, frage ich, während ich den Deckel von meinem Puddingbecher abziehe. Vera sitzt mir mit einem dieser abgepackten Salate gegenüber, in die alles mögliche ausgefallene Zeugs reingeworfen wird, um den Salatgeschmack zu überdecken. Was mich angeht, können auch noch so viele Cranberrys Salat nicht in Curly Fries verwandeln.

Ich war überrascht, Vera in der dritten Stunde in meinem Mathekurs zu sehen. Sie ließ sich auf den Platz neben mich fallen und sagte: »Wir hatten dieses Fach schon die ganze Zeit zusammen! Wer hätte das gedacht? Ich sitze normalerweise ganz vorne. Verrückt, was man alles verpasst, wenn man nicht hinsieht, oder?«

Und nach Mathe kam die Mittagspause und hier sitzen wir jetzt, bei Mahlzeit zwei von *Wenn du sie noch zweimal triffst, sind es deine Freunde.*

»Diese Internetsachen«, erkläre ich. »Wie hast du damit angefangen?«

Sie zuckt die Achseln. »Weiß nicht, ist einfach irgendwie passiert.«

»Wie jetzt, du bist gestolpert, hast ein Selfie gemacht, und das hat sich dann rasend schnell verbreitet?«

Ein Lächeln. »Nicht ganz. Ich weiß nicht, ich habe einfach in der Elften angefangen, es etwas ernsthafter zu betreiben, und dann hat es sich irgendwie verselbstständigt. Es ist eine gute Ablenkung.«

»Wovon?«

Ihre Augen glänzen. »Von allem.« Sie spießt ein Stück Gurke auf. »Jeder braucht dann und wann ein wenig Ablenkung, findest du nicht? Es kann sich schließlich nicht alles um Schule und Hausaufgaben drehen und uh, da fällt mir ein, Mathe ist furchtbar, oder? Wir sollten nach der Schule zusammen lernen. Allerdings muss ich arbeiten. Das mit dem Lernen sollten wir aber auf jeden Fall festhalten, das machen wir irgendwann mal.«

»Wo arbeitest du?«

»In einer Boutique in Opal. Seit die Schule wieder angefangen hat, allerdings nur noch zweimal die Woche. Hey, brauchst du einen Job? Die meisten Läden haben ihr Personal reduziert, weil die Sommersaison jetzt zu Ende geht, aber ich weiß zufällig von einem Laden, wo sie jemanden suchen. Ich könnte dir da bestimmt ein Vorstellungsgespräch vermitteln.«

Ich hatte eigentlich noch nie einen Job, aber das will ich in diesem Augenblick nicht zugeben, deshalb zucke ich nur mit den Schultern. »Na ja, sicher. Warum nicht? Wenn du da was weißt.«

Ich hatte immer gedacht, ein Job würde mich von meiner Arbeit ablenken. Von der Schule. Dem Üben. Aber zweimal die Woche könnte ich hinkriegen, oder?

»Ich mach das klar für dich, Mädchen«, erklärt Vera grinsend.

»Erzähl mir mehr«, sagt mein Vater an diesem Abend, die Fingerspitzen unter der Nase aneinandergelegt wie die Imitation eines BBC-Detectives. »Wie sieht sie aus?«

»Ich weiß nicht, google sie. Da taucht sie bestimmt auf. Sie ist ziemlich aktiv in den sozialen Netzwerken.«

»Mein Verleger sagt dauernd, da sollte ich auch mitmischen.«

»Everett-Finch-Tragödien in höchstens hundertvierzig Zeichen?«

Mein Vater räuspert sich. »›Liebe mich‹, sagte Jake. ›Das tue ich‹, erwiderte Annie. Und dann starb sie.« Er grinst. »Das ist alles. So gehen alle Bücher, die ich je geschrieben habe.«

»Nicht alle. Sie sterben nicht immer.«

»Sie sterben nicht immer. Da haben wir schon mein Profil für Twitter. Was ist der Titel deiner Freundin?«

»Ihr *Titel*? Meine Güte, Dad, ich bitte dich.«

»Okay, wie würdest du es nennen?«

»Ich weiß nicht. Sie hat einfach Vera Unterstrich Marie.«

»Sloane?« Meine Mutter steckt den Kopf durch die Tür. »Könntest du Laney sagen, dass es Zeit fürs Bett ist?«

»Jill, wie sollte mein Twitter-Profil lauten?«, fragt Dad.

Sie lächelt bloß. »Das überlasse ich deinem Urteil.«

»Irgendwas mit Liebe«, sage ich, als sie gegangen ist. »Everett Finch rammt dir Liebe in den Bauch und haut dir Tragödie über den Kopf.«

»Das gefällt mir. Richte mir das ein und dann machen wir damit weiter. Aber erst heißt es ›Licht aus‹ für Laney.«

»Das klang jetzt aber ganz schön makaber.«

Er grinst. »Ich gebe mein Bestes.«

Der Flur im ersten Stock ist in gelbes Licht getaucht, das aus Laneys Zimmer dringt.

Zu ihrem neunten Geburtstag war Laneys sehnlichster Wunsch ein Sammelalbum. Meine Eltern kauften ihr eins mit einem roten Kunstledereinband, auf dessen Vorderseite in Goldbuchstaben steht: *Meine Erinnerungen*. Genau das hatte sie ihnen im Prospekt eines Schreibwarenladens gezeigt und gesagt, es sei *absolut perfekt, das da, Mom, genau das ist es.*

Laney fügt regelmäßig etwas zu *Meine Erinnerungen* hinzu – so oft, dass sie bereits vier Packen Nachfüllpapier verbraucht hat. Fotos, Bilder aus Zeitschriften, Zeitungsausschnitte, Zettel aus der Schule, und wehe, wir gehen ins Kino – es gibt eine ganze Seite für abgerissene Kinokarten –, alles kommt in ihr Album.

Als ich nach ihr sehe, arbeitet sie gerade daran. Sie protestiert nicht, als ich auftauche, also betrete ich das Zimmer und lasse mich am Fußende ihres Bettes nieder, während sie Fotos aus einer Zeitschrift ausschneidet. Es ist ein knallbuntes Glitzerding, das ich toll fand, als ich noch jünger war, und das *J-14* heißt – »just for teens«. Ich hielt das damals wirklich für das Allercoolste.

Laney auch, obwohl sie noch gar kein Teen ist. Ich sehe ihr zu, wie sie vorsichtig den Kopf des Mitglieds einer Boygroup ausschneidet. Dann bestreicht sie die Rückseite mit Klebstoff und klebt ihn liebevoll in ihr Album.

»Wer ist das?«, frage ich und zeige auf den Jungen. »Gehört der zu *One Direction*?«

»Das ist Kai von *This Is Our Now*, und das weißt du ganz genau.«

Das stimmt, genau wie mein Vater weiß, dass es nicht »das MTV« heißt. Aber es ist wahrscheinlich einfach witzig, auf ironische Weise zu nerven.

»Mom sagt, es ist Zeit fürs Bett.«

»Und was sagt Papa?«

»Er sagt: ›Spiel deine Eltern nicht gegeneinander aus.‹«

Sie schneidet eine Grimasse, aber nachdem sie ein letztes Mal den ausgeschnittenen Kai getätschelt hat, um sicherzugehen, dass er richtig festgeklebt ist, klappt sie *Meine Erinnerungen* zu.

Ich helfe Laney, ihre Sachen in einer Plastikkiste zu verstauen und unters Bett zu schieben. Dann kriecht sie zwischen die Laken und ich decke sie zu.

»Welches Kuscheltier willst du?«

»Mhm, Phoebe.«

Phoebe ist ein weiches braunes Kaninchen mit einer

lila Schleife um den Hals. Ich hole es vom Regalbrett über Laneys Bett und stecke es neben ihr unter die Decke.

Ich will schon das Licht ausmachen, als sie sagt: »Kann ich dich was fragen?« Und dann: »Sag jetzt nicht, dass ich das gerade getan habe. Sag einfach Ja.«

Ich würde immer versuchen, ihr auf jede Frage eine Antwort zu geben. Aber die plötzliche Ernsthaftigkeit in ihren Augen beunruhigt mich. Ich habe mir in den letzten paar Monaten die größte Mühe gegeben, dass Laney nichts mitbekommt. Selbst wenn das bedeutete, sie mit *J-14*-Heften zu versorgen oder zum hunderttausendsten Mal den Dokumentarfilm über *This Is Our Now* mit ihr zu gucken …

Aber Kai und seine Jungs sind jetzt sicher in *Meine Erinnerungen* verstaut und es gibt nichts, womit ich Laneys Blick von mir ablenken könnte.

»Sloane, sag Ja«, wiederholt sie.

»Ja.«

»Ist Papa deprimiert?«

Das hatte ich nicht erwartet. »Wie bitte?«

»Anscheinend denkt er, wir bemerken nicht, dass er den ganzen Tag zu Hause rumsitzt.«

»Er arbeitet von zu Hause aus. Das ist nicht ungewöhnlich.«

Auch wenn sie noch nicht die Autorität hat, mir zu sagen, dass sie mir das nicht abkauft, wirft sie mir einen Blick zu, der genau das besagt. »Er sitzt den ganzen Tag im Schlafanzug hier rum und macht irgendwas im

Internet. Er sieht aus wie einer dieser Werbespots für Medikamente gegen Traurigkeit.«

»Na ja ... ich glaube, er hat einfach ... einen Durchhänger.«

»Ein Durchhänger klingt deprimierend.«

»Beruflich läufts bei ihm gerade nicht so gut«, sage ich, denn das hat Mom zu mir gesagt. Vermutlich hält Laney mich für klüger, als ich bin, da ich ihr häufig, wenn meine eigene Erklärung nicht ausreicht, einfach sage, was unsere Mutter mir vorher erklärt hat.

»Weil er nicht weiß, was er als Nächstes schreiben soll?«

»Genau.«

»Aber er liebt das Schreiben doch. Wie kann er davon deprimiert werden?«

»Ich weiß nicht ... Wahrscheinlich kann es ganz schön schwer sein, wenn es dein Beruf ist.« Ich zucke die Achseln. »Jeder Beruf hat schließlich seine guten und schlechten Seiten, stimmts?«

»Was ist mit Geschmackstester für Skittles.«

»Karies.«

Sie verzieht das Gesicht. »Okay. Und was, wenn du Kais Managerin bist? Dann kannst du mit ihnen im Tourbus fahren und hast Zugang zum Backstagebereich.«

»Ja, aber dann musst du dauernd mit Jungs zusammen sein. Und die stinken.«

Sie lächelt. »Okay. Und Sängerin? Eine richtig gute Sängerin. Cool. So wie du.«

Ich überlege kurz. »Du hast recht. Das ist perfekt.«

»Im Ernst?«, fragt sie.

»Ich weiß nicht«, sage ich, denn ich weiß es wirklich nicht. Ich beuge mich vor und schalte das Licht aus. »Schlaf jetzt.«

Kapitel 6

Dodge's Market ist der schicke Lebensmittelmarkt in Opal. *Der* Urlaubs-*Lebensmittelmarkt,* betont mein Vater gerne. *Sie wissen, dass du im Urlaub bist und sie Geld mit deiner Glückseligkeit oder deiner Verzweiflung verdienen können. Deshalb knöpfen sie dir acht Dollar für Milch, siebzehn Dollar für Klopapier und vierunddreißig Dollar für ein Sandwich mit jungem Grünkohl ab.*

Und dann geht die Tirade über den jungen Grünkohl los: *Wie sieht sein Leben aus? Wann wird aus ihm erwachsener Grünkohl? Hat der Grünkohl Bildung genossen? Wer kümmert sich um die Immatrikulation dieses Grünkohls?* Das mussten wir uns mindestens ein Mal pro Urlaub anhören.

Jetzt kaufen wir im *Publix* ein paar Kilometer landeinwärts ein, weil wir nicht mehr im Urlaub sind. Aber mein Vater fährt immer noch gelegentlich bei *Dodge's* vorbei, um eine gute Flasche Wein oder einen speziellen Käse zu kaufen, von dem er im Internet gelesen hat. *(Dieser Käse wird all deine Probleme lösen, Sloane!)*

Heute fahre ich auf Veras Veranlassung bei *Dodge's* vorbei. Weil sie das »für mich klarmacht«.

Es ist ein ziemlich kleiner Lebensmittelmarkt, was allerdings durch die Deckenhöhe wettgemacht wird, mit hohen Regalen an den Wänden und einer dieser Bibliotheksleitern, die davor hin- und hergleiten. Er ist hell, freundlich und luftig, handgeschriebene Schilder in den großen Schaufenstern preisen zwei Coronas für acht Dollar an oder belgische Waffeln für zwölf. In der Ladenmitte steht eine L-förmige Bistrotheke, deren Auslage auf der kürzeren Seite mit Backwaren gefüllt ist und auf der langen Seite mit Salaten, Hauptgerichten und den unerhörten Grünkohl-Sandwiches.

Ich war im Laufe meines Lebens schon Dutzende Male bei *Dodge's* – ich war schon hier, bevor ich überhaupt Erinnerungen habe –, aber als ich den Laden heute betrete, weiß ich nicht, wo ich hinsoll. Vorne an der Kasse ist niemand.

Hinter der Bistrotheke höre ich ein Rascheln, also gehe ich in diese Richtung. Und dann taucht jemand auf.

Ich blinzele. »Hey.«

Gabe Fuller blinzelt zurück. »Hey ebenfalls.«

Er trägt ein Baseballcap, auf dem *Kauf bei Dodge's!* eingestickt ist.

»Na, in letzter Zeit mal wieder in irgendeinen Streit geraten?«, frage ich, weil ich ihn seit der Party nicht mehr gesehen habe und es das Erste ist, was mir einfällt. »Mal wieder das Gesicht zerquetscht bekommen?«

»Sehr witzig«, sagt er auf die Art, die ausdrückt, dass es das überhaupt nicht ist.

»Vera hat mir hier ein Vorstellungsgespräch besorgt. Sie wusste, dass sie Leute suchen.« Ich zeige auf ihn. »Vermutlich wusste sie das daher?«

»Vermutlich.«

»Führst du das Vorstellungsgespräch? Denn bisher läuft es ja echt super. Ich glaube, ich mache einen erstklassigen Eindruck. Soll ich fortfahren? Von einer peinlichen Kindheitserinnerung berichten, dir was über meine schlechten Angewohnheiten erzählen ...«

Seine Lippen zucken, beinahe ein Lächeln. »Leigh wird mit dir sprechen, sie ist hinten.«

Einen Augenblick stehen wir beide einfach nur da.

»Vielleicht solltest du sie holen«, sage ich.

»Wie, und das hier beenden?«

Jetzt muss ich lächeln. Er geht nach hinten und verschwindet durch die Tür.

Leigh ist ungefähr so alt wie meine Oma, mit einer dicken Brille und einem breiten freundlichen Lächeln. »Erzähl mir etwas von dir, Sloane. Übrigens ein schöner Name, den du da hast.«

»Danke.« Ich sage ihr nicht, dass ich nach Ferris Buellers Freundin in *Ferris macht blau* benannt wurde. Der Film hat meinen Vater echt geprägt. *Warum habt ihr mich dann nicht Ferris genannt?*, fragte ich, nachdem ich ihn gesehen hatte. *Ferris ist der, der alles unter Kontrolle hat. Ferris ist der, bei dem alles läuft.*

Sloane ist das Herz, erwiderte er. *Sie brauchen sie. Außer-*

dem wäre Ferris ein ziemlich mieser Mädchenname gewesen. Tut mir leid.

»Ich, äh, meine Familie ist vor ein paar Monaten hergezogen. Wir haben früher immer Urlaub hier gemacht, als ich noch klein war, und dann haben meine Eltern beschlossen herzuziehen, wegen ... wegen der Arbeit meines Vaters.«

»Ah.« Sie fragt mich nach der Schule (gut), meinen bisherigen Job-Erfahrungen (keine, aber ich schmücke eine kurze ehrenamtliche Tätigkeit und ein bisschen Nachhilfe zu Beginn der Highschool aus), meinen Hobbys (es gibt keine Art, »klassischer Gesang« zu sagen, ohne wahnsinnig von sich überzeugt zu klingen, also sage ich bloß Lesen, Zeit mit der Familie verbringen, die üblichen langweiligen Sachen). Als sie mich dann fragt, zu welchen Zeiten ich verfügbar wäre, halte ich es für gut möglich, dass ich den Job bekomme, und als sie mir ein besticktes *Kauf bei Dodge's!*-Cap reicht, bin ich mir ganz sicher.

Gabe verabschiedet gerade einen Kunden und reicht ihm ein in weißes Papier gewickeltes Päckchen über die Theke, als ich aus dem Büro komme. Er hebt fragend eine Augenbraue.

Ich hebe das Basecap hoch. »Trostpreis. Sie war vollkommen unbeeindruckt von mir.«

»Haha. Wann fängst du an?«

»Sonntag.«

Er nickt. Und dann: »Willst du ein Stück Kuchen? Ich musste es aussortieren.«

»Warum?«

»Weil ich draufgeniest habe.«

Ich verziehe das Gesicht.

»Heute läuft das Mindesthaltbarkeitsdatum ab. Es wird sonst sowieso weggeworfen.« Er packt ein Stück in eine Plastikschale und schiebt sie mir über die Theke zu. »Ich habe nicht wirklich draufgeniest«, sagt er. »Das war ... ich wollte ...«

»Ja, nein. Schon kapiert.« Ich nehme die Schale. »Danke.«

Es herrscht kurzes Schweigen.

»Nettes Gespräch«, sage ich dann, gerade als er sagt: »Lass es dir schmecken.«

Ich kann nicht umhin zu lächeln, aber Gabe schneidet nur eine Grimasse.

»Wahrscheinlich sollte ich ...«

»Des immer größer werdenden Kundenandrangs Herr werden?« Der Laden ist fast leer. »Ja, es ist echt voll hier. Du solltest dich ranmachen.«

»Wir sehen uns in der Schule«, sagt Gabe abschließend, doch ich kann den Hauch eines Lächelns sehen, als er sich abwendet.

»Warum Kuchen?«, fragt mein Vater später.

»Ich weiß nicht ... vielleicht, weil ich einen Job gefunden habe? Kuchen zur Feier des Tages?«

»Also so was wie ein ›Herzlichen Glückwunsch, Sie sind ein funktionierendes Mitglied der Gesellschaft‹-Kuchen? Ein ›Sie werden jetzt bis zu Ihrem vorzeitigen Ableben Beiträge zur Sozialversicherung zahlen‹-Kuchen?«

»Warum wird mein Ableben vorzeitig sein?«

»Egal, wann du von uns gehst, Sloane, es wird immer vorzeitig sein, auch wenn es erst in dreihundert Jahren so weit ist.«

»Glaubst du wirklich, die Wissenschaft macht solche Fortschritte, dass ich dreihundert werden könnte?«

»Ich wünsche es von ganzem Herzen.« Pause. »Warum willst du eigentlich überhaupt einen Job?«

»Was meinst du damit?«

»Du bist in der glücklichen Lage, keinen zu *brauchen*. Also warum willst du einen? Hast du keine Angst, dass du dann nicht mehr genug Zeit fürs Singen hast?«

»Nein.« Die Frage ist nicht ganz unberechtigt. Das war früher zu Hause meine Ausrede für eine Menge Sachen. *Ich muss üben. Ich muss mich konzentrieren.* »Ich glaube, das geht schon okay.« Ich zucke mit den Achseln. »Und die Leute hier haben alle Jobs.«

»Seit wann kümmert es dich, was die Leute machen?«

»Es *kümmert* mich nicht, es ist bloß eine Beobachtung. Hier haben alle Jobs.«

»Und jetzt hast du auch einen.«

»Können wir vielleicht damit aufhören?«

»Ja. Wenn wir stattdessen weiter über diesen Kuchen reden. Was ist das für ein Kuchen?«

»Kokos.«

»Ah, der Junge gefällt mir. Er hat dir gleich auf Anhieb eine äußerst kontroverse Süßspeise gegeben.«

»Ich liebe Kokos.«

»Ich auch, aber manche Leute vertreten die Auffassung, dass es nach Sonnencreme schmeckt. Dieser Junge bekommt Punkte für einen exquisiten Geschmack in Sachen Kuchen. Sieht er gut aus?«

»Uh, Dad.«

»Nein, ich meins ernst. Nicht, dass es eine Rolle spielen würde. Auch nur im Geringsten. Aber finden wir, dass er gut aussieht?«

Ich denke einen Moment objektiv darüber nach. »Die Allgemeinheit würde ihn gut aussehend finden.«

»Und was findet Sloane?«

»Sloane findet, dass ihr Vater seine Nase nicht in ihre Angelegenheiten stecken sollte.«

»Ich stecke meine Nase aus reiner Anteilnahme in deine Angelegenheiten«, sagt er. Dann greift er nach dem Kuchen.

Kapitel 7

In der Biostunde am nächsten Morgen sitzt Remy wieder auf dem Platz neben meinem, als hätte er dort Wurzeln geschlagen. Vera zahlt ihm wahrscheinlich was dafür.

Wir arbeiten an den heutigen Aufgaben – Arbeitsblätter über die Lektion der letzten Stunde. In diesem Biokurs beschäftigen wir uns mehr mit Papierkram als mit dem Sezieren von Katzen. Die Zweiergrüppchen um uns herum unterhalten sich alle, während sie arbeiten (oder vielleicht auch nicht arbeiten), daher habe ich das Gefühl, ich sollte auch ein Gespräch anfangen.

Als ich jedoch zu Remy rübersehe, schaut er nicht auf das heutige Arbeitsblatt. Er hat einen Collegeblock aufgeschlagen vor sich liegen und oben auf der Seite steht ein Name – *Aubrey* –, gefolgt von einem Gedankenstrich.

Nichts sonst. Er hat die Buchstaben in *Aubrey* bereits zwei- oder dreimal mit dem Stift nachgefahren. Noch ein paar Runden, dann hat er die Seite wahrscheinlich durchgedrückt. Aber er macht trotzdem weiter, während ich zu ihm rübergucke, und fährt sorgfältig den Bogen des *u* und die Linie des *b* nach.

»Aubrey – das Mädchen mit den Locken?«, frage ich. Er zuckt zusammen und bedeckt die Seite mit seinem Unterarm. »Die neulich mit Eis essen war?«

»Nein«, sagt er, nur um im nächsten Moment das Gesicht zu verziehen. »Oder doch. Aber ... ich habe nur ...«

»Liebevoll ihren Namen gekritzelt? Aubrey, dein Sonnenschein? Mrs Aubrey Wie-heißt-du-mit-Nachnamen?«

»Johnson«, sagt er automatisch. »Und hör auf, ihren Namen zu sagen.«

»Oder was? Beschwöre ich sie dann herauf wie Beetlejuice?«

»Ich wollte ...« Er sieht sich um, als könnte jemand zuhören, aber alle um uns herum scheinen anderweitig beschäftigt zu sein. »Ich wollte ihr nur ... eine Nachricht schreiben. Das ist alles. Ich habe nur nachgedacht. Darüber, was ich schreiben soll.«

»Magst du sie?«, frage ich.

Auf Remys Miene erscheint ein schmerzlicher Ausdruck.

»Dan hat einen Einwand zu Teil C zur Sprache gebracht«, sagt der Lehrer in diesem Moment vorne und drängt damit die nächste Frage zurück, die mir auf der Zunge liegt. Als wir die Sache mit Teil C ausführlichst diskutiert haben, scheint unser vorheriges Gespräch abgelaufen zu sein und ich muss neu anfangen.

»Und …«, sage ich und halte inne. Ein vielversprechender Start. »Und«, versuche ich es noch mal. »Warst du, äh, auch bei der Party letztes Wochenende?« Endlich eine gemeinsame Grundlage. Wir könnten die Getränkeauswahl kommentieren oder die grauenhafte Maiskolben-Deko im Badezimmer.

Aber dann sagt Remy: »Nein.«

Ich gehe davon aus, dass die Sache damit erledigt ist, bis er mir einen Blick zuwirft und sagt: »Ich gehe nicht zu Veranstaltungen, die nicht von Frank sanktioniert sind.«

Das Gleiche hat Vera neulich auch gesagt. *Ich hab dir doch gesagt, wir hätten auf keinen Fall zu einer nicht von Frank sanktionierten Party gehen sollen.*

»Was soll das denn überhaupt heißen? Wer ist Frank?«

Remy starrt mich bloß an.

»Wer Frank ist?«, ruft Vera beim Mittagessen. »Frank Sanger. Der von *Frank Sanger Presents*.« Das Gleiche hatte Remy auch gesagt: *Weißt du, der von* Frank Sanger Presents. Ich wusste nicht. Aber dann war in der Klasse eine weitere Diskussion über einen Abschnitt des Arbeitsblattes entbrannt und wir waren nicht auf das Thema Frank Sanger zurückgekommen.

»Und das ist …«

»Du hast noch nie von *Frank Sanger Presents* gehört?«

»Ich weiß ja noch nicht mal, wer Frank Sanger ist.«

Vera sieht mich entgeistert an. »Oh, Mann, dass er das bloß nicht hört!«

Ich sehe mich um. »Ist er hier?«

»Frank hat seine Augen und Ohren überall. Er ist der einflussreichste Typ aus der Zwölften. Und außerdem der fantastischste. Er hat« – sie legt mit leuchtenden Augen eine kurze Pause ein, dann beendet sie den Satz mit deutlicher Betonung – »eine *universelle Anziehungskraft*.«

Ich weiß nicht, was ich davon halten soll. »Das heißt, er ist bekannt für … was genau?«

»Er ist bekannt dafür, Partys zu geben. Der Ort wechselt – sie sind nie bei Frank zu Hause, sie finden immer bei anderen Leuten statt –, aber Frank ist immer der Gastgeber.«

»Warum?«

»Weil er der Beste ist. Es gibt Leute, die wissen einfach, wie man Spaß hat, nicht wahr? Aber dann gibt es Leute wie Frank, die wissen, wie man auch andere Leute dazu bringt, Spaß zu haben. Seine Partys sind einfach … besser.«

»Klingt cool«, sage ich.

»O ja. Und diese Woche kommst du mit.«

Also gehe ich am Freitag mit.

Ich habe etwas Spektakuläres erwartet. Vielleicht nicht gerade Feuerschlucker oder Bauchtänzerinnen, aber zumindest wilde Partyspiele oder Leute, die in einem leeren Swimmingpool verrückte Skateboardstunts machen. Irgendetwas. Aber eine von Frank sanktionierte Veranstaltung ähnelt auffallend der Party, zu der mich

Bree letzte Woche mitgeschleppt hat – die Leute, die Becher, der Lärm.

Vera ist gerade etwas zu trinken holen gegangen und ich stehe in einer Ecke des Wohnzimmers herum, als auf einmal Frank Sanger in den Raum gerauscht kommt. Ich erkenne ihn daran, dass drei oder vier Leute seinen Namen rufen. Und wenn ich den einflussreichsten und fantastischsten Typen der Zwölften hätte herauspicken müssen, wäre er der aussichtsreichste Kandidat dafür gewesen.

Körperlich ist er eher unscheinbar. Relativ behaart, groß, leicht breitschultrig. Aber er hat eine gewisse Ausstrahlung. Eine *Präsenz*. So sehr, dass ich, als er durch den Raum auf mich zukommt, die eigenartige, irrationale Nervosität verspüre, die einen überfällt, wenn man einem Promi begegnet. Nach dem Motto, die Stars sind genau wie wir, aber dann eben auch wieder irgendwie nicht. Vielleicht kaufen sie ihr Klopapier auch bei *Target*, aber ich bin mir hundertprozentig sicher, dass *ich* bei anderen Leuten nicht solche Gefühle hervorrufe. Diese Art Ehrfurcht.

»Du musst Sloane sein«, sagt Frank und streckt mir seine Hand entgegen. Ich greife danach. Er schüttelt sie einmal fest. »Ich möchte dich offiziell willkommen heißen zu *Frank Sanger Presents: Freitagnacht.*«

»Danke«, sage ich, als er meine Hand loslässt. »Es ist, äh, schön, dich kennenzulernen.«

»Ja, nicht wahr?« Er lächelt gewinnend. »Bist du schon allen vorgestellt worden? Kennst du alle?«

Ich bin sehr wenigen Leuten vorgestellt worden und kenne noch weniger. Das sage ich ihm auch und Frank mustert mich einen Moment.

»Ich sehe, dass sich noch niemand deiner Getränkewünsche angenommen hat«, sagt er. »Kann ich dir etwas bringen? Ich habe einen eigenen Cocktail entworfen, musst du wissen. Er heißt: Ich werde ihm einen Drambuie machen, den er nicht ablehnen kann.« Er macht eine effekthascherische Pause, aber meine Reaktion ist offenbar enttäuschend. »Drambuie ist ein Likör«, sagt er.

»Aha.«

»Und ich beziehe mich auf ein bekanntes Filmzitat aus *Der Pate*.«

»Das habe ich kapiert.«

»Soll ich es noch mal wiederholen, damit du es in seiner Gänze würdigen kannst?«

»Ich glaube, das ist nicht nötig.«

»Dir etwas zu trinken zu bringen oder das Zitat in seiner Gänze zu würdigen?«

»Beides«, sage ich mit einem Lächeln. »Aber danke. Beachtliches Wortspiel.«

Er mustert mich erneut. Dann sagt er: »Sloane, ist dir eine Band namens *This Is Our Now* ein Begriff?«

»Ja, allerdings.«

»Ich weiß, wir haben uns gerade erst kennengelernt, aber wenn du mich mit einem Mitglied von *TION* vergleichen müsstest, wer wäre es?«

»Äh … ich weiß nicht.« Tatsächlich weiß ich es sehr gut. Ich habe den *TION*-Dokumentarfilm mit Laney ungefähr schon siebzehn Mal gesehen. »Der Geist von Kai, mit ... Joshs Ego und ... Kenjis Haaren?«

Frank Sanger sieht mich an und blinzelt. Dann nimmt er meine Hände.

»Dies ist ein bedeutsamer Augenblick, Sloane«, sagt er feierlich.

»Ach ja?«

»Ja. Dies ist der Augenblick, auf den sich unsere reine und wunderschöne Freundschaft gründen wird, basierend auf deinem ausgeprägten Verständnis meines Charakters. In sehr hohem Alter werden wir mit Zuneigung und Ehrfurcht an diesen Augenblick zurückdenken.«

Ich weiß nicht, ob ich lachen oder ebenfalls feierlich nicken soll.

»Sieh mir in die Augen«, sagt er und das tue ich. »Sloane, willst du dich heute Abend auf dieser Party mit mir unter die Gäste mischen und ebenso bei jedem anderen Partyabend, an dem wir beide verfügbar und nicht durch fantastische Stelldicheins oder aufregende Missgeschicke verhindert sind, bis dass der Tod uns scheidet?«

»Bis dass der Tod uns scheidet? Ich weiß nicht recht, das ist ja doch eine ziemlich weitgehende Verpflichtung.«

Seine Augen leuchten. »Mein Mädchen hier zeigt sich unnahbar. Das respektiere ich. Denk darüber nach. Betrachte den heutigen Abend als Probelauf.«

Dann hakt er mich unter und führt mich ins nächste Zimmer.

»Was machen wir jetzt?«

»Wir mischen uns unter die Gäste. Das wird lustig.«

Frank führt mich herum, stellt mich allen möglichen Leuten vor, die ich irgendwann gar nicht mehr richtig auseinanderhalten kann, und versorgt mich die ganze Zeit über mit dem dazugehörigen Klatsch und Tratsch. »Hey, Jeff, was geht?« *Wurde mit einem Jahr Verspätung eingeschult. Offenbar waren seine feinmotorischen Fähigkeiten nicht ganz auf der Höhe.* »Lauren, dieses Top! Wahnsinn, meine Liebe!« *Sie war bis Ende letzten Jahres mit Jeff zusammen. Vielleicht hätte es funktionieren können, wenn er nicht diese Schwierigkeiten mit den motorischen Fähigkeiten hätte, weißt du, was ich meine?* – Frank hebt mehrmals bedeutsam die Augenbrauen – *Weißt du? Was ich meine? Mit den Fähigkeiten?*

Ja, ich habe die subtile Zweideutigkeit durchaus wahrgenommen, Frank, danke.

Es ist mir ein Vergnügen, Liebes.

Wir halten erst inne, als er seinen Becher auffüllen muss, und da sehe ich sie im Esszimmer zusammenstehen – Remy und Gabe, direkt daneben Vera und Aubrey.

Frank taucht wieder neben mir auf. »Oh, die sind eine Goldmine in Sachen Klatsch«, sagt er, als er meinem Blick folgt.

»Wirklich?«

Er gibt ein »Ph, und ob!« von sich, dann nimmt er zwei Becher mit etwas zu trinken von der Theke in der Nähe. »Diese beiden«, sagt er, drückt mir einen Becher in die Hand und zeigt dann auf Aubrey und Remy. »Kennst du ihre traurige Geschichte?«

Ich kann mich nicht erinnern, dass neulich jemand irgendetwas Trauriges erwähnt hätte. Sie hatte ein blaues Eis; seins war lila.

»Sie waren zusammen«, sagt Frank, eine winzige Spur zu genüsslich. »Zwei Jahre lang. Sie waren das strahlendste Traumpaar unserer Klasse. Da hatten sich zwei gefunden, musst du wissen. Beide umwerfend. Sie total intelligent – in der SMV, der Debattier-AG, im Chor, all so was. Er supersportlich, ehrenamtlich in der Kirche seines Vaters tätig, hat diese Welpenaugen, bei deren Anblick man ihm sofort ein Boot kaufen würde ...«

»Wirklich?«

»Ja, schau ihm nächstes Mal tief in die Augen – dann spürst du es.« Er nimmt einen großen Schluck aus seinem Becher, bevor er fortfährt: »Wie auch immer, sie waren die Art Paar, wo man denkt: Getrennt sind sie toll. Aber zusammen, das ist ... Sternenmagie.«

»Sternenmagie?«

»Aus dem All. Himmelskörper, die auf einer Linie stehen und so Zeug. Diese Art Magie.« Ich vermute, dass Frank betrunken ist, aber wenn ich ihn nichts hätte trinken sehen, hätte ich es wahrscheinlich nicht zu sagen gewusst.

»Aber dann, zu Beginn der Sommerferien, aus heiterem Himmel, war plötzlich Schluss. Keine Erklärung. Einfach bloß finito. Gerade waren sie noch Remy-und-Aubrey und am nächsten Tag war alles vorbei.«

»Was ist passiert?«

»Es gibt verschiedene Theorien, die alle Quatsch sind, wenn du mich fragst. Ihre Familie hat was gegen ihn. Sie geht heimlich mit einem Typen vom College. Solcher Schwachsinn eben. Aber worüber sich alle einig sind, ist, dass *sie* Schluss gemacht hat. Er war genauso schockiert wie alle anderen. Es kam wie aus dem Nichts, er wurde total überrumpelt.«

Am anderen Ende des Zimmers unterhält sich Remy mit Gabe und Aubrey mit Vera. Wenn Frank nichts gesagt hätte, hätte man alles für ganz normal gehalten, doch mit dieser Information wirkt die Szene gleich ganz anders. Remy tritt von einem Fuß auf den anderen. Aubrey sieht konsequent nur Vera an. Zwei Leute, die sorgfältig darauf bedacht sind, sich zu ignorieren.

»Er war vollkommen fertig. Armer Kerl. Gut, dass er Gabe hat – Gabe ist ein toller Kumpel. Die beiden sind schon seit Jahren beste Freunde. Das Ding ist, dass Vera Aubrey genauso nahesteht, also ... musste die Clique irgendwie damit klarkommen.«

»Die Clique?«

»Ihre kleine Clique. Die BFFs bis zum beschissenen Ende.«

»Bist du auch in der Clique?«

»Frank Sanger kann man nicht auf eine gesellschaftliche Gruppe reduzieren. Frank Sanger ist für alle da.«

»Kapiert.«

Er kippt den Rest seines Bechers und sagt: »Zweite Runde.«

Gegen Ende des Abends machen wir schließlich eine Pause und sitzen draußen auf der Veranda.

»Also, wie siehts aus? Hats Spaß gemacht?«

»Ich habe viel gelernt«, sage ich. »Du bist ein wandelnder Kommentar.«

»Tja, danke ... sagte Frank und lächelte gequält, während er den schrecklichen Augenblick in der achten Klasse wieder durchlebte, als ihm klar geworden war, dass er weder Angelina Jolie noch Brad Pitt heiraten konnte, weil sie über beide Ohren ineinander verknallt waren.«

»Das ist gut.«

»Ich weiß«, sagt er. »Frank war immer gut. Manchmal war es eine Last, aber er wollte so unbedingt das Andenken an seinen toten Vater ehren ...« Er bricht ab und grinst in seinen Plastikbecher. Mein Gesicht muss irgendetwas machen, denn als er mich wieder ansieht, blitzen seine Augen. »Was ist los, war das zu echt?«

Ich sage nichts.

»Wenn du Probleme mit Tragödien hast, gibst du dich besser nicht mit der Clique da drüben ab. Vera und Gabe ...«

»Was ist mit denen?«

Er schüttelt den Kopf und trinkt seinen Becher leer. Dann hebt er eine Hand hoch in die Luft. »Nein, du musst mindestens bis hierhin mit drinstecken, um in diese tragische Vorgeschichte eingeweiht zu werden.«

»Erzähls mir.«

»Das soll dir Vera erzählen.« Er steht auf. »Wollen wir tanzen?«

Es ist schon ziemlich spät und das sage ich auch. »Ich sollte besser gehen.«

»Du hast getrunken.«

»Hab ich nicht.« Der Becher, den ich in der Hand halte, ist derselbe, den er mir vorhin gegeben hat.

»Du bist ja eine ganz Gerissene, Sloane Finch.« Frank reicht mir eine Hand, um mich hochzuziehen. »Komm, ich bring dich raus.«

Kapitel 8

»Frank hat praktisch die ganze Party mit dir verbracht«, sagt Vera am Montag beim Mittagessen mit einem nicht geringen Maß an Ehrfurcht.

»Ja. Ich meine … ja.« Mir wird flau im Magen. Schließlich hat Vera mich zu der Party eingeladen und ich war die ganze Zeit mit Frank zusammen. In dem Moment hatte ich nicht gedacht, dass es ihr etwas ausmachen würde, doch jetzt frage ich mich, ob sie sauer auf mich ist.

Aber ihre Augen strahlen und da ist dieses kleine Lächeln. »Irgendwann habe ich euch völlig aus den Augen verloren. Blöd, dass ich deine Nummer nicht habe.« Sie gibt mir ihr Handy. »Schreib dir eine Nachricht, dann hast du auch gleich meine.«

Ihr Display ziert ein Foto, das sie mit dem Mädchen aus ihrem Profil zeigt – Natashah19. Diesmal ist es ein Selfie, auf dem Veras Arm ausgestreckt ist. Natashah19 hat beide Arme um Veras Taille geschlungen und drückt ihr einen Kuss auf die Wange.

Als ich aufblicke, sieht Vera mich an. »Das ist Tash, meine Freundin«, sagt sie nach einem Moment. »Ist sie nicht toll?«

»Ja.« Ich tippe mühsam meine Nummer ein. »Wie lange seid ihr schon zusammen?«

Vera lächelt. »Seit der Zehnten. Sie war allerdings damals schon in der Zwölften. Jetzt ist sie auf der Florida State University.«

»Cool«, sage ich und meine es auch so. Meine längste Beziehung ist die mit Netflix.

Sie nimmt ihr Handy wieder entgegen und tippt kurz darauf herum. »Jetzt hat Gabe sie auch.«

»Hä?«

»Deine Nummer.«

»Wozu braucht Gabe meine Nummer?«

»Man kann nie wissen«, sagt sie wegwerfend. Und dann: »Sollen wir nach der Schule zusammen lernen?«

Und so landen wir an diesem Nachmittag bei Vera zu Hause. Wir nehmen den Bus nach Grayson und laufen zu einem kleinen Bungalow abseits der Hauptstraße. Auf beiden Seiten wachsen Bäume und die Vorderseite ist von einer verglasten Veranda eingefasst. Die Fliegengittertür klappt hinter uns zu und Vera steckt den Schlüssel ins Schloss.

»Ich weiß gar nicht, ob jemand zu Hause ist«, sagt sie, als sie die Haustür aufschiebt. »Mandy?«

»In der Küche!«, kommt eine Stimme zurück.

Vera wirft mir einen Blick zu. »Mach dich auf was gefasst.«

Sie führt mich durchs Wohnzimmer in die angrenzende Küche.

An der Arbeitsplatte neben der Spüle steht ein Mädchen. Sie trägt einen Trainingsanzug von *Victoria's Secret* und dicke knöchelhohe Hausschuhe. Ihre Haare hat sie locker zu einem Knoten hochgesteckt.

»Hallo, Lady«, sagt sie und lächelt uns über die Schulter hinweg zu, während sie ihr Sandwich fertig zusammendrückt. »Wer ist das?«

Sie hat keinerlei Ähnlichkeit mit Vera. Also versuche ich mich im Hinblick auf die Situation als Sherlock und mustere das Zimmer hinter uns. Den Kaminsims ziert ein Bilderrahmen, auf dem in schwungvoller Silberschrift *Sorority-Schwestern*! steht. Auf dem Tisch neben der Couch, die mit mehreren flauschigen Sofakissen bestückt ist, liegen drei Ausgaben der *Cosmopolitan*. Die Atmosphäre in diesem Zimmer ist eindeutig ... jugendlich.

Du musst mindestens bis hierhin mit drinstecken, um in diese tragische Vorgeschichte eingeweiht zu werden, hatte Frank gesagt.

Vielleicht ist das hier ein Vormundschaftsverhältnis. Ein tragischer Autounfall, eine Collegestudentin, die gezwungen ist, die jugendlichen Kinder ihrer älteren Schwester aufzunehmen. Das Studium aufgeben, in zwei Jobs arbeiten, um so gut es geht für sie zu sorgen ...

Aber dann dreht sie sich ganz um und streckt mir ihre Hand entgegen, und da ist der strahlend goldene

Ring, das Funkeln eines Diamanten an ihrem Finger. Und es ist unglaublich eindeutig.

Das hier ist kein Vormundschaftsverhältnis.

Ich nehme ihre Hand, während Vera sagt: »Mandy, das ist Sloane. Sloane, das ist Amanda.« Ihre Augen glänzen, als ich sie ansehe, und sie rückt damit heraus: »Meine Stiefmutter.«

»Schön, Sie kennenzulernen«, sage ich und dann fällt mein Blick auf ihre Taille und ich bin wirklich dämlich. Sherlock würde sich schämen.

»Ja, nein, ich bin nicht bloß fett«, sagt Amanda grinsend.

»Ich dachte nicht ... ich meine ...«

»Schon okay. Kyle sagt das dauernd zu allen Leuten.«

»Kyle?« Ich werfe Vera einen Blick zu.

»Mein Vater. Amandas Mann. Der Vater ihres Babys.« Vera sieht aus, als wäre das Klatsch, den sie verdammt genial finden würde, wenn er nichts mit ihr zu tun hätte.

»Herzlichen Glückwunsch«, sage ich.

»Es ist noch früh. Fünfter Monat. Ich fange gerade erst an, in die Breite zu gehen. Weshalb ich momentan auch einfach nur fett aussehe.«

Der Rest von Amanda ist unverschämt muskulös.

»Nein, Sie, äh, sehen toll aus«, sage ich und Vera nimmt meine Hand.

»Wir wollen lernen.«

Sie zieht mich in ihr Zimmer und ich kann nicht anders. »Reden wir darüber?«

Sie lässt ihre Tasche auf den Boden fallen und wirft

sich dann bäuchlings mit dem Telefon in der Hand aufs Bett. »Über die Bikinifigur meiner Stiefmutter?«, fragt sie, während sie über das Display wischt.

»Nein. Aber. Wie alt, bitte, ist sie? Ehrlich?«

Sie sieht zu mir auf. »Zweiundzwanzig.«

»Heilige Scheiße.«

»Vielen Dank. O Mann, danke, das ist die beste Reaktion, die ich bisher bekommen habe.«

»Ist … ich meine … wie ist das?«

Vera zuckt die Achseln. »Sie ist nicht meine Mutter. Klar. Aber ich würde sagen, es ist okay. Im Großen und Ganzen. Sie leiht uns ihr Auto, also … könnte schlimmer sein.« Ihr Mund verzieht sich zu einem bitteren Lächeln. »Könnte besser sein.«

Es gibt so viel, das ich gerne fragen würde, aber mir ist nicht ganz wohl dabei. Daher lasse ich mich einfach auf Veras Schreibtischstuhl sinken. »Ich schätze mal, ihr beide könnt Klamotten tauschen? Ihr Abschlussballkleid ist doch bestimmt noch ziemlich hip.«

»Sloane, du bist echt die Beste.«

Wir fangen mit Analysis an, aber nach ungefähr einer halben Stunde klinke ich mich aus. Während Vera irgendwas über Differenziale murmelt, sehe ich mich in ihrem Zimmer um. Über dem Schreibtisch hängt eine Pinnwand. Daneben ein paar Filmplakate. Weiter hinten, fast in der Ecke, eine kleine blau bemalte Leinwand mit Streifen aus Weiß und Meerschaumgrün darauf und kleinen Spuren Gelb am oberen Rand.

»Malst du?«

»Hm?« Sie folgt meinem Blick. »Oh. Ja, nein. Meine Mutter war Künstlerin.«

»Das ist schön«, sage ich.

Vera antwortet nicht, weil es laut an ihrer Tür klopft. Gleich darauf schwingt sie auf.

»Warum klopfst du überhaupt, wenn du sowieso reinplatzt?«, fragt Vera.

Gabe steht im Türrahmen.

»Was machst du hier?«, fragt er.

»Vera wollte mir eure superjunge Stiefmutter vorführen«, kann ich mir nicht verkneifen zu sagen.

Vera lacht laut und fröhlich. »Ist sie nicht wunderbar, Gabe?«

Gabes Ausdruck legt nahe, dass er mich ganz und gar nicht wunderbar findet. Aber er sagt bloß: »Mandy möchte wissen, was du zum Abendessen haben willst.«

»Ist mir egal«, sagt Vera. »Sloane? Irgendeine Idee fürs Abendessen?«

»Oh, ich sollte wahrscheinlich ... ich meine, ich gehe nach den Hausaufgaben einfach nach Hause.«

»Ach, komm schon, bleib wenigstens zum Essen. Wir können Mandy alles über die Unterschiede zwischen der University of Florida und der Florida State University fragen. Du sitzt doch auch gerade an deinen Unibewerbungen, oder?«

»Ja.« Ich interessiere mich null für den Unterschied zwischen der UF und der FSU, aber ich habe nicht den Eindruck, Vera das sagen zu können. Also nicke ich bloß. »Ja, klar. Cool.«

»Ja, supercool«, sagt Gabe mit einem Anflug Sarkasmus, aber bevor ich etwas entgegnen kann, ist er schon zur Tür hinaus.

Kapitel 9

Am Dienstag ist das erste Treffen des Konzertchors in diesem Schulhalbjahr. Mrs Simmons, die Chorleiterin, lächelt mich an, als ich eintrete. Es ist noch keinen Monat her, dass sie mich vor der Klasse aufstehen ließ und mich aufforderte, »ein paar Takte zu singen«.

»Wir müssen herausfinden, welcher Stimme wir dich zuordnen!«, hatte sie gesagt.

»Ich bin Mezzosopran«, entgegnete ich.

Sie warf mir einen eigenartigen Blick zu. »Na, dann lass mal hören. Kennst du ›Amazing Grace‹?«

Ob ich eins der berühmtesten Lieder in englischer Sprache kannte? »Klar.« Und ich konnte mir nicht verkneifen hinzuzufügen: »Könnte ich es in E haben?«

Wenn Laney da gewesen wäre, hätte sie eine ganz bestimmte Grimasse geschnitten, mit gerunzelter Stirn, hochgerollten Augen und rausgestreckter Zunge wie Mr Yuk, das Warnsymbol auf giftigen Produkten. Als sie noch jünger war, hat sie dieses Gesicht öfter gemacht –

immer dann, wenn ich mit irgendwas angab. Aber manchmal zieht sie es auch jetzt noch, vor allem, wenn ich etwas mache, was sie nicht kann. Länger aufbleiben dürfen – Mr-Yuk-Gesicht. Autofahren lernen – Mr-Yuk-Gesicht.

Ich weiß nicht, Jill, hatte mein Vater damals gesagt und gezwinkert, *Laney ist jetzt sieben – ich glaube, das ist genau das richtige Alter für den Führerschein.* Laney hatte gekichert. Dad ist immer ziemlich gut darin, Mr Yuk zu vertreiben.

Mrs Simmons machte kein solches Gesicht, als ich in der achten Stunde das erste Mal an ihrem Musikunterricht teilnahm. Sie zog eine Augenbraue hoch, nickte jedoch. *Warum habe ich das gesagt?*, fuhr es mir durch den Kopf. Das hier war eine Chance. Eine Gelegenheit, nicht »die da« zu sein, diese Mr-Yuk-Angeberin. War das so tief in mir verankert?

Sie spielte, ich sang.

Alle sahen auf.

Es kam nicht von irgendwoher. »Die da« wird man nicht ohne Grund. Ich weiß, dass ich gut bin. Jetzt wussten es Mrs Simmons und der Rest der Klasse auch.

»Hattest du professionellen Gesangsunterricht?«, fragte sie mich nach der Stunde, während die anderen ihre Sachen zusammenpackten und gingen.

»Ja«, antwortete ich, denn jetzt war es zu spät, es herunterzuspielen. »Seit der achten Klasse.«

Da empfahl sie mir den Konzertchor, der in ein paar Wochen mit den Proben beginnen würde. »Wir könnten wirklich jemanden wie dich gebrauchen«, sagte sie lächelnd.

Und hier bin ich jetzt.

Ich sehe Aubreys Lockenkopf vorne in der Mitte der Soprangruppe. Neben ihr ist ein freier Platz, also setze ich mich dorthin.

»Ich habe gehört, du wärst eine Art Sängerin«, sagt sie mit etwas, das nicht direkt ein Lächeln ist.

»Na ja, jeder, der sprechen kann, ist eine Art Sänger. Die Frage ist dann nur, ob er ein guter oder schlechter Sänger ist.«

»Ich habe gehört, du wärst eine gute Sängerin«, ergänzt sie und was auch immer das vorhin für ein Lächeln war, jetzt ist es verschwunden.

»Ja, ich weiß nicht. Es ist ein Hobby.«

Nur ein Hobby. Auf das ich sehr viel Zeit und Energie verwende.

Aubrey scheint mir das nicht abzunehmen. Sie dreht sich einfach nach vorn, als Mrs Simmons mit dem Einsingen beginnt.

»Aubrey hat gesagt, du wärst eine richtige Opernsängerin«, sagt Vera am nächsten Nachmittag. Wir liegen auf ihrem Bett und ich klopfe mit den Fingern träge auf ein Heft, während sie über ihren Geschichtsnotizen brütet. »Total talentiert. Das wusste ich ja gar nicht.«

»Das hat sie gesagt?« Aubrey wirkt nicht gerade mitteilsam. Ich kann mir nicht vorstellen, dass sie überhaupt etwas über mich erzählt, geschweige denn etwas Nettes.

»Ja, und sie kennt sich aus – sie singt schon seit Ewigkeiten im Chor. Echt cool.« Vera gibt mir einen Klaps auf den Arm. »Du musst mir unbedingt was vorsingen. Morgen komme ich zu dir. Dann kannst du mir eine Vorstellung geben.«

So ist das mit Vera. Viele Leute sagen einfach irgendwas – *Wir sollten mal was zusammen machen.* Aber Vera ist immer bestimmt, immer begeistert und voll bei der Sache. Jetzt grinst sie mich an. »Und mich mit deinen spitzenmäßigen Stimmbändern umhauen.«

»Ich werde mein Bestes geben.«

Also gehen wir am nächsten Tag nach der Schule zu mir nach Hause. Meine Mutter ist noch bei der Arbeit, aber mein Vater nickt uns aus der Küche zu, in der einen Hand ein Glas Saft, in der anderen sein Tablet.

»Ladys«, sagt er.

Erst auf dem Weg nach oben zu meinem Zimmer flüstert mir Vera zu: »Dein Vater kommt mir irgendwie bekannt vor.«

»Ja, er schreibt Bücher.« Er war im Fernsehen, um über die Verfilmungen zu reden – in der *Today*-Show, einen Arm um Dex Finnegan gelegt –, aber das behalte ich für mich.

»Was für Bücher?«

»Sogenannte ›romantische Liebesromane‹.«

Vera bleibt wie angewurzelt stehen. »O mein Gott.« Sie bekommt große Augen. »O mein Gott.«

Dann macht sie auf dem Absatz kehrt und flitzt die Treppe wieder runter.

Ich folge ihr, gerade rechtzeitig, um zu sehen, wie sie in die Küche platzt.

»Sie sind Everett Finch«, sagt sie und wirft mir einen vorwurfsvollen Blick zu. »Sloane Finch! Du bist Sloane Finch und dein Vater ist Everett Finch!«

»All diese Aussagen sind zutreffend«, sage ich und sie wendet sich wieder meinem Vater zu.

»Sie haben *Sommerglühen* geschrieben. Und *Nichts als Hoffnung*. Und *Sand an unserem Strand*. Und *Liebe an Bord*.«

Dad nickt. »Richtig. Schuldig im Sinne der Anklage.«

»*Sommerglühen* habe ich letztes Jahr auf einem Flug nach Denver gelesen und die ganze Zeit über geheult. Diese Szene an der Tankstelle? Als er die Drogen ins Klo spült? Und sie den Spiegel zerschlägt? O mein Gott.« Vera fasst sich an die Brust.

»Oh, danke! Und weißt du, was? Witzigerweise habe ich diese Szene auf einem Flug nach Denver geschrieben.«

»Ist nicht Ihr Ernst!«

»Ist nicht mein Ernst. Es war ein Flug nach San Diego. Aber das kommt nicht so gut.«

»O mein Gott.« Vera wirbelt herum und sieht mich an. »Warum hast du mir nicht gesagt, dass dein Vater Everett Finch ist?«

»Niemand erzählt überall herum, was sein Vater von Beruf ist, oder?«

»Es hat ja auch niemand Everett Finch zum Vater. Außer dir.«

»Und Laney.«

»Wer ist Laney?«

»Meine Schwester.«

Mein Vater grinst. »Aber ihr beide kennt euch, oder? Ihr habt euch vorher schon mindestens ein Mal getroffen?«

»Wir haben uns ganz schnell angefreundet«, sagt Vera ebenfalls grinsend. »Also, wie soll ich Sie nennen? Mr Finch? Everett? Heißen Sie wirklich so?«

»Nein. Wie wärs mit Mike?«

»Komisch«, sage ich, denn ich finde, ich sollte da ein Wörtchen mitreden. Mein Vater. Meine Freundin. »Wie wärs mit Mr Finch?«

»Abgemacht.« Vera geht auf Dad zu und streckt ihm die Hand entgegen. »Schön, Sie kennenzulernen, Mr Finch. Ich meine, ich habe Sie ja eben schon kennengelernt, aber da wusste ich noch nicht, dass Sie nicht bloß Sloanes Vater sind, verstehen Sie, was ich meine? Ich bin ein großer Fan Ihrer Bücher. Natürlich.«

»Das höre ich immer gern. Danke.«

»Vielleicht – wenn das nicht zu viel Mühe macht – könnten Sie mir ein paar Bücher signieren, wenn ich sie mal vorbeibringe? Und dann könnte ich sie im Netz verschenken. Ich mache Sachen im Netz.«

»Stimmt«, füge ich hinzu, obwohl ich weiß, dass mein Vater über Veras Sachen Bescheid weiß. »Sie ist da äußerst produktiv.«

»Du hast mich gesucht?« Vera strahlt geradezu. »Ah, ich fühle mich geschmeichelt.«

»Ich signiere gern alles, was du mir hinlegst«, sagt mein Vater. »Dieser Social-Media-Kram ist allerdings nicht so mein Ding. Mein Verleger versucht mich immer dazu zu bringen, irgendwas auf Twitter oder Heartmark oder was auch immer zu machen.«

Woher kennt mein Vater Heartmark? Ich selbst kenne Heartmark ja kaum.

»Ich könnte auf jeder Seite, die Sie wollen, was für Sie einrichten«, sagt Vera. »Jederzeit. Sagen Sie einfach Bescheid! Oder sagen Sie es Sloane und sie sagt mir Bescheid. Ich muss Sie allerdings warnen, es macht irgendwie süchtig. Aber es ist eine tolle Möglichkeit, Beziehungen zu knüpfen!« Sie hakt mich unter. »Wir sollten lernen, was? Und dann singst du mir was vor! Danke für das Gespräch, Mr Finch. Wir lassen Sie jetzt in Ruhe.«

Sie zieht mich nach oben und wir lassen meinen Vater in Ruhe.

»Was für ein Wirbelwind«, sagt Dad an diesem Abend. »Eine richtige Naturgewalt.« Er hat nicht unrecht.

Kapitel 10

»Es ist eine tolle Möglichkeit, Beziehungen zu knüpfen«, sagt mein Vater, als ich am nächsten Tag aus der Schule komme.

Er sitzt in seinem Büro vor dem Desktop-Computer. Sein Laptop steht aufgeklappt daneben und davor liegt sein Tablet – alle Geräte eingeschaltet.

»Wie bitte?«

»Das hat Vera gesagt, über die sozialen Netzwerke, diese Internetsache. *Es ist eine tolle Möglichkeit, Beziehungen zu knüpfen.*«

»Äh, ja. Das ist es bestimmt.«

»Ich habe eine Beziehung geknüpft, Sloane«, sagt er, und als er sich schließlich von den Bildschirmen abwendet, wirkt er weder müde noch gestresst. Sein Blick strahlt eher so etwas wie leuchtende, manische Energie aus. Seine Haare stehen wild ab wie bei Doc Brown und seine Augen sind rot gerändert.

»Wie lange bist du schon online?«, frage ich.

»Ich habe nach Vera gesucht«, sagt er statt einer Antwort. »Sie hat fast so viele Follower wie diese Eidechsenkirche. Ist das zu glauben? Wahrscheinlich schon – bei ihrem überschäumenden Temperament.«

»Worauf wollen wir hinaus?«

»Gestern Abend, nachdem ich sie kennengelernt hatte, habe ich sie im Netz gesucht und das hat alles verändert. Ich hatte einen Durchbruch.«

»Was für einen Durchbruch?«

»Sie hat abonniert ... folgt? Verteilt Likes? Sie ist in jedem Fall mit einer Reihe unterschiedlicher Leute verbunden, also habe ich mich gefragt, wer sind diese Leute, zu denen diese reizende junge Frau im Internet Kontakt aufnimmt? Womit beschäftigen sie sich, was machen sie so? Und einer von denen – einer von denen ist dieser Typ. Kennst du den?« Dad hat ungefähr zwei Dutzend Tabs geöffnet, aber es gelingt ihm auf Anhieb, den richtigen zu finden.

»Nein.« Allerdings kommt er mir vage bekannt vor.

»Es hat sich rausgestellt, dass er in dieser Serie mitspielt. Diese Serie, Sloane. Das ist die Wende.«

Er klickt einen weiteren Tab an und der Trailer für eine Fernsehserie beginnt.

Eine Gruppe gut aussehender Menschen geht in Zeitlupe über ein leeres Feld, unterlegt von einem aggressiven Gitarrenriff. Dann werden einzelne Szenen aus der Serie eingeblendet mit Schriftzügen wie: »Der Stein ... er ist der Schlüssel zu seiner Macht!«, und: »Nichts wie weg hier! Sofort!«

»*Were School?*«, frage ich, als der Trailer dröhnend zu Ende geht. »Ziemlich miese Grammatik.«

»Nicht *We're School* – wir sind Schule. Sondern *Were School*. Wie *werewolf*. Hast du davon schon mal gehört? Sie läuft auf einem dieser Jugendsender. Es geht um einen Haufen Jugendlicher mit übernatürlichen Fähigkeiten an einer Vorort-Highschool. *Harry Potter* trifft auf … ich weiß nicht, *GQ*? So unverschämt attraktiv, wie die alle sind.«

»Uh.«

»Keine Sorge, ganz nach Hollywoodart sind es lauter Siebenundzwanzigjährige, die Zehntklässler spielen. Dieser Typ hier, James? Scharfer Kerl. Für den würde mich deine Mutter verlassen.« Er scrollt zu einem schlichten Schwarz-Weiß-Foto von besagtem James, der in einem hautengen schwarzen T-Shirt grübelnd in die Kamera blickt. Dad betrachtet das Foto einen Augenblick. »Es besteht sogar eine dreißigprozentige Chance, dass ich für den deine Mutter verlassen würde.«

»*Dad*.«

»Ja, mein Schatz?«

»Wo bitte ist jetzt die Verbindung zu *Were School*?«

»Kennst du Fandom, Sloane?«

So wie er es sagt, klingt es, als wäre Fandom ein Mensch – wie jemand, dem man im Supermarkt begegnen könnte.

»Irgendwie schon.« Zumindest ist mir der Gedanke geläufig, dass man Fan von irgendetwas sein kann.

»So wie ich es verstehe – und ich bin kein Experte,

also verzeih, falls meine Erklärung ungenügend ausfällt, ich habe mich nur ungefähr sechzehn Stunden im *Were School*-Fandom aufgehalten, und davon habe ich acht damit verbracht, die erste Staffel zu gucken …«

»Hast du letzte Nacht überhaupt geschlafen?«

»Fandom«, fährt er fort, als hätte ich gar nichts gesagt, »ist etwas, dem du beitreten kannst, wie ein Club oder eine Mannschaft, aber es ist auch etwas, das du *bist*. Das Fandom wird von Menschen gebildet, ist aber gleichzeitig auch die Gesamtheit der Kunstwerke, die Menschen im Namen dessen, wofür sie sich begeistern, schaffen, und der Genuss dieser Kunstwerke sowie die Gefühle, die sie hervorrufen und die wiederum ihre Liebe zum Original befeuern … Gott, es ist so dynamisch und wunderbar. Und weißt du, was ich an der ganzen Sache am tollsten finde?«

»Ehrlich gesagt habe ich keine Ahnung.«

Seine Augen strahlen. »Ich habe *Were School*-Fanfiction gelesen. Nein, lass es mich anders ausdrücken: Ich kann nicht damit aufhören, *Were School*-Fanfiction zu lesen.«

»Okay.« Das hatte ich nicht erwartet. Aber um ehrlich zu sein, weiß ich nicht, ob man all das überhaupt von seinem Vater erwarten würde. »Und …«

»Und diese Fanfiction ist brillant. Sie ist brillant. Ist dir klar, dass Leute das alles einfach schreiben und kostenlos posten? Anonym? Weil sie es wollen? Weil sie *Were School* so toll finden?«

»Ja, ich meine, das ist doch der Kern von Fanfiction, oder?«

»Es ist wunderbar, Kreativität in ihrer reinsten Form.«

»Okay. Und … wie hilft dir das jetzt in …« *Deiner aktuellen Situation,* würde meine Mutter sagen. »Inwiefern ist das hilfreich?«

»Ich habe mich mit den Grundlagen des Schreibens herumgeschlagen, wollte alles auf seine ursprünglichen Bestandteile zurückführen – warum lesen wir, warum schreiben wir, warum entscheiden wir, das zu schreiben, was wir schreiben –, und es ist alles hier, es ist alles da.« Er zeigt auf den Bildschirm, wo gerade eine Waschmittelwerbung läuft, während ein weiterer *Were School*-Trailer geladen wird. »Dies ist der Schlüssel zu allem.«

Ich verstehe es nicht. Aber das spielt keine Rolle, wenn es um meinen Vater geht. Hauptsache, er versteht es.

Kapitel 11

Am Montag nach der Schule finde ich mich erneut bei Vera wieder. In der letzten Stunde schickt sie mir eine Nachricht: *Lern-Schwärm-Lern-Zeit! Nach der Schule!*, und offenbar habe ich in der Angelegenheit nicht viel zu melden.

Nachdem wir ungefähr eine Stunde Analysis durchgekaut haben, muss ich aufs Klo. Vera winkt unbestimmt in die entsprechende Richtung, als ich frage, wo ich hinmuss, also gehe ich den Flur entlang und entscheide mich für die erste Tür rechts von mir.

Ich drücke sie auf. Aber es ist kein Badezimmer.

Der Raum ist so groß wie ein Schlafzimmer, aber es ist auch kein Schlafzimmer. Die Wand der Tür gegenüber besteht aus großen Fenstern, die auf den Garten hinausführen. In der Mitte des Zimmers sind eine Staffelei, ein Zeichentisch und ein halbes Dutzend Kartons zusammengeschoben und der Boden ist mit ein paar Staubdecken bedeckt. Hier war eindeutig jemand mit

Farbproben an den Wänden zugange: Breite Bahnen in vier verschiedenen Farben – unterschiedliche Grüntöne – durchschneiden das Blau auf einer Seite des Zimmers.

»Was machst du da?«

Ich zucke zusammen. »Huch.«

Gabe.

»Ich dachte, das wäre das Bad«, sage ich.

»Nein, ist es nicht.«

»Wirklich?« Ich will gerade etwas Dämliches sagen, da sehe ich seine Miene.

Er drängt an mir vorbei und betritt das Zimmer, nimmt die Wände, den Haufen Kunstsachen in sich auf. Dann fährt er unvermittelt herum und stürmt wieder hinaus, den Flur entlang bis ins Wohnzimmer.

Es folgt ein gedämpftes Gespräch.

»Gabe, das verstehe ich, wirklich, aber offen gesagt müssen wir hier praktisch denken ...«

»Hattest du überhaupt vor, es mir zu sagen? Mich wenigstens irgendwie darauf vorzubereiten, verdammt noch mal?«

Gabe taucht wieder im Flur auf, dicht gefolgt von einem Mann, der vermutlich sein Vater ist.

»Bitte! Deine Ausdrucksweise, Gabe.«

»Meine Ausdrucksweise. Ja, klar. Das ist natürlich das Wichtigste hier.«

Ich drücke mich an die Wand und versuche nicht aufzufallen, als Gabe vorbeigeht und wieder das Zimmer betritt, das ganz eindeutig nicht das Bad ist.

»Es konnte nicht ewig so bleiben«, sagt Mr Fuller und folgt ihm. »Das ist … ungesund. Und außerdem brauchen wir den Platz. Ob es dir gefällt oder nicht, das Baby braucht ein Zimmer, und das hier ist das einzige, das wir zur Verfügung haben.«

Gabe dreht sich langsam einmal um sich selbst und mustert schweigend den Raum.

»Wo sind die Bilder?«

»Welche?«

»Moms Bilder.«

»Ein paar habe ich in meinem Zimmer. Den Rest hat Mandy zu Meira gebracht.«

Gabe stürmt wieder raus und platzt in das Zimmer links von mir. Ich höre Amanda leise sagen: »Gabe, was …«

»Wo ist es?«, fragt er, als er zurück in den Flur gestürzt kommt.

»Wie bitte?«

»*Der Traum*. Wo ist es?«

»Ich weiß nicht, was du …«

»Blauer Hintergrund. Die drei Figuren. Es stand in Moms Zimmer, abseits von den anderen, ich habe es extra zur Seite gestellt …«

Mr Fuller schüttelt den Kopf. »Ich weiß nicht, ich …«

»Blau? Mit den Figuren in der Mitte?« Amanda taucht im Türrahmen auf.

»Ja.«

»Ich … ich glaube, das habe ich mit dem letzten Schwung zu Meira gebracht.«

Gabe kneift die Augen zusammen. »Ist das dein Ernst?«

»Ich dachte, es sollte mit den anderen weg. Sollte es das nicht …?« Sie sieht Mr Fuller mit weit aufgerissenen Augen an. »Ich hätte nicht … wenn ich gewusst hätte, dass es wichtig ist, hätte ich bestimmt nicht …«

Gabe starrt sie an. Er kocht vor Wut. Und die ganze Zeit stehe ich gegen den Wandschrank gedrückt und versuche mich unsichtbar zu machen.

»Ich habe es beiseitegestellt«, presst er zwischen zusammengebissenen Zähnen hervor. »Mit Absicht. Damit du es nicht verkaufst, verdammt noch mal.«

»*Gabriel*«, sagt sein Vater. Amanda sieht inzwischen etwa so aus wie ich vermutlich: verwirrt und möglichst bemüht, mit ihrer Umgebung zu verschmelzen, um dieser Auseinandersetzung zu entgehen. »Hör zu.« Mr Fuller macht einen Schritt auf Gabe zu. »Du warst schon seit … seit *Monaten* nicht mehr da drin. Du hast dir die Bilder lange nicht angesehen. Jetzt habe ich die ausgesucht, die uns besonders viel bedeuten …«

»Ja, klar«, murmelt Gabe.

»Ich habe dich *gefragt*, ob du sie durchsehen willst, ob du die raussuchen willst, die du behalten möchtest.«

»Und das habe ich gemacht. Ich habe es beiseitegestellt.«

»Woher sollte ich das wissen? Woher sollte ich wissen, dass du das getan hast, wenn du verdammt noch mal nicht mit mir redest, Gabe?«

»Kyle«, sagt Amanda, jetzt ist sie die Mahnerin.

»Nein. Im Ernst. Wenn du dieses Gespräch führen willst, tun wir das. Nur keine Zurückhaltung, stimmts?«

»Ich will nicht.« Gabes Gesichtsausdruck ähnelt sehr dem, den er neulich abends in der Küche aufgesetzt hatte, kurz bevor Mason sein Gesicht gepackt hat.

»Natürlich nicht. Du willst den Beleidigten spielen und mich hassen, weil das so viel mehr bringt, stimmts?«

»Stimmt«, sagt Gabe und geht.

Mr Fuller fährt sich mit einer Hand über die Augen, dann sieht er Amanda an.

»Tut mir leid«, sagt er. »Ich wollte dich nicht aufregen.« Da bemerkt er mich. »Ich ... Entschuldigung, wer bist du?«

»Eine Freundin von Vera«, sage ich und die Worte fühlen sich in meinem Mund ganz komisch an. »Ich wollte nicht ... ich bin gerade auf dem Weg nach draußen.« Ich gehe rückwärts den Flur entlang. »Tut mir leid ... das war ... privat ... ich wollte nicht ...«

Ich muss meinen Satz nicht zu Ende bringen, weil ich zum Glück in diesem Moment um die Ecke biegen kann und die Fullers sich selbst überlasse.

Na ja, nicht alle. Erst gehe ich noch in Veras Zimmer, packe meine Sachen und verabschiede mich.

»Aber wir müssen doch noch den Übungstest machen«, sagt Vera.

»Ja, tut mir leid. Muss nach Hause. Ich ...« *Fühle mich zu unbehaglich.* »Wir sehen uns morgen.«

Sie nickt. »Okay. Schreib mir später eine Nachricht.«

Ich halte kurz inne. »Worüber?«

»Was immer du willst«, sagt sie lächelnd.

Ich eile hinaus. Die Fliegengittertür schlägt hinter mir zu und ich will mich gerade auf den Weg machen, als ich von der einen Seite des Hauses ein Geräusch höre.

Ich blicke um die Ecke.

Da steht Gabe, den Rücken an die Wand gelehnt, das Gesicht nach oben gerichtet. Er hat die Augen geschlossen, die Hände neben seinem Körper zu Fäusten geballt. Er atmet schnell und abgehackt, als hätte er gerade einen Sprint hinter sich.

»Hey«, sage ich und er zuckt zusammen.

»Was ist?«

»Alles in Ordnung?«

»Ja.«

»Sicher?«

»Warum sollte ich Ja sagen, wenn ich nicht sicher bin?«

»Weil Menschen manchmal lügen, wenn sie glauben, das wäre einfacher so.«

»Tust du das?«, fragt er.

»Nein.«

»Und jetzt gerade?«

Ich lächele leicht. »Alles in Ordnung?«

Er schüttelt den Kopf.

»Komm mit«, sage ich.

Ich fahre mit Gabe zu dem Eiscafé auf Opals Hauptstraße.

Er ist erstaunlich gefügig in seiner Wut. Ich platziere

ihn draußen an einem der Tische, durch den ein großer gelber Sonnenschirm gesteckt ist. Als ich wieder aus dem Café komme, sehe ich ihn da sitzen und mir fällt sofort auf, dass er nicht an seinem Handy ist. Wenn man Leute in der Öffentlichkeit allein lässt, eigentlich egal wie lange, sind sie praktisch immer an ihrem Handy, wenn man zurückkommt. Aber ich nehme an, dass die Verzweiflung, die Gabe gepackt hat, so groß ist, dass noch nicht mal die Verlegenheit, allein zu sein, sie durchdringen kann. Oder vielleicht wird er einfach nicht verlegen.

Er sieht erst auf, als ich einen Aluminiumstuhl vom Tisch wegziehe und einen großen Plastikbecher mit einem Löffel vor ihn hinstelle.

Sein Blick wandert vom Eis zu mir und wieder zurück.

»Was ist das hier?«

»Vanilleeis mit Gummibärchen und Schokostreuseln.«

»Das weiß ich, ich meine nur ... warum hast du mir das gekauft?«

»Meine Schwester heitert es immer auf«, sage ich, während ich mich auf mein eigenes Eis stürze. »Okay, sie ist neun, aber ... der Erfolg ist garantiert.«

»Ich brauche kein Eis«, sagt Gabe.

»Nein, du brauchst eine Einstellungsänderung. Vielleicht hilft der Zucker dabei.«

Gabes Augenbrauen verziehen sich zu einem beeindruckenden Funkeln. »Echt jetzt? Ich bin der Einzige hier, der eine normale Reaktion zeigt. Ich bin der Einzige, der bereit ist auszusprechen, wie beschissen diese ganze Situation ist.«

»Okay, erstens war das ein Witz. Zweitens weiß ich nicht, um was es sich bei der ganzen Situation handelt. Also erzähl es mir und dann sage ich dir, ob sie beschissen ist oder nicht.«

Gabe sieht mich einen Moment an und ich erwidere seinen Blick einfach. Ich habe das Gefühl, dass er es nicht gewohnt ist, herausgefordert zu werden.

»Seit wann ist deine Mutter fort?«, frage ich, als er nichts sagt.

»So klingt es, als hätte sie uns verlassen, als wäre sie absichtlich weggegangen.«

»Ich habe versucht, das Wort *tot* zu vermeiden, aber wenn du willst, dass ich es ausspreche, tue ich es. Seit wann ist deine Mutter schon tot?«

»Seit zwei Jahren«, sagt er gepresst.

»Das heißt, dein Vater hat Amanda kennengelernt, sie haben geheiratet und jetzt ist sie schwanger – und all das in … zwei Jahren?«

Gabe nickt.

Ich nicke ebenfalls. »Okay. Das ist ein bisschen beschissen.« Wir schweigen. »Und wer ist Meira?«, frage ich, während er misstrauisch ein Gummibärchen anstupst. »Sie sind nicht vergiftet, falls du dich das fragst.«

Gabe schiebt sich eins in den Mund, kaut, und sagt dann: »Sie hat eine Galerie. Ich kenne sie nicht, aber mein Vater …« Er beendet den Satz nicht.

»Das heißt, er verkauft die Bilder.«

»Erst ging es darum, die Arztrechnungen zu bezahlen, dann, das Haus zu unterhalten ... aber jetzt geht es gar nicht mal mehr ums Geld. In Wirklichkeit will er alles loswerden, was ihn an sie erinnert, weil er, Scheiße, ich weiß nicht ... nicht damit belästigt werden will, sich an sie erinnern zu müssen. Und jetzt sind fast alle weg und er hat genau das eine weggegeben ... er hat genau das eine verkauft, das für *uns* war, es war etwas Besonderes, sie sagte, es zeige uns alle zusammen, aber natürlich will er nicht ... natürlich hat er ausgerechnet das ...«

Er bricht ab, schüttelt nur den Kopf und spießt ein ahnungsloses Gummibärchen auf.

»Woher weißt du, dass es verkauft wurde?«, frage ich.

Er hebt fragend eine Augenbraue.

»Woher weißt du, dass sie es verkauft hat? Amanda hat das Bild zu Meira gebracht, aber das heißt doch nicht, dass Meira es auch verkauft hat. Vielleicht ist es noch da.«

»Die Bilder gehen schnell weg«, murmelt er. »Sie war früher schon bekannt, aber jetzt, wo sie ...«

»Tot ist?«, frage ich und er wirft mir einen bösen Blick zu. »Du hast gesagt, ich soll nicht *fort* sagen. Das hast du gesagt.«

»Stimmt«, sagt er nach einem Augenblick. »Danke für deine Konsequenz.«

Meine Lippen zucken. »Wir sollten mal nachsehen, meinst du nicht?«

Er sagt nichts.

»Das Bild war dir wichtig?«, hake ich nach.

»Sie wollte, dass wir es bekommen.« Er weicht meinem Blick aus. »Es war nur für uns.«

»Dann lass uns nachsehen. Wo ist die Galerie?«

»Hier. In Opal.«

»Kismet«, sage ich und nehme mir ein Gummibärchen.

Die Newforth Gallery liegt zwei Straßen weiter. »Sie hat früher in einer Galerie in Grayson ausgestellt«, sagt Gabe im Gehen. »Aber mein Vater glaubt, sie verkaufen sich besser in Opal, daher hat er sie hergebracht, nachdem ... nachdem.«

»Die Leute hier sind bereit, unanständige Preise für Sandwiches mit jungem Grünkohl zu bezahlen«, sage ich. »Also hat er vielleicht gar nicht so unrecht.« Dann halte ich die Tirade über den jungen Grünkohl für Gabe, weil es die Stille füllt, und auch wenn sein Lachen etwas gezwungen klingt, ist es doch immerhin etwas.

Eine Glocke läutet, als wir die Tür zur Galerie öffnen und einen Raum mit hohen Decken, Parkett und weißen Wänden betreten. Eine Kunstgalerie wie aus dem Fernsehen mit einer stattlichen Reihe bunt gemischter Gemälde an den Wänden. Das wirklich grauenhafte Porträt einer Französischen Bulldogge. Eine tanzende Frau in einem roten Kleid. Mehrere Interpretationen eines Straßencafés. Aber dort ... im hinteren Teil ...

An der hinteren Wand der Galerie hängen sechs Gemälde in verschiedenen Größen. Es sind hauptsächlich Wasseransichten; der Stil ist fein, beinahe zart, aber sie haben eine gewisse Bewegung an sich, strotzen vor Energie. Die kleinen Galerielampen werfen Lichtkegel auf die Bilder, aber das haben sie eigentlich gar nicht nötig – sie erstrahlen in einer Art innerem Licht. Die Rahmen wirken handgemacht, sind in einigen Fällen ebenfalls bemalt, mit Seilstücken, Muscheln und Kieseln am Rand, sodass es aussieht, als drängten die Bilder aus der Leinwand heraus.

Ich werde von dieser Wand angezogen. Davor steht ein kleiner Tisch, auf dem ein Stoß Postkarten und ein Stapel Bücher mit dem Titel *Laura Fuller – eine Retrospektive* liegen. Ein handgeschriebenes Schild daneben besagt: IM ANDENKEN AN LEBEN UND WERK VON LAURA FULLER.

Ich sehe mir die Bilder lange an. »Sie sind wirklich hübsch«, sage ich schließlich. Aber *hübsch* ist nicht das richtige Wort. *Hübsch* ist zu harmlos – es wird ihnen nicht gerecht. Sie sind … dynamisch.

Als ich mich zu Gabe umdrehe, sehe ich, dass er noch immer an der Tür steht.

Ich will gerade noch etwas sagen, obwohl ich nicht genau weiß, was – sein Gesichtsausdruck ist schwer zu deuten. Aber dann taucht eine Frau aus einer Tür an der Seite auf. Sie passt zur Umgebung – eine typische Galeristin in einem langen gemusterten Rock und einem engen Top. Viel Türkisschmuck. Sie ist vielleicht etwas jünger als meine Mutter. Vermutlich ist es Meira.

»Kann ich euch helfen?«, fragt sie und sieht von mir zu Gabe.

Er schüttelt bloß den Kopf, den Blick auf die Wand mit Bildern uns gegenüber gerichtet. »Es ist nicht hier.«

»Sucht ihr nach etwas Bestimmtem?«, fragt Meira.

»Ja«, sage ich. »Sind das hier alle? Von den Sachen seiner Mutter?«

»Wie bitte?«

»Laura Fullers Bilder.«

Bei Meira macht es klick; das sehe ich ihr an. »Du musst Gabe sein«, sagt sie und sieht ihn an. »Meine Güte, bist du groß geworden. Da ist ein Bild von dir und deiner Schwester im Buch – hast du das gesehen? Vermutlich hast du schon ein Exemplar …« Sie geht zu dem Tisch hinüber, auf dem der hohe Stapel von *Laura Fuller – eine Retrospektive* liegt.

»Wir sind auf der Suche nach einem bestimmten Gemälde«, sage ich, als Meira eins der Bücher in die Hand nimmt. Ich habe den Eindruck, dass Gabe nicht in der Stimmung ist, in Erinnerungen zu schwelgen. »Es heißt *Der Traum*. Es hat, äh, einen blauen Rahmen?« Ich werfe Gabe einen Blick zu. Er nickt einmal kurz.

»Ja«, sagt Meira. »Ich erinnere mich. Das ging schnell weg, vor ein paar Monaten.«

»Wissen Sie, an wen?«

»Da müsste ich nachsehen.«

»Könnten Sie das tun?«

Meira sieht zwischen uns hin und her, dann sagt sie: »Leider kann ich die Daten nicht rausgeben. Tut mir leid.«

»Ja, aber es ist ja nicht …« Ich will diplomatisch sein.

Und nicht zu weit gehen. Aber ich kann nicht anders. »Es ist ja nicht so, als gäbe es da Galeriegesetze, oder? Nicht wie beim Arzt oder beim Priester mit dem Beichtgeheimnis.«

»Nein, das stimmt. Aber ich führe hier ein Geschäft und da gelten bestimmte Anstandsregeln. Es tut mir leid, wirklich.« Sie sieht Gabe an. »Was ich tun kann, ist, dem Kunden, der das Bild gekauft hat, eine Nachricht zukommen zu lassen. Da das Bild allerdings von deinem Vater verkauft wurde, muss er mich kontaktieren und darum bitten.«

Gabe schüttelt nur den Kopf.

»Warum nicht?«, frage ich. Es ist nicht ideal, aber besser als nichts.

»Schon okay. Danke auf jeden Fall.«

Er wendet sich zum Gehen, aber Meira tritt einen Schritt vor, das Buch immer noch in der Hand.

»Ich, äh, habe deine Mutter einmal getroffen. Bei einer Feier vor ein paar Jahren. Sie war ... eine so liebenswürdige Frau.«

Ich weiß nicht, wie ich darauf reagieren würde, aber Gabes Miene entspannt sich ein wenig. »Ja, das war sie. Danke.«

»Warum bittest du deinen Vater nicht einfach, sie anzurufen? Und dann ruft Meira den Kunden an und wir kriegen das Bild zurück.«

Gabe geht zügig die Straße entlang in Richtung Stadtzentrum. »Ich will ihn nicht fragen.«

»Warum nicht?«

»Darum.« Er schüttelt den Kopf. »Es war eine dumme Idee.«

»Das sagst du nur, weil es nicht deine war.«

»Es ist weg. Es hat keinen Zweck.«

»Wir kriegen es zurück«, sage ich.

»Man kann nicht alles zurückkriegen. Stimmts? Also. Vergessen wir's.«

»Willst du das?«

»Ja«, sagt er und sieht aus, als meinte er es vielleicht auch so. Oder als wollte er es zumindest so meinen.

Aber ich weiß es besser. Er hat sein Gesicht nicht gesehen, als er da in dem Kinderzimmer stand. Seinen Ausdruck, als Amanda sagte, sie habe das Bild hierhergebracht. Als wäre etwas zerbrochen. *Das eine, das für uns war,* hat er gesagt. *Es zeigte uns alle zusammen.*

Vielleicht gibt es eine Möglichkeit, es in Ordnung zu bringen. Es wieder heil zu machen. Denn ich bin nicht unbedingt seiner Meinung. Nicht alles ist unumkehrbar. Nicht alles ist irreparabel.

»Okay«, sage ich, aber ich weiß, dass ich auf keinen Fall aufgeben werde.

Kapitel 12

Später an diesem Abend, ich mache gerade Hausaufgaben, leuchtet mein Handy auf, weil eine Nachricht von Vera eingetroffen ist.

Ich hab gehört, was passiert ist. Tut mir leid, wenn Gabe dir auf die Nerven gegangen ist.

Dann summt es schnell weitere sechs Mal hintereinander:

Er hat gesagt, du hättest ihm Eis gekauft
Mit Gummibärchen
Du hast meinem Bruder, dem humorlosesten Menschen auf der ganzen Welt, ein Eis mit Gummibärchen gekauft
Du bist eine Königin unter gewöhnlichen Sterblichen
Königin Sloane
lol

Ich schreibe zurück: Du weißt schon, dass du das alles auch in eine Nachricht schreiben könntest.

Nicht so witzig, erwidert sie.

Außerdem denke ich in kleinen Schnipseln
Muss sie aufschreiben, wie sie mir einfallen
Nervt das?

Ein bisschen, schreibe ich, weil ich nicht lügen kann.

Weißt du, vielleicht ist es genauso witzig, dich zu ärgern wie Gabe.

Warum?, schreibe ich, bevor sie einen neuen Schwall loslassen kann.

Ihr seid beide so ernst.

Ich bin nicht ernst, schreibe ich. Jeder, der mich kannte, wusste das, oder? Ich gab ein Dutzend dämlicher Kommentare pro Minute ab. Fast so schnell, wie Vera Nachrichten tippte.

Bist du dir je begegnet?, erwidert sie.

Ich schreibe nicht zurück und mein Handy summt erst nach einer ganzen Weile wieder. Ich sehe hin und rechne mit einer Nachricht von Vera, aber sie kommt von einer neuen Nummer.

Danke für das Eis.

Ich blinzele und mir fällt wieder ein, wie Vera und ich beim Mittagessen nach der Party bei Frank Telefonnummern ausgetauscht haben und sie meine an Gabe weitergegeben hat.

Klar, kein Problem, entgegne ich.

Die kleine Blase taucht auf und zeigt an, dass Gabe eine Antwort tippt. Ich sehe, wie sie verschwindet und wieder auftaucht. Und dann endgültig verschwindet.

Ein paar Tage später hole ich Laney vom Kulturclub ab und will dann noch einen Umweg machen.

Aber erst muss ich die erforderliche Zeit warten, bis Laney sich von allen am Basteltisch aufs Herzlichste verabschiedet hat. Ich sehe zu, wie sie die Arme um ein kleines blondes Mädchen schlingt, und plötzlich fällt mir mein eigenes Abschiedsritual nach der Schule ein, als ich in ihrem Alter war.

An meiner Grundschule gab es keinen Kulturclub, aber eine Gruppe namens »Mandelsplitter«. Damals war mir das nicht klar, aber »Mandelsplitter« war für Scheidungskinder gedacht. Ich wusste nur, dass sie immer die neuesten Spiele hatten, bei denen noch alle Teile vorhanden waren, dass es jeden Donnerstag Eis gab und dass meine Freundin Ella dahin ging und ich nicht.

Ella und ich blieben immer vor der Mensa stehen, wo sich die »Mandelsplitter« trafen. Wir verschränkten unsere kleinen Finger und küssten jede unseren Daumen, bevor wir sie zusammendrückten. Viele Mädchen aus unserer Klasse machten das so, es war also kein persönliches Ritual. Es war eine Art, ein Geheimnis oder ein Versprechen zu besiegeln. Ich schätze, dass Ella und ich es auf dieselbe Art benutzten, nur war das Versprechen kein ganz so großes – *Wir sehen uns morgen.*

Es war ein Ritual, aus dem wir irgendwann herausgewachsen sind. Ich habe lange nicht mehr daran gedacht.

Als Laney endlich fertig ist, gehen wir los und machen auf dem Nachhauseweg einen Schlenker durch die Hadley Street. Vor der Newforth Gallery bleibe ich stehen. Laney geht noch ein paar Schritte weiter, dann bleibt sie ebenfalls stehen, dreht sich um und wirft einen Blick auf das Schild über der Tür.

»Nicht genehmigter Zwischenstopp«, sagt sie.

»Wir klären nur kurz was«, entgegne ich, als ich sie in die Galerie führe.

»Hi«, sagt Meira hinter der Theke. »Wie kann ich … oh, du warst neulich schon mal hier, stimmts? Du bist Gabes Freundin?«

»Du hast einen Freund?« Laney beäugt mich misstrauisch.

»Schau dir die Kunstwerke an«, sage ich und zeige auf die Wand mit Laura Fullers Bildern.

Sie marschiert in die gezeigte Richtung und verharrt dann regungslos vor den Gemälden.

»Guck dir das an«, haucht sie. »Guck mal, wie die sich bewegen.«

»Kann ich dir irgendwie behilflich sein?«, fragt mich Meira.

Ich sehe an Laney vorbei auf den kleinen Tisch mit den Exemplaren von *Laura Fuller – eine Retrospektive.*

»Ja«, sage ich. »Was kosten diese Bücher?«

Meira schenkt Laney eine Postkarte der Galerie mit einem Gemälde von Laura Fuller. Es ist das Bild eines kleinen blauen Bootes, das in einem schmalen Meeresarm treibt, und wandert an diesem Abend direkt in *Meine Erinnerungen*. Laney blättert sogar die Seite um und lässt ein weißes Blatt zwischen den letzten Ausschnitten von Kai mit *This Is Our Now* und der Postkarte. Ganz allein auf einem Ehrenplatz.

Ich bringe sie ins Bett und sage meinen Eltern Gute Nacht, dann kuschele ich mich selbst ins Bett und schlage *Laura Fuller – eine Retrospektive* auf.

Mitten auf der ersten Seite ist ein Foto von ihr. Eine schöne dunkelhaarige Frau mit Veras lachenden Augen.

> Laura Fuller (geb. Morales) ist in der Dominikanischen Republik geboren und zog im Alter von zehn mit ihrer Mutter, einer Lehrerin, und ihrem Vater, einem Koch, in die USA. Sie ließen sich in Panama City, Florida, nieder, wo Fullers Vater ein Restaurant eröffnete. Schon von Kindesbeinen an war Fullers Liebe zur Kunst …

Das Buch ist in Abschnitte unterteilt. Erst kommt eine kleine Auswahl ihrer Werke aus der Studienzeit – hauptsächlich Landschaften, aber auch einige Stillleben. Dann geht es über zu ihrem darauf folgenden Werk –

Wasseransichten, der Strand, das Meer. Und schließlich der letzte Abschnitt:

> In ihren letzten Lebensmonaten stellte Fuller noch fünf Gemälde fertig. Es sind ihre wohl beeindruckendsten Stücke, gefühlvoll und energiegeladen. Während ihr Frühwerk von einer großen Eleganz und Raffinesse ist, strahlen diese, ihre letzten, Gemälde eine rohe Kraft aus. Zu ihnen zählen *Flut*, eine Fortführung des Wassermotivs mit einer düsteren Wendung; *Der Schläfer*, einer der wenigen belegten Abstecher Fullers in die figürliche Malerei; *Omnibus*, die impressionistische Ansicht einer Stadt in der Abenddämmerung – vermutlich Grayson, wo Fuller wohnte; *Der Traum*, ein ergreifender, abstrakter Blick auf das Leben nach dem Tod; und *Wahrscheinlichkeit*, das eine Rückkehr zum Strand und zu Fullers ursprünglichem Stil darstellt.

Ich blättere schnell um. Es folgen *Flut, Der Schläfer* und *Omnibus. Der Traum* ist dagegen nicht abgebildet.

Von den drei gezeigten gefällt mir *Der Schläfer* am besten. Es ist das einzige Bild im ganzen Buch, auf dem ein Mensch zu sehen ist. Aber es ist nicht realistisch. Es ist eher die Andeutung eines Menschen, ein dunkler Umriss in einem Türrahmen. Hinter der Gestalt kann man den Raum erahnen, eine Tiefe, die gleichzeitig unheimlich und tröstlich ist. Der Kopf der Gestalt ist leicht zur Seite gedreht, als würde sie gerade sowohl zurück als auch nach vorn blicken.

Ich betrachte das Bild eine Weile, bis ich einschlafe.

Kapitel 13

Als ich am nächsten Tag nach der Schule in mein Zimmer komme, liegt ein ordentlicher Stapel Papier auf meinem Bett. Mein Vater glaubt voller Inbrunst an die magischen Eigenschaften von Papier. *Man muss die Seiten spüren, Sloane.* Ich nehme die erste Seite und fange an zu lesen. Es dauert nicht lange.

Als ich fertig bin, gehe ich zu meinem Vater ins Arbeitszimmer. »Irgendjemand hat also *Were School*-Fanfiction ausgedruckt und auf mein Bett gelegt«, sage ich.

»Hm. Na so was. Das ist ja seltsam.«

»Im Ernst?«

Mein Vater fährt in seinem Stuhl herum. »Hats dir gefallen? Es ist eine meiner Lieblingsgeschichten. Ich erstelle eine Empfehlungsliste.«

Die Erzählung enthielt Ausdrücke wie »ein so schauriger Schmerz, dass es ihn mittendurch riss« und beschrieb James' Liebe zu Mickey als »verglühenden Stern – zu hell, zu heiß und zum Absturz verdammt«.

»Es war nicht übel«, sage ich.

»Welch überschwängliches Lob.«

»Es war nett.«

»Aber ...«

»Aber ... ich weiß nicht. Das ist nicht ... es ist alles absolut unrealistisch.«

»Na ja, du musst das Ausgangsmaterial berücksichtigen. Es geht um Werwolf-Jugendliche an einer Werwolf-Schule in einer Version von Massachusetts, die verdächtig nach einem Studio in Los Angeles aussieht. Natürlich ist das nicht realistisch. Aber mindert das auf irgendeine Weise dein Vergnügen daran?«

Ich schüttele den Kopf. »Das meine ich nicht. Schon klar, dass dieser ganze übernatürliche Kram irgendwie dazugehört. Aber ...« Ich zucke die Achseln. »Diese ganze Sache mit der Liebe. Dieser übertriebene Kitsch. So redet doch keiner – kein Mensch fühlt so.«

»Was meinst du damit?«

Ich halte die Seiten hoch. »*Die Liebe eines verglühenden Sterns*? Echt jetzt? So was würde nie jemand denken, geschweige denn laut aussprechen.«

»Dann muss ich annehmen, dass du dasselbe von meinen Büchern denkst.«

»In gewisser Weise schon. Aber das hier ist wie deine Bücher auf Crack.«

»Es ist wie meine Bücher ohne all die Ambitionen ... ungebändigt und echt. Es entsteht aus einer völligen und absoluten Liebe zu den Figuren und aus einer Liebe zu ihrer Liebe – zu ihrer *Vorstellung* von Liebe – und deshalb bin ich hier, Sloane. Wegen Figuren, die einem etwas bedeuten. Authentischer Gefühle. Es schreckt in keinem Moment zurück. Ich wünschte, ich könnte so etwas schreiben.«

»Na, komm.« Ich schüttele den Kopf. »Ich meine, niemand liebt jemanden so sehr. Oder? Niemand … *fühlt* das so.«

»Die Leute fühlen das sehr wohl so. Die Leute fühlen das zu tausend Prozent so. Vielleicht denken sie nicht unbedingt in diesen Begriffen darüber, aber … mein Gott, Sloane, natürlich tun sie das.«

Ich blicke auf die Seiten hinab. »Es ist einfach ein bisschen dick aufgetragen«, sage ich schließlich.

»Ich fürchte, da sind wir unterschiedlicher Meinung«, entgegnet mein Vater, dann hantiert er einen Moment an seinem Computer herum. »Ich drucke dir noch eins aus.«

»Dad.«

»Okay, ich schick dir ein paar Links.«

Es ist still, während er offenbar nach diesen Links sucht.

»Wie wars in der Schule?«, fragt er schließlich.

»Okay.«

»Ist irgendwas Interessantes vorgefallen?«

»Ich, äh …« Ich weiß nicht, wie viel ich ihm von dem Gemälde erzählen soll. Im Moment ist es nur eine vage Idee, dass ich es wiederbeschaffen will. Aber es ist eine Idee, die mich nicht loslässt. »Ich fange da mit so einem neuen Projekt an. Aber ich weiß nicht, wie es laufen wird.«

»Ist es eine Gruppenarbeit?«

»Bisher nicht.«

»Na ja, vielleicht wäre es hilfreich, einen Partner zu haben. In welchem Fach?«

»Wie steht es mit dieser Linkliste?«, frage ich.

»Schon unterwegs«, entgegnet er, erfolgreich abgelenkt.

Am Montag in Bio sehe ich zu Remy hinüber. *Vielleicht wäre es hilfreich, einen Partner zu haben.*

Ich räuspere mich. »Hey, na, hat Gabe … hat Gabe dir das mit dem Gemälde erzählt? Das von ihrer Mutter, das aus Versehen verkauft worden ist?«

»Ja.«

»Echt?«

»Er ist mein bester Freund – er erzählt mir alles.«

Er sagt das ganz ohne Ironie.

»Oh«, sage ich. »Na ja. Ich will es wiederbeschaffen.«

Ich erzähle ihm, dass wir bei Meira waren und dass sie die Daten des Kunden nicht herausgeben konnte. »Und …«, sagt er, als ich fertig bin.

»Und ich brauche deine Hilfe. Gabe will nicht … er hat gesagt, ich soll es vergessen.«

»Aber das hast du nicht vor.«

»Natürlich nicht.«

Er lächelt. »Ja, okay.«

Ich kenne Remy nicht besonders gut, aber das kommt mir sehr Remy-mäßig vor. Die meisten würden jetzt ein paar Fragen hinterherschicken. *Wo gehen wir hin, was machen wir?* Remy dagegen akzeptiert es einfach, nickt und dann ist es still.

Bis er sagt: »Ich ... ich brauche eigentlich auch Hilfe. Um etwas wiederzubeschaffen.«

»Was denn?«

»Aubrey.«

Ich werfe ihm einen Blick zu. »Aubrey ist keine Sache. Du kannst sie dir nicht einfach *beschaffen*.«

»Du weißt schon, was ich meine. Ich will ... ich will sie zurück.«

»Das ist ja doch irgendwie eine Entscheidung, die euch beide betrifft. Es spielt keine Rolle, was du willst, wenn sie nicht dasselbe will.«

»Aber vielleicht gibt es etwas, das ich tun könnte«, sagt er und klingt so ernst dabei. »Vielleicht gibt es etwas, das ich verändern oder besser machen könnte, und dann käme sie vielleicht wieder mit mir zusammen. Und selbst wenn nicht, das ist wirklich ... wenn ich sie nicht zurückhaben kann, dann will ich zumindest wissen, warum. Als sie Schluss gemacht hat, hat sie nicht ... ich weiß gar nicht, warum.« Er sieht mich an. »Das ist das Schlimmste. Hattest du je ...« Er unterbricht sich und ich weiß nicht, ob es daran liegt, dass ihn die Gefühle übermannen oder dass ich nicht so aussehe wie jemand, der *je*. »Ich meine ... vielleicht könntest du einfach herausfinden, warum es nicht funktioniert hat.«

»Warum ausgerechnet ich?«

»Weil du die Außenseiterin bist.«

Mein Gesicht zeigt offenbar eine Regung, derer ich

mir nicht bewusst war, denn Remy bekommt große Augen. »Ich meine … keine Außenseiterin wie … Du bist einfach neu, das ist alles. Wir alle sind schon so aneinander gewöhnt und unsere Beziehungen zueinander sind irgendwie so festgefahren. Du bist anders. Ich glaube … ich glaube, sie würde mit dir reden.«

»Warum?«

Er zuckt die Achseln. »Du hast einfach … ich glaube einfach, das würde sie.«

»Okay. Gut, ich rede mit Aubrey, wenn du mir mit meinem Gemäldeprojekt hilfst.«

»Jetzt ist es sogar ein Projekt?«

»O ja, und was für eins. Im Übrigen, wenn Gabe wirklich dein bester Freund ist, meinst du nicht, du solltest ihm einfach aus freien Stücken helfen und nicht nur, weil ich dir bei deinen Frauenproblemen helfe?«

»Er lässt sich nicht gern helfen. Das heißt, ich stelle mich damit sogar gegen ihn.«

»Das ist bescheuert und das weißt du auch.«

Er zuckt mit den Achseln. »Das ist Gabe.«

Nach der Schule treffe ich mich mit Remy am verabredeten Ort, um Pläne zu schmieden – Raum 324, ganz hinten in der Ecke gegenüber einer Abstellkammer. Überrascht stelle ich fest, dass es sich ausgerechnet um das Tonstudio für den schuleigenen Radiosender handelt.

Es ist zwar nur ein kleines Studio, hat aber das nötige Drum und Dran, die großen Mikrofone, das Mischpult und die nutzlosen Regale mit inzwischen überflüssigen CDs. Als ich eintrete, ist laute Musik zu hören, die Remy leiser stellt, bevor er sich die Kopfhörer abnimmt.

»Du bist DJ«, sage ich.

»DJ Smooth, um genau zu sein.«

»DJ Smooth?«, wiederhole ich.

»Ich hab ihm gleich gesagt, dass der Name bescheuert ist«, ertönt eine gedämpfte Stimme.

»Besser als DJ Gabe«, entgegnet Remy und da taucht Gabe aus einer Tür in der Ecke auf.

»Hey, Gabe ist auch da«, sage ich.

»Das bin ich.«

»Das ist er.«

Ich sehe Remy an. Remy sieht mich an. Ich hebe vielsagend die Augenbrauen, aber er runzelt nur verwirrt die Stirn.

Erwähn das Gemälde nicht, versucht mein Blick zu sagen.

Ich habe keine Ahnung, was du meinst, erwidert seiner.

An unserer nonverbalen Kommunikation müssen wir also noch arbeiten. Vielleicht kriegen Laborpartner das erst im zweiten Halbjahr hin.

»Diese Sache, die wir machen müssen«, sage ich schließlich. »Vielleicht sollten wir damit bis nach der Sendung warten? Bis ihr beide fertig seid ... und alle ... ihrer Wege gehen?«

Gabe sieht mich komisch an, aber Remy scheint zu verstehen. Er nickt. »Klar. Ja. Wir müssen nur noch einmal ran, falls du hier warten willst.«

Ich lasse mich auf dem zerschlissenen Sofa in der Ecke nieder. Ein Sofa in der Highschool – ganz schön gefährlich. Das Radiostudio ist in Freistunden bestimmt die Knutschzentrale.

Remy drückt einen Knopf und die SENDUNG-Anzeige leuchtet auf, genau wie im Fernsehen.

»Hey, hier ist DJ Smooth im Studio mit meinem Kumpel ...«

Gabe beugt sich übers Mikro. »DJ Gabe«, sagt er feierlich.

»Wir haben hier eine topaktuelle Nachricht«, sagt Remy mit Radiostimme: lebhaft, laut und ganz anders als alles, was ich bisher von ihm gehört habe. »Offenbar ist ein Mann aus Destin unversehrt wieder bei seiner Familie aufgetaucht, nachdem er vierundzwanzig Stunden vermisst wurde. Zum letzten Mal gesehen wurde er nach der Arbeit gegen vier Uhr nachmittags in einem waldgrünen SUV mit dem amtlichen Kennzeichen ... ich weiß gar nicht, warum ich euch das alles erzähle. Das ist schließlich nicht besonders informativ, wo er ja inzwischen gefunden wurde ...«

»Ich weiß nicht, es wäre informativ, wenn man versuchen wollte, ihn noch mal zu entführen«, sagt Gabe.

Ich muss lachen und er sieht augenblicklich hoch. Etwas blitzt kurz in seinem Gesicht auf – etwas wie Belustigung –, aber dann blättert er weiter ein CD-Booklet durch.

»Wie auch immer, wir versuchen nur, noch einen Höhepunkt zum Schluss zu bringen. Wiedervereinigte Familien sind immer eine gute Nachricht. Und um unsere Sendung abzurunden, kommt hier ›Take On Me‹ von *A-ha*. Ich wünsche euch einen großartigen Tag da draußen, Grove County. Wir sind DJ Smooth …«

»Und DJ Gabe.«

»Und sagen Tschüss«, sagen beide gleichzeitig wie die totalen Nerds. Und dann ertönt »Take On Me« und die SENDUNG-Anzeige geht aus.

»Nette Musikauswahl«, sage ich.

»Ich kenne halt meine Klassiker«, erwidert Remy grinsend.

»Fährst du auch mit dem Bus?«, fragt Gabe Remy, als sie ihre Sachen einpacken.

»Nee, Sloane und ich arbeiten da noch an was.«

»Wir haben ein Fach zusammen«, sage ich, was vollkommen richtig ist.

Gabe nickt. »Okay. Na dann … wir sehen uns.«

»Ich glaube nicht, dass wir's ihm erzählen sollten«, sage ich, sobald die Tür hinter ihm zufällt. »Das mit dem Projekt. Nur für den Fall … weißt du, falls wir das Gemälde nicht zurückkriegen. Es hat ja keinen Zweck, ihm falsche Hoffnungen zu machen.«

»Schon kapiert. Wir erzählen nichts. Vera auch nicht?«

»Sie würde es ihm nur weitersagen. Oder er würde es, was weiß ich, per Zwillingstelepathie mitkriegen.«

»Also, wie sieht der Plan aus?«

Das ist der schwierige Teil. »Ich habe nicht direkt einen konkreten Plan …«

»Was soll das heißen?«

»Das soll heißen, dass es Teil des Plans ist, uns einen Plan auszudenken.«

Remy grinst.

Wir denken uns einen Plan aus.

Eigentlich denken wir uns eine Anzeige aus und machen eine Liste von Seiten, wo wir sie veröffentlichen wollen. Unter lebhaften Diskussionen erstellen Remy und ich die Vorlage selbst.

»Mach noch ein paar Dollarzeichen unten hin«, sagt er, sobald wir jedes Wort durchgekaut haben.

»Aber dann denken die Leute, wir geben ihnen Geld für ihre Informationen.«

»Das steht nirgends. Wir packen nur einen Haufen obergeiler Dollarzeichen in unsere Anzeige. Das könnte alles Mögliche bedeuten. Vielleicht geben wir ihnen Geld, vielleicht geben sie uns Geld ... es geht bloß darum, Aufmerksamkeit zu erregen. Glaub mir.«

Ich füge sie hinzu und wir betrachten unser Werk:

GESUCHT:
Laura-Fuller-Gemälde »Der Traum«.
Verkauft mit blauem Rahmen von der
Newforth Gallery,
Hadley Street, Opal Beach, Grove County.
Hinweise bitte unter Tel. 646-555-2910.
$$$$$$$$$$$$$$$$$$$$$$$$$$

»Willst du wirklich deine Telefonnummer angeben?«, fragt Remy.

»Warum nicht?«

»Ich weiß nicht, was, wenn du … lauter Schwanzfotos geschickt kriegst oder so?«

»Ich werde dir jedes einzelne Schwanzfoto zeigen, das ich bekomme. Dann leiden wir beide.«

»Das beruhigt mich nicht.«

Ich schaue auf den Bildschirm. »Ich finds gut.«

»Ich weiß nicht – vielleicht sind es zu viele Dollarzeichen.«

»Ganz im Gegenteil. Zu wenige. Mach noch zehn dazu.«

»Wenn du das nicht ernst nimmst …«

»Du bist derjenige, der Dollarzeichen haben wollte!«

»Schick es ab«, sagt Remy lächelnd.

Kapitel 14

Als ich an diesem Abend nach Hause komme, ist mein Vater beschäftigt. Er isst noch nicht mal mit uns zu Abend.

»Was macht Papa?«, fragt Laney. Meine Mutter zuckt nur mit den Schultern.

»Seinen Kram.«

Bevor ich ins Bett gehe, klopfe ich an die Tür zu seinem Arbeitszimmer.

»Mh-mhm?«

Ich öffne sie einen Spaltbreit.

»Schreibst du?«

Er blickt nicht auf. »Jep.«

»Ein neues Buch?«

»Nicht … direkt.«

Ich betrete das Zimmer und mustere ihn. »Schreibst du etwa *Were School*-Fanfiction?«

»Ich habe gesagt, ich wolle etwas in der Art wie *Were School*-Fanfiction schreiben.«

»Und?«

»Und ja, ich schreibe *Were School*-Fanfiction.«

»Im Ernst?«

»Ja, erst mal schreibe ich ein Café-AU – ein absoluter Klassiker –, aber ich habe es umgedreht. Normalerweise ist Mickey der Barista und James der gestresste Geschäftsmann, aber ich habe die Rollen vertauscht. Niemand sieht in James den Café-Typ, weißt du, so einen unbekümmerten, gelassenen Kerl, aber ich glaube wirklich, er hat das in sich. In einem anderen Universum ohne die tragische Vorgeschichte hätte er wirklich …«

»Dad.«

»Okay, ja, na ja, das ist auf jeden Fall das eine. Aber ich habe auch noch ein paar andere Ideen.«

»Und was heißt AU?«

»Alternate Universe«, sagt er, als wäre es das Offensichtlichste der Welt. »Hier, schau dir das an.«

Er holt ein Foto von den Schauspielern aus *Were School* auf seinen Bildschirm und malt mit dem Cursor einen Kreis um einen Typen in der Mitte.

»Alle sind ganz wild auf Luke, den scharfen, jungen, frischgebackenen Werwolf. Luke und seine Probleme mit Mädchen. Luke und seine Mutter, die ihn abgöttisch liebt. Allerdings finde ich, dass die Chemie zwischen James und Mickey das vollkommen in den Schatten stellt.« Er markiert die beiden. »Aber die Figur, deren Potenzial viel zu wenig genutzt wird, ist zweifellos Kiko.« Er zeigt auf ein blasses Mädchen ganz rechts, dessen dunkles fließendes Haar sich bauscht, was ziemlich sicher das Ergebnis einer beim Fotoshooting zum Einsatz gekommenen Windmaschine ist.

»Lass mich raten«, sage ich. »Kiko ist eine Meerjungfrau.«

»Meerjungfrauen gibt es nicht im *Were School*-Canon.«

»Okay, Kiko ist ein Roboter.«

»Kiko ist ein *Geist*«, gibt er giftig zurück. »Und wenn du mich fragst, werden die Möglichkeiten dieses Kunstgriffs in der Serie viel zu wenig ausgeschöpft. Sie ist in der Lage, Gestalt anzunehmen, indem sie kurz den Körper eines anderen bewohnt. Sobald sie ihn wieder verlässt, hat derjenige keinerlei Erinnerung mehr an ihre Anwesenheit. Und das *verschenken* sie, indem sie sie Emilys Körper übernehmen lassen, damit sie sich Luke nähern und ihn dazu bringen kann, sie mithilfe des Kisney-Steins wieder zum Leben zu erwecken.«

»Das hört sich für mich ziemlich überzeugend an.«

»Ja, aber es gäbe so viele Möglichkeiten, das zu nutzen, um Jickeys Beziehung voranzubringen, und die Autoren ignorieren das total.«

»Jickey?«

»James und Mickey. Weißt du, man könnte es als Komödie aufziehen. Kiko spielt die Kupplerin – will, dass James und Mickey zusammenkommen –, also nimmt sie immer abwechselnd die Gestalt eines von ihnen an, versucht sie zur selben Zeit an denselben Ort zu bringen und beschert ihnen lauter romantische Situationen. Oder, oder, okay. Das ist das große Ding, an dem ich arbeite. Ein AU, in dem Kiko bis über beide Ohren in James verliebt ist. Vielleicht kannten sie sich als Kinder? Vielleicht hat sie ihr Leben gegeben, um ihn zu retten! Aber sie erkennt, dass James Mickey liebt, also bewohnt sie Mickeys Körper, weil sie weiß, dass das die einzige Möglichkeit ist, mit James zusammen zu sein. Erst ist James begeistert, aber er merkt schnell, was vor sich geht, und ist natürlich am Boden zerstört, deshalb geht er Mickey aus dem Weg. Gleichzeitig verzehrt sich Mickey schon sein ganzes Leben lang nach James – na ja, okay, er ist siebzehn, also verzehrt er sich schon mindestens ein halbes Jahr nach ihm – und versteht nicht, was sich zwischen ihnen verändert hat. Er dachte, es gebe einen vorläufigen Waffenstillstand, vielleicht sogar ein gewisses Interesse, aber jetzt behandelt ihn James wie Gift und alles wegen Kiko …« Er schüttelt den Kopf. »Na gut, ich weiß nicht, das ist ziemlich dub-con-mäßig … das müsste ich noch überarbeiten … aber …«

Er bricht ab und beginnt wie wild zu tippen.

»Dad?«

»O mein Gott, Sloane, das ist genial.«

»Ich … ich habe gar nichts gesagt.«

»Ich weiß. Ich meine die Idee, die ich gerade hatte. Die ist genial.«

»Muss ich mir Sorgen machen?«, frage ich nach einer Weile.

»Nein. Aber du musst unbedingt die erste Staffel gucken.«

»Das ist ja zum Totlachen«, sagt Vera am nächsten Tag beim Mittagessen.

»Es ist nicht zum Totlachen, wenn er einen Nervenzusammenbruch hat.«

»Ich bin sicher, dass es kein Nervenzusammenbruch ist«, sagt Vera. »Oder zumindest bin ich sicher, dass es wahrscheinlich kein Nervenzusammenbruch ist.«

Ich stochere in der oberen Schicht Ananas meines Obstbechers herum. »Danke. Sehr aufbauend.«

»Es erinnert mich allerdings an Remy«, sagt sie nach kurzem Schweigen. »An seine Radiosache.«

»Was meinst du damit?«

Sie hebt die Augenbrauen. »Hast du dir das mal angehört?«

»Ich habe neulich das Ende einer Sendung mitgekriegt.«

»DJ Smooth.« Vera verdreht die Augen, aber es hat etwas von liebevoller Verzweiflung. »Früher hat er American Football gespielt, weißt du. Aber dieses Jahr hat er die Mannschaft verlassen. Und ich bin sicher, wenn die Baseballsaison losgeht, hört er damit auch auf. Er hat sich ziemlich verändert, seit Aubrey und er Schluss gemacht haben.«

»Inwiefern?«

Sie beißt sich auf die Lippe. »Also, sein Vater ist Prediger, okay?« Mir fällt wieder ein, dass Frank auf der Party etwas darüber gesagt hat – *Er ist ehrenamtlich in der Kirche seines Vaters tätig.* »Er selbst wollte auch Prediger werden, schon immer, seit wir klein sind. Er wollte die

Kirche von seinem Vater übernehmen und es ging immer: ›Gott sagt dies‹ und ›Jesus denkt das.‹ Es war echt unerträglich.«

Ich grinse.

»Aber dann ist diese Sache mit Aubrey passiert, die Trennung, und plötzlich dreht sich alles nur noch um die Radiosendung mit Gabe und dann ist da dieses Praktikum bei einem Sender in Panama City, von dem er total besessen ist, und er ist einfach … ich weiß nicht. Vielleicht ist es wie bei deinem Vater und *Were School*. Vielleicht konzentrieren sich Leute manchmal vollkommen auf eine Sache, um nicht an etwas anderes denken zu müssen. Aber manchmal nimmt dabei eben alles andere drum herum Schaden, weißt du? Ich mache mir Sorgen um ihn. Ich … ich will einfach bloß sicher sein, dass er glücklich ist.«

Ich wende nicht ein, dass es im wahrsten Sinne des Wortes keine Möglichkeit gibt, sicher zu sein, dass jemand glücklich ist. Glück ist keine Gewissheit. Stattdessen nicke ich nur. »Vermutlich gehts mir mit meinem Vater auch so«, sage ich, weil ich genau dieses Gefühl habe, auch wenn es keinen Sinn ergibt.

Kapitel 15

Als ich am Mittwoch aus dem Unterricht komme, habe ich eine Nachricht auf der Mailbox.

Es ist eine Frau mit heller Stimme.

»Hi, also ich habe Ihre Anzeige im Internet gesehen und ich habe ein Gemälde von Laura Fuller, aber ich weiß nicht genau, welches es ist – Jackson, Jackson, komm sofort da runter – Entschuldigung, äh, ja, also ich habe ein Laura-Fuller-Gemälde, das habe ich von meiner Schwiegermutter bekommen und ich bin mir ziemlich sicher, dass sie es bei der Galerie in Ihrer Anzeige gekauft hat. Ich weiß nicht, wie es heißt, aber ich wäre bereit, es zu verkaufen, wenn Sie … Jackson, wenn du das noch einmal machst – ja, melden Sie sich doch einfach, ich heiße Tisha, rufen Sie mich an und dann …«

Da bricht die Nachricht ab. Sie war zu lang, nehme ich an, oder vielleicht hat Jackson das Telefon in die Finger bekommen.

Ich rufe Tisha zurück. Beim achten Klingeln hebt sie ab.

Sie hat ein Gemälde von Laura Fuller in einem handgemachten blauen Rahmen, das bei der Newforth Gallery gekauft wurde, und will unbedingt, dass wir vorbeikommen.

»Es wäre wunderbar, wenn ich das loswürde.«

»Können Sie mir ein Foto schicken?«

»Ja, klar«, sagt sie, dann rattert sie ihre Adresse herunter. Ich verabrede mich für Samstagnachmittag mit ihr.

Hab eine Spur, schreibe ich nach dem Telefonat an Remy.

Er schickt ein halbes Dutzend High-five-Emojis zurück.

An diesem Abend arbeite ich und in meiner Viertelstunde Pause setze ich mich hinten auf die Veranda und schlage ein Buch auf. Die Rückseite von *Dodge's Market* geht auf das *Opal Motor Court* raus, ein Motel in Form mehrerer kleiner geduckter Gebäude, das sich bodenständig und rustikal gibt, in dem eine Woche jedoch – der Strand liegt gleich über die Straße – mehr kostet als die Monatsmiete für eine durchschnittliche Wohnung.

Es dauert nicht lange, bis sich jemand neben mich setzt.

»Was liest du da?«, fragt Gabe.

Ich halte das Buch hoch, damit er das Cover von *Sand an unserem Strand* sehen kann. »Eins der Bücher meines Vaters.«

Gabe hat eine Tüte Chips dabei, die er laut knisternd aufreißt und mir hinhält. Ich schüttele den Kopf.

»Irgendwie komisch, oder?«

»Keine Tortillachips zu mögen?« Ich zeige auf die Tüte.

Er schneidet eine Grimasse. »Die Bücher deines Vaters zu lesen.«

»Warum, weil er über Sex und so Zeug schreibt?«

»Äh, nein. Daran habe ich überhaupt nicht gedacht. Ich meine bloß, ist das nicht wie ...«

»Wie ein Musiker, der zu Hause sitzt und sein eigenes Album hört?«

»So in etwa.«

»Ich weiß nicht. Ich bin ja nicht selbst die Autorin, deshalb kann ich es, glaube ich, schon würdigen. Es ist wahrscheinlich, wie wenn Vera und du ...« Ich sage beinahe: *euch die Bilder eurer Mutter anschaut*, aber dann unterbreche ich mich. Ich habe den Eindruck, Gabe weiß trotzdem, worauf ich hinauswollte. Er nickt und sieht zum Motel hinüber.

»Worum geht es in dem Buch?«

»Es ist irgendwie ... Na ja, eigentlich ist es ganz schön depri. Und es war nicht ... Ich meine, es hat sich gut verkauft. Aber von der Kritik wurde es nicht gerade gefeiert. Die *New York Times* nannte es ›das Schlimmste, das der Huntington-Krankheit passiert ist – seit der Huntington-Krankheit‹.«

»Hart«, sagt er mit zuckenden Mundwinkeln. »Und worum geht es nun?«

»Um eine Frau mit der Huntington-Krankheit«, sage ich. »Überraschung! Na ja, eigentlich hatte ihr Großvater die Krankheit. Aber es ist eine Erbkrankheit und sie weiß nicht, ob ihre Mutter sie hatte oder nicht, weil ihre Mutter starb, als sie …« Schon wieder. Aber Gabes Gesichtsausdruck ist unverändert, er wirkt einfach nur nachdenklich. Ich huste. »Sie weiß daher nicht, ob sie die Krankheit hat oder nicht. Es ist eine neurodegenerative Erkrankung, eine sehr schlimme, also … zieht sie in diese Kleinstadt, um allein zu sein und ihre Angelegenheiten zu regeln, falls sie wirklich erkrankt ist. Und dann lernt sie dort jemanden kennen.«

Natürlich. Dieser Teil ist unvermeidlich.

»Und sie verlieben sich?«, fragt Gabe.

»Sie wehrt sich dagegen.«

»Weil sie glaubt, dass sie sterben wird?«

»Sie glaubt, es sei es nicht wert, ihn zu belasten, falls sie wirklich krank ist.«

»Warum lässt sie nicht einfach untersuchen, ob sie die Krankheit hat oder nicht?«

»In gewisser Weise ist das die Kernfrage des Buches. Ist es besser, es zu wissen oder es nicht zu wissen?«

»Findet sie es heraus?«

»Ich will nicht zu viel verraten.«

»Ach, komm.«

»Nein, dies ist eine spoilerfreie Zone.«

Er sieht mich einen Moment an, dann sagt er: »Vielleicht gucke ich einfach den Film.«

»Das ist eine Kampfansage«, entgegne ich.

Dann ist es still, bis auf das Geräusch von Gabes Chips.

»Hast du am Wochenende schon was vor?«, fragt er nach einer Weile.

»Eigentlich nicht.«

»Ich hatte überlegt, am Freitag ins Kino zu gehen«, sagt er. *Knusper, knusper.*

»Aufregend.«

Seine Lippen zucken, ein unterdrücktes Lächeln. »Du könntest mitkommen. Wenn du willst.«

»Könnte ich?«

»Wenn du willst«, wiederholt er.

»Klar. Ich frage Vera. Oder, weißt du, du könntest Vera fragen, wo du doch mit ihr zusammenwohnst und so.«

Gabe nickt und starrt in seine Chipstüte. »Kann ich machen.«

»Ich glaube, meine Pause ist vorbei«, sage ich. »Sehen wir uns drinnen?«

»Ja, klar.«

Ich gehe rein, kann mir aber nicht verkneifen, durch die Glastür nach hinten raus zu linsen, während ich mir die Schürze umbinde. Gabe sitzt mit gesenkten Schultern auf die Hände gestützt da, die leere Chipstüte neben sich zusammengeknüllt.

Kapitel 16

Wir gehen am Freitag schließlich doch nicht ins Kino. Gabe kommt nicht mehr darauf zurück, und als ich Vera frage, sagt sie: »Es ist Freitag! Wir dürfen FSP nicht versäumen!«

Aber zu *Frank Sanger Presents* gehe ich dann auch nicht. Stattdessen bleibe ich zu Hause und gucke mit Laney die neuesten Bemühungen des Disney Channel. Vera schickt mir eine Nachricht, vermutlich von der Party.

Wo bist du?

Zu Hause. Bei meiner Familie, antworte ich.

Buuuuuuuuuuh, erwidert sie, und einen Moment darauf: Nein, das ist echt süß.

Am nächsten Morgen ist es wieder Zeit für meinen Gesangsunterricht. Mom und ich machen uns auf den

Weg nach Tallahassee und Eileen und ich verbringen unsere Stunde damit, an einem Kunstlied zu feilen, das ich einstudiert habe.

Als wir an diesem Nachmittag wieder nach Hause kommen, sitzt Remy auf der Veranda.

»Hmm«, sagt meine Mutter nur mit hochgezogenen Augenbrauen.

»Wir arbeiten zusammen an einem Projekt.«

Ein breites süffisantes Grinsen im Gesicht, zuckt sie jetzt vielsagend mit den Brauen. »Und da kann es jemand offenbar gar nicht erwarten, damit loszulegen.«

Ich sehe sie an. Blicke ihr direkt in die Augen. »Ich mag Remy nicht auf diese Art, Mom. Da ist keine Liebe im Spiel. Verstanden?«

Sie nickt.

»Du nickst, aber es ist mir wirklich wichtig, dass du das verstehst. Ich brauche eine mündliche Bestätigung.«

»Ich habe verstanden«, sagt sie und ihr Lächeln wird etwas schwächer.

»Du lässt mich und Remy also befreundet sein, ohne irgendwelche Andeutungen oder Shipping oder so was.«

»Shipping?«

»Frag Dad.« Ich steige aus.

Remy steht auf: »Bist du so weit?«

Wir fahren nach DeFuniak Springs zu Tisha. Zu Tisha, Jackson – *Jackson! Komm sofort da runter* – und ihrem Hund Maximus.

Der Rasen vor dem Haus ist mit Spielzeug übersät.

Hauptsächlich Kinderspielzeug, aber etwas Hundespielzeug befindet sich auch unter den Kipplastern, Plastikeimern und einem dieser Autos mit Motor, die ich als Kind immer haben wollte, nur: *Das ist geradezu eine Todesfalle, Michael – wir werden unserem Kind kein solches Auto kaufen.* Es gibt einen schildkrötenförmigen Sandkasten, ein Klettergerüst aus Plastik und eine Sammlung von Basket-/Foot-/Fuß-/Beachvolleybällen, die sich die gesamte Vorderfront entlangzieht. Ich würde meinen Kopf darauf verwetten, dass es im Garten hinter dem Haus genauso aussieht.

HAPPY-SMILES-KLEINKINDBETREUUNG steht auf einem handgeschriebenen Schild an der Seitentür.

»Es ist ein Nebenjob«, erklärt Tisha, als sie uns ins Haus führt. »Oder zumindest war es ursprünglich so gedacht, aber jetzt ist es eigentlich meine Hauptbeschäftigung. Ist einfacher so – wir mussten so viel für Jacksons Betreuung bezahlen, während ich gearbeitet habe, dass wir unterm Strich sogar Minus gemacht haben, könnt ihr euch das vorstellen? Jackson? Jackson!«, ruft sie in die Tiefen des Hauses. Ich höre das Patschen von Kinderfüßen auf dem Boden. Ein etwa vierjähriger Junge biegt um die Ecke und rennt durch den Flur auf uns zu, dicht gefolgt von einem großen schwarzen Labrador Retriever. Er stößt beinahe mit Remy zusammen.

»Tut mir furchtbar leid«, sagt Tisha, als Junge und Hund ins Wohn-Esszimmer stürmen. »Einfach hier durch.« Sie führt uns hinter ihnen her zu einem Tisch, auf dem ein großes, in braunes Papier eingewickeltes Rechteck liegt. »Musste es wegpacken. Jackson hat seine Finger überall, wie ihr euch wahrscheinlich denken könnt.« Sie fängt an, das Paket auszuwickeln.

Ich hatte Tisha gebeten, mir ein Foto des Gemäldes zu schicken, was sie nicht getan hat. Ich hatte ihr sogar am Vorabend noch eine Nachricht geschickt, um sie daran zu erinnern. Sie hat erst diesen Morgen geantwortet mit: tut mir leid, hab deine nachricht gerade erst gesehen! bis nachher!

Als das Bild zum Vorschein kommt, hat es in der Tat einen blauen Rahmen, obwohl er eine Spur mehr ins Grüne geht, wenn ich ihn einordnen müsste. Eine Mischfarbe wie Türkis. Vielleicht hätten wir in unserer Anzeige genauere Angaben machen müssen. Andererseits haben wir nicht besonders viele genaue Angaben, die wir verwenden können. Nur Gabes stockende Beschreibung im Flur während des Streits mit seinem Vater.

»Was haltet ihr davon?«, fragt sie. »Niedlich, oder?«

Niedlich trifft es nicht ganz. Das Bild zeigt einen roten Steg, der in der hellen Mittagssonne aufs Wasser hinausragt. Die Balken des Stegs erstrahlen geradezu von der Sonne; es sieht irgendwie nach einem perfekten Sommertag aus – die Hitze der Sonne wird vom kühlen Wasser ausgeglichen.

»Die Mutter meines Exmannes hat es uns geschenkt. Bei der Scheidung ist es mir zugesprochen worden. Ich Glückliche.« Sie sagt das mit mehr als nur einer Spur Bitterkeit in der Stimme. »Nicht, dass ich es nicht schön fände – es ist sehr schön –, ich hätte bloß lieber den Fernseher gehabt, wisst ihr?« Sie schnaubt. »Ist das schlimm? Wahrscheinlich. Auf jeden Fall wäre ich mehr als froh, es loszuwerden. Und – ist es das Bild, das ihr sucht?«

Remy wirft mir einen Blick zu.

Ich schüttele den Kopf.

Tisha beißt sich auf die Lippe. »Das hatte ich befürchtet. Als ich es mir gestern Abend angesehen habe, habe ich auf der Rückseite etwas entdeckt.« Sie dreht das Bild um. Die Leinwand sieht handgemacht aus, an den Seiten, wo sie um den Holzrahmen gespannt ist, stehen die Reste über. An der unteren Ecke schlägt Tisha das Stück Leinwand um und am Rand kommt ein Wort zum Vorschein: *Sonntag*.

»Was meint ihr? Seid ihr trotzdem interessiert?«

»Ich ... nein, tut mir leid. Wir suchen ein ganz bestimmtes Bild. Aber danke, dass Sie es uns gezeigt haben. Das war wirklich sehr nett.«

»Ich könnte euch einen richtig guten Preis machen. Billiger als eine Galerie, das auf jeden Fall. Glaubt mir, jedes bisschen hilft.«

Ich kann es mir wirklich nicht leisten, ein Gemälde zu kaufen, das nicht das richtige ist. Trotzdem fühle ich mich irgendwie davon angezogen, wenn ich mir den roten Steg ansehe. Ich habe den Eindruck, dass Remy das spürt.

»Wir werden wahrscheinlich weitersuchen«, sagt er mit einem Seitenblick auf mich. »Aber wir behalten es auf jeden Fall im Kopf.«

»Alles klar«, sagt Tisha und macht sich seufzend daran, das Bild wieder einzupacken. »Danke, dass ihr hergekommen seid.«

Wir steigen wieder ins Auto. Tisha winkt uns von der Veranda aus zu. Jackson und Maximus stehen im Vorgarten und sehen uns nach.

»Sie hätte uns sagen können, dass sie den Titel entdeckt hat. Sie hätte uns gestern Abend anrufen und uns die Fahrt ersparen können«, sagt Remy im Auto. Im Radio dudeln leise die Top 40 des Tages und wir fädeln uns langsam wieder auf dem Highway ein.

»Sie hat gehofft, wir würden es trotzdem kaufen. Wir haben in die Anzeige schließlich jede Menge dieser verdammten Dollarzeichen gesetzt.«

Er sieht zu mir rüber. »Woher wusstest du, dass es nicht das Richtige ist? Noch bevor sie uns den Titel gezeigt hat. Ich dachte, du wüsstest nur, dass es einen blauen Rahmen hat, und in gewisser Weise hatte es doch einen blauen Rahmen.«

»Auf *Der Traum* sind Personen zu sehen.« Das hatte Gabe gesagt. Drei Figuren in der Mitte. »Auf dem Steg waren aber keine Leute.«

Remy verzieht das Gesicht. »Warum hast du das nicht gleich gesagt – dann hätten wir das in die Anzeige schreiben können.«

Ein gutes Argument, aber das werde ich nicht zugeben. »Nur wärst du dann nicht so von meinen deduktiven Fähigkeiten beeindruckt gewesen.«

»Und was machen wir jetzt?«

»Ich weiß nicht. Nach Hause fahren?«

»Ich meine mit dem Bild.«

»Wir können die Anzeige überarbeiten, wenn du willst.«

»Und dann?«

»Ich weiß nicht. Hoffen, dass uns noch jemand kontaktiert?«

Er seufzt. »Auf den lieben Gott vertrauen. Das ist also der Plan.«

Mir fällt wieder ein, was Vera über Remy gesagt hat: *Es ging immer: ›Gott sagt dies‹ und ›Jesus denkt das.‹* »Wahrscheinlich.« Dann ist es still, bis ich ihm einen Blick zuwerfe. »Warum ist er ein Mann?«

»Wie bitte?«

»*Der* liebe Gott. Warum ist er ein Mann? Warum kann es keine Frau sein? Warum muss Gott überhaupt in ein binäres Geschlechterkonzept passen?«

»Ich weiß nicht.« Remy zuckt die Achseln. »Für mich ist er ein Mann. Ich vermute mal, du kannst ihn dir – oder sie, in Ein- oder Mehrzahl – vorstellen, wie du willst.«

»Das heißt, ich könnte auch einen Seestern als Gott haben?«

»Klar, warum nicht? Gott ist schließlich in allen Dingen, stimmts?«

»Auch in diesem Duftbäumchen?«

Remy sieht mich an. »Du musst nicht immer gleich aus allem eine Grundsatzdiskussion machen, weißt du.

Du kannst auch an etwas glauben, ohne dich darüber lustig zu machen.«

»Ich glaube ja auch an Sachen.«

»An was denn zum Beispiel?«

Ich zucke die Achseln. »Ich weiß nicht. Sachen halt.« Und weil ich es nicht mag, wenn sich ein Gespräch zu lange um mich dreht, gebe ich die Frage an ihn zurück. »Und wie ist es mit dir? Du hast den lieben Gott. Was noch?«

»Ich glaube an vieles.«

»Den Weihnachtsmann? Radioaktive Spinnen?«

Er antwortet nicht, schneidet nur eine Grimasse, während er die Spur wechselt.

»Du hast doch bestimmt an dich und Aubrey geglaubt«, sage ich, ohne genau zu wissen, warum. Ich will ihn nicht ärgern. Aber ein Teil von mir möchte wissen, was passiert, wenn dein Glaube dich im Stich lässt. Irgendwann muss auch Aubrey an sie beide geglaubt haben.

Aber er sagt nichts weiter als »Ja«.

»Wie ist es zu Ende gegangen? Was hat sie gesagt?«

»Nichts.«

»Sie hat es also szenisch dargestellt.«

»Herrgott, Sloane!«

»Womit wir wieder beim lieben Gott wären?«

Das würdigt er keiner Antwort. »Es war keine große Sache«, sagt er stattdessen. »Wir haben einfach Schluss gemacht. Eines Tages kam sie rüber und …«

»Was?«

»Okay … Also, wir haben da dieses Ritual zwischen uns allen. Als Freunde. Wenn du irgendwas brauchst, aber nicht sagen kannst, warum – einen Gefallen zum Beispiel, wenn du jemanden brauchst, der dich deckt, weil du woanders übernachten willst oder so –, dann kannst du einfach diesen Begriff sagen und alle müssen mitmachen, ohne Fragen zu stellen, und dürfen es niemals wieder ansprechen. Es sei denn, derjenige, der den Begriff gesagt hat, greift es wieder auf.«

»Klingt … praktisch, irgendwie. Wie lautet der Begriff?«

Remy murmelt etwas. Es klingt wie *Pinguinparty*.

»Wie bitte?«

Er räuspert sich. »Pinguinparty.«

Hm. »Und warum gerade das …?«

»Weil wir als Kinder alle diesen Film *Happy Feet* toll fanden. Und es ist ja sowieso bloß ein sinnloser, willkürlich ausgedachter Begriff – der Begriff selbst spielt gar keine Rolle –, aber wenn du ihn sagst, gilt es. Er ist absolut bindend.«

»Das heißt, als Aubrey mit dir Schluss gemacht hat …«

»Sie hat gesagt: ›Wir müssen Schluss machen.‹ Und dann …«

»Pinguinparty.«

»Genau.«

»Und deshalb kannst du sie nicht fragen. Weshalb ich es für dich tun soll. Weil ich nicht zu diesem heiligen Bündnis der Pinguinparty gehöre.«

»Richtig.«

»Ihr seid echt noch viel schräger, als ich dachte.«

Er lächelt leicht.

»Ich werds versuchen«, sage ich. »Aber … ich meine, du hast dann doch nichts Unheimliches vor, oder?«

»Natürlich nicht. Ich will nur … Wenn jemand einem das Herz bricht, will man einfach wissen, warum.«

Ich nicke, auch wenn ich das nicht so sehe. Wenn jemand mir das Herz brechen würde, würde ich, glaube ich, nicht wissen wollen, warum. Dann könnte ich mir etwas ausdenken, das meine Eitelkeit nicht verletzt. Vielleicht war derjenige unfähig zu lieben. Vielleicht hatte es nichts mit mir zu tun. Wenn ich es jedoch wüsste …

Tja. Das war der Knackpunkt von *Sand an unserem Strand*. Wissen oder nicht wissen. Mein Vater hatte schon 374 Seiten über dieses Thema geschrieben. Und die *New York Times* hatte sie bereits verrissen.

Remy dreht das Radio lauter und sagt: »Das ist unsere Konkurrenz. Die Jungs beim Sender sagen, dass deren Team vom Vormittagsprogramm total übel ist.« Und ich akzeptiere den Themenwechsel, sage irgendwas Dämliches über den DJ, der gerade auflegt, und wir reden den Rest der Fahrt über nichts Wichtiges mehr.

Kapitel 17

Remy bleibt an diesem Abend schließlich zum Essen. Ich schreibe Vera eine Nachricht und sie kommt ebenfalls rüber. Nach dem Essen gucken wir den Pilotfilm zu *Were School.* Teils, weil ich inzwischen irgendwie neugierig geworden bin, und teils, damit mein Vater nicht länger damit nervt, man müsse *den Canon würdigen.*

Es ist ziemlich genau so, wie zu erwarten war. Grundlos nackte Oberkörper. Schummrige Beleuchtung. Es gibt eine ausführliche nächtliche Kampfszene in der Schule, die so dunkel ist, dass Remy sich ganz dicht vor den Fernseher setzt und seine Augen mit den Händen beschirmt, um besser sehen zu können. Vera lacht sich kaputt.

Die Folge endet abrupt.

»Was soll das denn?«, kreischt Vera.

Ich muss ihr zustimmen: »Das wars? Es ist vorbei?«

»Ich weiß buchstäblich nicht, was ich da gerade gesehen habe«, sagt Remy.

»Wartet nur bis zur vierten Staffel«, ruft mein Vater fröhlich aus der Küche. »Da gibt es dauernd Cliffhanger.«

»Sie sind schon bei der vierten Staffel?«, fragt Vera.

»Dad hat alle Staffeln gesehen.«

»Zweimal«, fügt er ohne einen Anflug von Scham hinzu.

Wir gucken noch zwei Folgen, dann machen sich Vera und Remy zum Gehen bereit. Als sie sich gerade an der Haustür die Schuhe anziehen, sieht Vera zu mir auf.

»Hey, was habt ihr beiden eigentlich heute Nachmittag gemacht? Deine Mutter hat gesagt, ihr wärt unterwegs.«

Ich werfe Remy einen Blick zu. Ich will nicht lügen. Wir haben gerade erst gesehen, was passiert ist, als Luke Mickey verschwiegen hat, dass er ein Werwolf ist – Mickey endet an einen Stuhl gefesselt im geheimen Warenlager einer Bande Wenigowak.

Remy hat diese Skrupel offenbar nicht. »Biokram«, sagt er.

»Uh. Den Begabtenkurs hättet ihr wirklich abwählen sollen. So wie ich. Normale Bio reicht völlig.« Sie umarmt mich. »Gute Nacht, meine Liebe.«

Ich lege ihr eine Hand auf den Rücken. Das ist das erste Mal, dass sie mich umarmt. »Nacht.«

»Kriege ich auch eine Umarmung?«, fragt Remy.

»Von mir oder von Sloane?«

»Iih, ich will doch nicht von Sloane umarmt werden.«

»Das heißt, dass er dich mag«, sagt Vera mit leuchtenden Augen. Über ihrem Kopf begegne ich Remys Blick, der besagt: *Ja. Klar.*

Sie gehen und ich sehe ihnen von der Veranda aus nach.

Kurz darauf geht die Haustür auf und wirft einen Streifen Licht auf den Vorgarten.

»Das ist schön, oder?«, fragt meine Mutter. »Freunde zu Besuch zu haben. Freundekram zu machen.«

»Wehe, du sagst noch einmal *Freunde,* Mom.«

»Freunde, Freunde, Freunde«, sagt sie und grinst mich an.

»Und was war das jetzt für ein geheimer Ausflug?«, ruft mir mein Vater später am Abend von seinem Arbeitszimmer aus zu, als ich gerade vom Bad in mein Zimmer gehe.

»Wie bitte?«

»Heute Nachmittag. Die heimliche Erledigung. Voller Heimlichtuerei.«

»Es gab keine heimliche Erledigung.«

»Geht es um Drogen? Waffen? Wenn du mich nicht lässt, kann ich dir auch nicht helfen«, sagt er mit unbewegtem Gesichtsausdruck.

»Es geht um ein Gemälde«, sage ich und dann muss ich ihm die ganze Geschichte erzählen.

»Perfekt«, sagt Dad, als ich geendet habe. »Perfekt. Genau wie bei Luke und dem Kisney-Stein.«

»Ich dachte, der Kisney-Stein wäre dazu da, Flüche aufzuheben.«

»Natürlich ist es nicht *genau* wie bei Luke und dem Kisney-Stein. Aber du weißt schon, was ich meine. Ein verlorener Schatz. Eine abenteuerliche Suche.«

»Im Moment ist es nicht gerade eine abenteuerliche Suche. Eher eine Nadel im Heuhaufen.«

Er lächelt. »Alle abenteuerlichen Suchen fangen schließlich irgendwo an, nicht wahr?«

Kapitel 18

Von da an ziehen Remy und ich uns eine *Were School*-Folge nach der anderen rein. Manchmal leistet uns mein Vater Gesellschaft, kommentiert seine Lieblingsfolgen und lässt uns gelegentlich bestimmte Szenen noch mal anschauen, damit wir das, was er »das Knistern« nennt, auch angemessen würdigen.

»Das Drehbuch ist furchtbar«, sagt er. »Selbst die Unstimmigkeiten sind in sich noch unstimmig. Aber die Chemie! Mensch, die würde ich am liebsten in Flaschen abfüllen. Und die Fanfiction … die Fanfiction entschädigt für alles, was der Originalserie fehlt.«

»Dad, du hast irgendwie eine merkwürdige Leidenschaft für diesen Kram entwickelt.«

»Wir sollten alle etwas haben, für das wir eine merkwürdige Leidenschaft entwickeln, meinst du nicht?«

Erst beim nächsten *Frank Sanger Presents* stelle ich fest, dass Frank eine merkwürdige Leidenschaft für meinen Vater entwickelt hat.

»Dein Vater ist Everett Finch«, sagt Frank jetzt schon zum dritten Mal, seit es zur Sprache kam. Wir sitzen auf der Veranda vor Ava Carmichaels Haus. Es ist kühl – perfektes Kapuzenpulliwetter.

»Na ja, genau genommen ist mein Vater Michael Finch. Everett Finch ist ein Pseudonym.«

Aber das hört Frank nicht. »Heilige Megascheiße, kennst du dann etwa auch Dex Finnegan?«

Dex Finnegan hat die Hauptrolle in drei Verfilmungen der Bücher meines Vaters gespielt. Die erste, in *Sommerglühen*, war sein Debüt. Mein Vater freundete sich bei einem Besuch der Dreharbeiten mit ihm an. In dem Jahr kam Dex an Thanksgiving zu uns, nachdem mein Vater erfahren hatte, dass er sonst nirgendwohin konnte. Ich war damals acht.

»Wie hat er gerochen?« Frank packt mich an den Schultern und schüttelt mich. »Um Himmels willen, Sloane, wie hat er gerochen?«

»Wie die Luft nach einem Regen«, sage ich, weil ich nicht die geringste Erinnerung daran habe, wie Dex Finnegan gerochen hat. »Vermischt mit dem Geruch, wenn man eine Kerze auspustet. Vermischt mit dem Geruch nach Babyschweiß. Wie ein Baby nach einer heftigen Cardio-Einheit.«

Remy schnaubt. »Babyschweiß?«

»Babys schwitzen total selten. Deshalb riecht der Schweiß irgendwie magisch. Er hat wahrscheinlich heilende Eigenschaften.«

»Für das Baby ist das bestimmt furchtbar«, sagt

Aubrey. »Babys reagieren sehr sensibel auf Temperaturschwankungen und wenn ein Baby schwitzt, dann …«

»Er riecht wie ein Baby, das gerade vier Spinning-Kurse hintereinander gegeben hat«, kann ich mir nicht verkneifen fortzufahren. »Er riecht wie ein Baby, das gerade ein anderes Baby gekickboxt hat.«

»Er riecht wie ein Baby, das den Mount Everest besteigt«, sagt Gabe mit ruhiger Stimme. »Zusammen mit zehn anderen Babys. Und dann wird die Lage kritisch und sie müssen drei der Babys essen, sodass das Baby buchstäblich das Blut und die Tränen seiner Freunde ausschwitzt.«

Alle auf der Veranda schweigen.

Dann brechen Vera und Frank in Gelächter aus und Aubrey verdreht die Augen und unterdrückt ein Lächeln. Gabe begegnet kurz meinem Blick, dann schaut er weg und scheint sich Mühe zu geben, nicht zu zufrieden auszusehen.

»Ihr habt echt nen ernsthaften Schaden«, sagt Remy, aber er lächelt auf diese ruhige Remy-Art wie ein Lehrer hinten im Klassenzimmer nach einem guten Referat.

Frank steht auf und tupft sich imaginäre Tränen aus den Augen. »Ihr seid zum Totlachen, Leute. Ehrlich.« Dann rülpst er. »Ich habe Hunger und weiß, wo Avas Mutter den guten Käse versteckt. Wer kommt mit?«

Vera und Remy stehen auf. Aber ich bin auch ohne den geheimen Käse von Avas Mutter mehr als zufrieden. Sie gehen also rein und Aubrey, Gabe und ich bleiben draußen.

Gabe streckt sich auf dem gepolsterten Rattansofa aus und belegt die Plätze, auf denen Vera und Frank gesessen haben. Aubrey sitzt nicht ganz so weit weg auf einem Kissen auf dem Boden, das Telefon in der Hand. Ich rücke meinen Stuhl näher an sie heran. Nicht, weil ich von Natur aus freundlich bin wie Vera, sondern weil ich eine Gelegenheit erkenne, wenn ich sie sehe. Gabe hat den Arm über die Augen gelegt und ruht sich ganz offensichtlich aus und ich weiß, dass ich mich jetzt um Remys Angelegenheit kümmern kann.

»Und?«, sage ich.

»Und«, sagt sie und sieht von ihrem Handy auf.

»Wie läufts?«

»Gut.«

»Wir haben ja noch nicht viel miteinander gequatscht.«

»Nein.«

»Wie, äh …« Ich habe schon gefragt, wie's läuft. Meine Güte, bin ich schlecht in so was.

»Was ist los?« Aubreys Tonfall duldet keine Ausflüchte.

»Ich, äh, habe mir bloß Gedanken gemacht … über dich und Remy.«

»Über mich und Remy«, wiederholt sie.

»Ihr seid die beiden, über die ich mir Gedanken mache, genau.«

»Wir sind nicht mehr zusammen, falls du das meinst.«

»Nein, ich weiß. Das wissen alle.«

Sie hebt eine Augenbraue.

»Nicht, dass es total offensichtlich wäre – aber Frank hat es bei unserem ersten Treffen erwähnt und ich habe mich einfach gefragt …«

»Frag dich, was du willst. Wir sind nicht zusammen, also ist es mir egal.«

Ich blinzele.

»Ich wollte nicht …«

»Ich glaube, ich habe Hunger«, sagt sie und steht unvermittelt auf. Dann ist sie weg.

Ich werfe einen Blick zu Gabe hinüber, aber er liegt nur ruhig da, einen Arm über dem Gesicht, und seine Brust hebt und senkt sich regelmäßig. Ich seufze, aber falls er es hört, lässt er es sich nicht anmerken.

In dieser Nacht schlafe ich bei Vera.

Auf dem Nachttisch neben Veras Bett steht ein Nachtlicht, ein kleiner Plastikfuß, aus dem drei Sterne ragen: gelb, orange und rosa. Es wirft einen goldenen Schein, der mit dem weißen Licht aus Veras Handy konkurriert.

»Aubrey und ich schlafen sonst einfach zusammen in einem Bett«, hat Vera gesagt, nachdem wir unsere Pyjamas angezogen hatten. Dann nahm sie die Tagesdecke ab und kletterte ins Bett. Also tat ich es ihr nach, aber ich musste dauernd an Aubrey denken, an ihren Tonfall, als sie gesagt hatte: *Frag dich, was du willst … es ist mir egal.* Und ich muss an Frank denken, als er »die Clique« beschrieben hat – *BFFs bis zum beschissenen Ende.*

Ich sehe zu Vera hinüber, die auf ihrem Handy herumtippt. »Vielleicht sollten wir Aubrey nächstes Mal auch einladen«, sage ich. »Damit sie ...« Sich nicht ausgegrenzt fühlt? Nicht sauer auf mich ist, weil ich zur Clique dazugestoßen bin?

»Zu dritt passen wir hier nicht rein«, ist Veras schlichte Antwort.

»Eine von uns könnte auf dem Boden schlafen. Oder wir könnten bei mir übernachten ... im Wohnzimmer ein Matratzenlager aufschlagen oder so.«

Sie schweigt einen Moment, dann sagt sie: »Zwischen mir und Aubrey ist es gerade ein bisschen komisch.«

»Inwiefern komisch?«

»Ich weiß nicht. Nur irgendwie« – sie schüttelt den Kopf – »anders.«

»Warum?«

Vera zuckt mit den Achseln, fummelt noch ein bisschen an ihrem Telefon herum, bevor sie es mit dem Display nach oben auf den Nachttisch legt.

»Es ist einfach manchmal nicht ganz leicht, mit ihr zu reden. Aber sie ist meine beste Freundin«, sagt sie schließlich. Dann korrigiert sie: »Eine meiner besten Freundinnen«, und ich weiß nicht, ob sie das meinetwegen sagt. Wie lange muss man jemanden kennen, bevor man sich als beste Freundinnen bezeichnen kann? Und was, wenn es eine einseitige Sache ist – für die eine ist die andere die beste Freundin, nur umgekehrt nicht? Ich habe noch nie wirklich darüber nachgedacht, aber es ist kompliziert – so ähnlich wie Dates, Verknalltsein und Liebe, fast genauso undurchsichtig und geeignet, einem das Herz zu brechen.

»Ich hatte eigentlich noch nie eine beste Freundin«, sage ich nach einer Weile nachdenklichen Schweigens. Und das stimmt. Als ich kleiner war, hatte ich Freundschaften. Ich muss an Ella denken, daran, wie wir auf dem Spielplatz gespielt haben, an unser Abschiedsritual jeden Nachmittag. In der Mittelstufe standen wir uns dann längst nicht mehr so nah. Wir winkten uns im Gang zu oder manchmal aß ich auch mit ihr und ihren Freundinnen zu Mittag. Aber sie hatte sich einfach irgendwie von mir entfernt.

»Mein bester Freund ist wahrscheinlich am ehesten mein Vater«, fahre ich fort, denn das ist die Wahrheit. »Wir reden über alles.«

»Dein Vater ist echt cool«, murmelt Vera. »Nicht wie meiner.«

»Die Gesellschaft findet deinen Vater bestimmt cool. Er hat eine zweiundzwanzigjährige Frau und siebzehnjährige Kinder.«

»Das ist nicht cool, das ist abgefuckt.«

»Nicht, wenn er sie wirklich liebt, oder?«

»Das kannst du nur sagen, weil es dich nicht betrifft. Es ist was anderes, wenn es dein Vater ist.«

»Gabe sagt, es sei beschissen.«

»Allerdings.« Sie dreht sich auf die Seite und sieht mich an. »Meine Mutter war so toll, Sloane. Eine 1-A-Mutter, ein guter Mensch, witzig und nett, sie wusste alles und er hat sie so geliebt. Und sie hat ihn genauso geliebt und man … tritt eine solche Liebe nicht einfach mit Füßen, indem man sich eine x-beliebige Ersatzfrau nimmt, man ... wertet das nicht einfach ab, so wie er es getan hat. Wie kann er von der Art Liebe, die er mit meiner Mutter hatte, zu ihr übergehen und das okay finden? Außer ...« Ihre Stimme wird ein kleines bisschen brüchig.

»Außer die Liebe war nicht so stark, wie du dachtest«, sage ich. Ohne es zu wollen. Es kommt einfach raus. Vera nickt energisch und ihre Augen glänzen im Licht der Plastiksterne, als sie sich wieder auf den Rücken dreht.

Eine Weile lang ist es still. Ich denke, Vera schläft vielleicht schon, aber da sehe ich aus den Augenwinkeln, wie sie nach dem Handy auf dem Nachttisch greift. Vielleicht noch eine Nachricht an Tash. Noch eine Antwort an irgendjemanden da draußen im Universum, der sie braucht.

Kapitel 19

»Ich hoffe, euch alle nächste Woche beim Vorsingen für das Frühlingsmusical zu sehen«, sagt Mrs Simmons am Dienstag nach Ende der Chorprobe. Aubrey wirft mir einen Blick zu, während wir unsere Sachen einpacken. Wir haben bei jeder Probe nebeneinandergesessen, aber ich weiß nicht, ob Aubrey das nicht vielleicht nur aus Pflichtgefühl tut. Oder es ist einfach die Lehre aus diesem ungeschriebenen Gesetz von *Du hast einmal dort gesessen, jetzt kommst du da nicht mehr weg*.

»Gehst du zum Vorsingen?«, fragt sie.

»Theater ist eigentlich nicht so mein Ding«, sage ich. »Gehst du?«

Sie zuckt mit den Schultern.

»Was soll das heißen, du gehst nicht zum Vorsingen?«, fragt Vera an diesem Abend am Telefon. »Ich gehe doch auch hin und dabei singe ich gar nicht!«

»Es ist nicht so mein Ding«, sage ich wieder.

Sie stößt ein genervtes Schnauben aus. »Aber sie

führen *Anything Goes* auf! Du musst unbedingt Reno Sweeney spielen. Du musst einfach.«

»Warum?« Ich habe das Musical schon mal gesehen. Reno Sweeney singt eine Menge Lieder – sie ist diese bezaubernde, attraktive, übermütige Naturgewalt. Ich glaube nicht, dass ich für die Rolle geeignet bin.

»Weil Reno Sweeney die beste Sängerin ist, und das bist du!«

Ihr Vertrauen in mich schmeichelt mir. Aber ich schüttele nur den Kopf, und da Vera mich durchs Telefon nicht sehen kann, sage ich: »Ja, nein. Ich möchte lieber nicht.«

Irgendwas in meiner Stimme klingt offenbar endgültig, denn Vera seufzt nur. »Okay. Na ja, ich erwarte dich trotzdem beim Vorsingen, zur moralischen Unterstützung.«

Darauf kann ich mich einlassen. »Ich werde da sein.«

Der Freitag kommt und statt einer Party schlägt Frank einen Filmabend vor.

»Frank Sanger Presents: eure Lieblingsfilme«, sagt er und fuchtelt mit einer Lakritzstange herum, als wäre es eine altmodische Zigarettenspitze. Wir haben uns alle bei Vera und Gabe im Wohnzimmer verteilt. Vera sitzt neben mir auf der Couch und hält eins der flauschigen Sofakissen umschlungen.

Sobald der Vorspann vorbei ist und der Film losgeht, steht Gabe auf: »Okay, das war super.«

»Wo gehst du hin?«, frage ich.

»Muss mich umziehen«, sagt er nur und verlässt das Zimmer.

Ich sehe zu Vera hinüber, aber ihr Blick ist fest auf den Bildschirm gerichtet.

Etwa fünf Minuten später kehrt Gabe zurück, in Anzughose und Hemd mit Krawatte. Vera wendet schließlich den Blick von dem Film ab. »Es ist doch zum Kotzen, wie ihr Jungs das hinkriegt«, sagt sie. »Vom Sweatshirt zum Anzug in der Zeit, die ich brauche, um nur ein Auge zu schminken. Drück mal auf Pause, Frank.«

»Was, warum?«, fragt Gabe und nimmt einen Schlüssel von einem Haken neben der Tür.

»Wir machen Fotos.«

»Nein, machen wir nicht.«

»Nur eins«, sagt sie, gibt mir ihr Handy und springt auf. Sie drückt auf den Lichtschalter hinter Gabe, dann legt sie einen Arm um ihn, stemmt die andere Hand in die Seite und streckt eine Hüfte raus wie ein Starlet auf dem roten Teppich. Dann sieht sie mich erwartungsvoll an.

Ich habe ganz vergessen, dass ich das Foto machen soll. Ich stehe auf und knipse ein paar Bilder. Auf dem ersten sieht Gabe überrumpelt aus, aber als er schließlich lächelt, macht das etwas Seltsames mit meinem Magen.

»Und, wo gehst du hin?«, frage ich, als ich Vera das Handy zurückgebe.

»Gabe geht zum Schulball an der Jade-Coast-Christian-Highschool«, antwortet Vera an seiner Stelle. »Mit *Alice*«, fügt sie vielsagend hinzu.

»Ooh, die berühmte Jade-Coast-Christian-Alice?«, sagt Remy. »Und? Ist heute der Abend, an dem ihr endlich Händchen halten werdet?«

Frank fällt ein: »Wird beim Tanzen noch *Platz für Jesus* sein oder gehst du direkt drauflos? Becken an Becken? Auch, wenn der Herr dich jeden Moment zur Strecke bringen könnte?«

»Fickt euch, Leute«, sagt Gabe, aber er grinst.

»Grüß Alice schön«, ruft Vera, als Gabe geht.

Dann macht Vera das Licht wieder aus und der Film läuft weiter. Als ich besonders fest auf eine Lakritzstange beiße, wirft sie mir einen Blick zu. »Was ist?«

»Nichts.«

Sie stößt mich an.

»Nichts«, sage ich. Und dann: »Wer ist Alice?«

»Gabes Freundin. Sie machen so Datekram, aber er betont immer, dass sie nicht wirklich daten.«

»Wie kann man Datekram machen, ohne zu daten?«

Sie zuckt die Achseln. »Ich glaube, er mag einfach das Ritual.«

»Sollte er nicht den Menschen mögen?«

»Das auch. Aber auch das Ritual.«

»Würdet ihr bitte leise sein, während Hollywood-Ikone und Broadway-Star Dex Finnegan spricht?«, sagt Frank von seinem Platz auf dem Boden aus.

»Er ist kein Broadway-Star«, erwidere ich.

»O doch. Er tritt dort bald in einem Stück auf – Shakespeare oder so was. Damit will er versuchen, Lorbeeren als seriöser Schauspieler zu sammeln. Schließlich folge ich meinem Jungen auf Twitter. Jetzt müssen wir aber echt zurückspulen, und nein, ich mache keine Witze. Ich will keinen Augenblick des Engelsgesichts und der himmlischen Stimme dieses Mannes verpassen, es ist, wie wenn ein Engelschor singt ...«

»Das sind aber eine Menge Engelmetaphern, Frank«, sage ich.

»Tut mir leid, wenn ich nicht in Bestform bin. Sobald Dex Finnegan im Spiel ist, strömt mir das ganze Blut aus dem Hirn.«

»Iih, Frank, wir wollen nichts von der Situation deines ... Blutkreislaufs wissen«, sagt Vera.

»Sehr subtil ausgedrückt, Liebes, danke.« Frank grinst. »Und jetzt sei so nett und spul zurück.«

Wie war der Film?, schreibt Gabe mir später am Abend.

Der Film war furchtbar. Frank fand ihn toll, Remy, Vera und ich fanden ihn entsetzlich und Aubrey äußerte sich gar nicht. »Habt ihr etwa nichts empfunden, als sie seinetwegen ihr Praktikum aufgegeben hat?«, rief Frank, ein Sofakissen an die Brust gepresst.

»Doch«, sagte Remy. »Abscheu.«

Uh, antworte ich. Gabe schickt ein lachendes Smiley zurück.

Wie war der Ball?, frage ich, nachdem der Teil von mir, der es wissen will, die Oberhand über den gewonnen hat, der es eigentlich nicht wissen will.

Okay, entgegnet er, sonst nichts.

Du hättest bleiben sollen, um den Film mit uns zu gucken,

schreibe ich nach einer Weile. Wir haben dich alle vermisst.

Das stimmt wahrscheinlich nicht, wenn ich richtig darüber nachdenke. Eigentlich wurde Gabe nur ein Mal erwähnt, als der männliche Liebhaber mit einem Strauß Sonnenblumen durch den strömenden Regen zur Wohnung der Hauptfigur rannte. Vera verdrehte die Augen und sagte: »So was fände Gabe jetzt wieder toll.«

Mein Handy vibriert: Haha.

Eigentlich nicht, antworte ich und weiß gar nicht genau, warum.

Ach, komm, sagt er. Ich bin das gelbe Gummibärchen dieser Clique.

Meine Lippen zucken. Du bist mindestens das orange Gummibärchen.

Ich glaube, das ist vielleicht sogar noch schlimmer.

Nichts ist schlimmer als das gelbe Gummibärchen, Gabe.

Er schickt mir ein Smiley. Ich überlege, noch was zu erwidern, nur um das Gespräch in Gang zu halten, aber dann fühle ich mich wie ein … Mit-Sonnenblumen-durch-den-Regen-rennen-Klischee, also mache ich das Handy aus und gehe ins Bett.

Kapitel 20

In der Biostunde am Montag bekomme ich einen Anruf von einer unbekannten Nummer. Wir füllen gerade wieder Arbeitsblätter aus, deshalb habe ich kein schlechtes Gewissen, als ich kurz rausgehe, um den Anruf entgegenzunehmen. Es gab nur wenige Reaktionen auf unsere Anzeige und ich will nicht jemandem hinterhertelefonieren müssen, der eindeutig nicht das hat, wonach wir suchen.

»Hallo?

»Ja, hallo, hier ist Ann Smith. Ich rufe wegen der Anzeige an. Wegen des Gemäldes?«

Ich bin nicht wirklich gut im Alter-Einschätzen, aber Ann Smith hat so eine gewisse grelle Stimme, die ich einer über Siebzigjährigen zuordnen würde, und einen leichten Anflug dieses näselnden Südstaatenakzents.

Ich danke ihr für ihren Anruf und wiederhole den Inhalt der Anzeige: *Der Traum,* Laura Fuller, Newforth Gallery.

»Ja, na ja, ich dachte, ich rufe Sie an, weil ich das Bild bis vor Kurzem hatte. Hab es bei Meira gekauft, ich glaube, gleich am ersten Tag, als sie es aufgehängt hatte. Eins der letzten, die Laura Fuller gemalt hat, wissen Sie. Das habe ich in diesem Buch gelesen.«

»Und es hat einen blauen Rahmen? Und Figuren in der Mitte?«

»Das ist es. Ein wunderschönes Werk, du liebes bisschen. Ich hatte es gerade mal eine Woche oder so, als Dr. Mark aus Mobile vorbeikam, es sah und sich darin verliebte. Er wollte es in seiner Praxis aufhängen.«

»Das heißt, er hat es Ihnen abgekauft?«

»Ja, genau. Ich habe das Doppelte von dem bekommen, was ich selbst dafür ausgegeben hatte. Und es war ein Glücksfall, denn meinem Mann gefiel es gar nicht. Er hat gesagt, es machte, ihn traurig. Ich hatte es im Bad hängen – was ist daran bitte traurig? –, aber er sagte, es mache ihn depressiv. Irgendwas mit den Farben. ›Wer will so eine Melancholie verspüren, während er sich die Zähne putzt?‹, hat er gefragt. Na, können Sie sich das vorstellen ...«

»Dr. Mark«, sage ich, bevor Ann Smith fortfahren kann. »Haben Sie seine Nummer?«

»Oh, die weiß ich nicht auswendig, aber du kannst ihn einfach in dieses Google eintippen und dann taucht er gleich auf. Die bekannteste Privatpraxis in Brecken – das ist ein Außenbezirk von Mobile – er ist ein Schatz, Dr. Harold Mark, wir kennen ihn schon seit Jahren ...«

Ann Smith redet noch weitere zehn Minuten, aber

ich muss nichts weiter als *mm-hmms* und *ahs* in den passenden Pausen ihres Monologs beisteuern. Schließlich verabschiedet sie sich mit einem »Danke für das nette Gespräch, Liebes!« und ich bleibe allein zurück.

»Es ist also weg?«

»Bei Dr. Mark in Mobile. Sie hat gesagt, wir sollen ihn googeln.«

Remy schnaubt – »Klar« –, dann ist es still.

»Es ist eine Spur«, sage ich. »Eine echte Spur. Jetzt haben wir etwas, dem wir nachgehen können.«

»Ja, das ist super.« Ich merke, dass er noch etwas sagen will, es aber nicht tut.

»Was ist?«

»Was machen wir, wenn wir es wirklich finden?«

Es entgeht mir nicht, dass er das Wort *wir* benutzt. Remy und ich. Wir sind ein *wir*. Einen Moment lang versuche ich festzumachen, wann genau das angefangen hat. Vielleicht mitten in der zweiten Staffel von *Were School*.

»Was soll das heißen, was wir dann machen?«, frage ich. »Wir kaufen es zurück.« Er wirft mir einen vielsagenden Blick zu, daher stelle ich klar: »*Ich* kaufe es zurück.«

»Du hast gesagt, sie hat es für das Doppelte verkauft. Und schon die Gemälde bei Meira hatten ganz schön gesalzene Preise.«

»Ich habe Geld. Weihnachts- und Geburtstagsgeld der letzten zehn Jahre ungefähr.« Ich gebe nicht viel aus, bin eher eine Sparerin.

»Und du würdest es einfach so für Vera und Gabe kaufen?«

»Warum nicht?«

»Was, wenn Dr. Mark es dir nicht verkaufen will?«

»Wir wollen es für die Kinder der toten Künstlerin haben. Wenn er ein guter Mensch ist, werde ich es noch gar nicht mal zurückkaufen müssen – er wird es uns einfach geben.«

»Wir brauchen einen Plan B, falls er es nicht verkaufen will.«

»Ein Tauschgeschäft? Wir nehmen ein paar Bilder von den anderen bei Meira und bieten ihm eins davon an.«

»Was, wenn Meira damit nicht einverstanden ist?«

»Es sind nicht Meiras Bilder, falls dir das nicht aufgefallen ist. Bis sie verkauft sind, gehören sie immer noch Veras und Gabes Vater, und wenn er dieses Bild nicht für seine Kinder zurückholen will, stimmt irgendwas nicht mit ihm.«

»Du hast eine merkwürdige Leidenschaft für diese Sache entwickelt.«

Ich lächele. »Wir sollten alle etwas haben, für das wir eine merkwürdige Leidenschaft entwickeln, meinst du nicht?«

Kapitel 21

Am Mittwoch schleiche ich mich hinten in die Aula und sehe bei Veras Vorsingen für *Anything Goes* zu.

Aus meiner objektiven Sängerinnenperspektive muss ich sagen, dass sie nicht gerade toll singt – etwas zu ausdruckslos, etwas zu laut. Aber an ein oder zwei Stellen bringt sie ein nettes Vibrato zustande. Am gewinnendsten sind ihr Gesichtsausdruck – warm und strahlend – und die kleinen Armschwünge und Handbewegungen bei bestimmten Passagen. Sie ist nicht großartig, aber sie präsentiert diese Nicht-Großartigkeit mit Charme.

Als sie fertig ist, kommt sie zu mir nach hinten.

»Gut gemacht«, flüstere ich, als ein Neuntklässler auf die Bühne kommt.

Sie zuckt die Achseln. »Es war lustig.« Einen Moment denke ich, sie wird noch etwas darüber sagen, dass ich nicht vorsinge, aber sie sieht nur zur Bühne nach vorn und sagt: »Mit dem habe ich hinter der Bühne geredet. Er hat gesagt, er macht einen Freestyle-Rap.«

Die Anfangstakte seiner Musik erklingen.

»Es gibt nichts, das mich glücklicher machen würde«, sage ich und sie lächelt.

Ich lese alles an Fanfiction, was mein Vater mir in den kommenden Wochen schickt, vor allem die Texte, die er ausdruckt und überall für mich herumliegen lässt. *(Das gedruckte Wort, Sloane!)* Es gibt zwar Variationen bei Jickeys Beruf (Mickey hat einen Comicbuchladen, James ist Schriftsteller; Mickey ist Florist, James Stuntman in Hollywood) und beim AU (Café, zum Schein verheiratet, College, Seelenverwandte, Filmstar, Amerikanischer Bürgerkrieg – *»Amerikanischer Bürgerkrieg, im Ernst?« »Das ist so* SCHÖN. *Ich habe* GEWEINT«), aber die Essenz bleibt immer dieselbe: James liebt Mickey. Mickey liebt James. Manchmal ist es der falsche Zeitpunkt für sie und dann wird er zum richtigen. Manchmal wird es dem einen früher bewusst als dem anderen und er verzehrt sich vor Sehnsucht, weil er glaubt, der andere würde seine Gefühle nicht erwidern. Manchmal glauben beide, sie seien nicht gut genug für den anderen. Aber am Ende kommen sie immer zusammen. Vielleicht gibt es auch Fanfiction, wo das nicht so ist, aber die schickt mir mein Vater nicht. Sogar, wenn die Umstände düster und bedrohlich sind *(Lass dich auf die Angst ein, Sloane!)*, geht schließlich doch alles gut aus. James liegt im Koma – mir nichts, dir nichts holt Mickeys Liebe ihn zurück. Mickey stirbt – James findet einen Zauberspruch, um ihn wieder zum Leben zu erwecken.

»Aber ist das nicht irgendwie eigenartig?«, frage ich eines Abends beim Essen. »Dass James buchstäblich eine Auferstehung arrangiert, um Mickey zurückzubekommen? Er erweckt Mickey jesusmäßig wieder zum Leben und das sollen wir schlucken, weil wir so fest an ihre Liebe glauben?«

»Ja«, sagt mein Vater einfach.

Mickey und James haben beide tragische Vorgeschichten und in den meisten Fanfictions kommt unausweichlich diese Szene vor, in der sie sich gegenseitig von ihrer Vergangenheit erzählen. Was mir dabei allerdings auffällt, ist eine bestimmte Spielart dieser Szene, die ganz häufig auftaucht: James enthüllt etwas Tragisches, dann enthüllt Mickey etwas Tragisches. Und umgekehrt, immer und immer wieder, hin und her.

Als Kind habe ich meine ganze Familie verloren.

Meine Familie hat mich verstoßen, als ich zum Werwolf wurde.

Es ist meine Schuld, dass Luke gebissen wurde.

Es ist meine Schuld, dass Kiko gestorben ist.

Keiner von ihnen gewährt dem anderen seinen Kummer, seinen persönlichen Augenblick. Ich weiß, dass das nicht so gemeint ist – sie öffnen sich einander! Teilen die Tragödien, die sie zu dem gemacht haben, was sie sind! Die reuigen Momente und Ängste, über die sie mit niemandem sonst reden können! –, aber meine Güte, es kommt mir vor wie der Versuch, sich gegenseitig zu übertreffen. Wo ist die Fanfiction, in der Mickey sagt: *Als Kind habe ich meine ganze Familie verloren,* und James einfach nur erwidert: *Das tut mir so unglaublich leid.* Und dann sitzen sie schweigend da und vielleicht halten sie Händchen oder auch nicht, vielleicht ist das alles. Einer von ihnen sagt, was er loswerden muss, und der andere hört einfach nur zu, nimmt es auf, würdigt es. Gibt der Traurigkeit Raum.

Eines Nachmittags lese ich bei Vera einen Fanfiction-Text an meinem Laptop, während sie Internet-Nachrichten beantwortet. Zwischen verschiedenen Antworten wirft sie einen Blick auf meinen Bildschirm und fragt: »Schon wieder Jickey?«

»Schon wieder Jickey.«

»Hat dein Vater es ausgesucht?«

Hatte er nicht. »Nein. Das habe ich gefunden.«

Sie erwidert nichts, aber als ich zu ihr rübersehe, hat sie die Augenbrauen hochgezogen.

»Was denn?«

»Du suchst jetzt auch schon danach?«

Ich zucke die Achseln. »Man kann alles finden.«

Das kann man buchstäblich. Es gibt genug *Were School*-Fanfiction da draußen, um nahezu jede Laune und jeden Wunsch zu befriedigen. Ein *Were School*-AU in einer Kochschule. Ein Crossover aus *Were School* und *Herr der Ringe*. Eine arrangierte Ehe, wo ein Beteiligter oder beide zu einem Königshaus gehören – es gibt ganze Empfehlungslisten zu *Were School*-AUs mit königlich arrangierten Ehen. Nicht zu vergessen alle möglichen Sexspielarten, die man sich nur vorstellen kann (und einige, die ich mir noch nicht mal in meinen wildesten Träumen hätte vorstellen können). Am interessantesten finde ich das mit den Schlagwörtern – Themen, die hilfreicherweise vom Autor bereitgestellt werden, sodass man genau nach dem Inhalt suchen kann, der einen interessiert. Verletzung/Trost. Selbstvergessenheit. Sehnen. Langsames Verbrennen.

»Man kann sich jede Art von Beziehung an jeder Art von Schauplatz aussuchen«, sage ich, als ich feststelle, dass Vera mich immer noch skeptisch ansieht.

»Ich hätte einfach nicht gedacht, dass du so auf diese Serie stehst.«

»Nach einer Weile gehts eigentlich gar nicht mehr so sehr um die Serie selbst.«

»Worum denn dann?«

Ich kann es nicht richtig beschreiben. Daher schüttele ich nur den Kopf. »Ich weiß nicht, es macht einfach Spaß. Weil es so lächerlich ist.«

Ich wende mich wieder meinem Bildschirm zu, aber sie sich nicht ihrem.

»Heute ist die Besetzungsliste für das Musical rausgekommen.«

»Und?«

»Alexa Petrie spielt Reno Sweeney. Kennst du sie?«

»Nee.«

»Sie ist bei mir in Literatur. Sie hält sich für die Größte, weil sie in der Grundschule Annie gespielt hat.«

»Schön für sie.«

»Nicht schön für sie, Sloane, echt. *Du* solltest diese Rolle haben. Du solltest Reno sein.«

»Bin ich aber nicht.«

»Solltest du aber! Ich kapiers nicht. Ich weiß, dass es nichts damit zu tun hat, dass du Angst hast, weil du das mit dem Singen erstens schon ewig machst und zweitens vor nichts Angst hast. Ich glaube, das Problem ist, wenn du mitmachen würdest, würdest du wirklich mitmachen müssen, anstatt dich nur darüber lustig zu machen, und du bist unfähig, etwas zu tun, worüber du dich nicht lustig machen kannst. Oder Witze darüber reißen oder es auf irgendeine Art auseinandernehmen. Das tust du dauernd und vielleicht schränkt dich das ein bisschen ein.«

Der Stich kommt unerwartet, aber es ist ein Stich. »Das … tue ich gar nicht«, sage ich bloß.

»Wirklich nicht? Du hast es gerade eben mit der *Were School*-Fanfiction gemacht. Buchstäblich gerade eben.«

»Ich …«

»Nein, Sloane, hör zu. Es ist okay, wenn du *Were School*-Fanfiction magst. Daran ist absolut nichts auszusetzen. Du kannst es mögen, ohne dass du dich vor irgendjemandem rechtfertigen musst. Du kannst Pailletten mögen und Stepptanz und Gesang und Werwölfe, die Sex miteinander haben. All das.«

»Ich weiß.«

»Weißt du das wirklich?«

Ich halte den Blick blinzelnd auf meine Tastatur gesenkt. Die Buchstaben verschwimmen ein wenig, dann sehe ich sie wieder scharf.

»Ja«, sage ich und blicke zu dem Gemälde in der Ecke am anderen Ende des Zimmers hinüber. Still, gelassen und beruhigend. »Äh. Weißt du, ich muss los. Ich habe ganz vergessen … ich muss noch …«

»Warte, Sloane …« Vera greift nach meiner Hand, aber ich entziehe mich ihr, klappe den Laptop zu und stecke ihn in meinen Rucksack.

»Wir sehen uns.« So schnell ich kann, verlasse ich das Zimmer.

An diesem Abend gehe ich nicht zu FSP. Gabe schickt mir eine Nachricht.

Bist du sauer auf Vera?

Nein, antworte ich. Und das bin ich auch nicht. Aber ich weiß nicht, was ich dann bin.

Sie benimmt sich komisch. Hatte sie Streit mit Tash?
Warum fragst du sie nicht einfach?
Sie redet gerade mit Aubrey.
Woher weißt du dann, dass sie sich komisch benimmt?
Ich kann sie sehen.
Stalker.
Was machst du gerade? Warum bist du nicht hier?
Müde.
Man ist nie zu müde für FSP.
Mir war nicht danach.
Du hättest kommen sollen.
Warum?
Ich weiß nicht, aber du hättest einfach kommen sollen.

Ich betrachte die Nachricht einen Augenblick. *Vorsicht,* schreibe ich zurück. *Sonst klingt es noch so, als würde ich dir fehlen.*

Den Rest des Abends über höre ich nichts weiter von ihm.

Kapitel 22

Remy und ich finden Dr. Harold Mark im Internet. Ann Smith hatte recht – wenn man ihn in dieses Google eintippt, taucht er direkt auf.

Allerdings ist es uns bisher nicht gelungen, Dr. Mark selbst zu erreichen. Ich hatte Kontakt mit seiner Empfangsdame, die größeres Interesse daran hat zu erfahren, ob ich einen Termin vereinbaren will oder nicht, als daran, mich für eine Anfrage, die nichts mit Gesundheit zu tun hat, zum Doktor durchzustellen. Und als dann Remy anrief und sie fragte, ob Dr. Mark in letzter Zeit irgendein neues Kunstwerk angeschafft habe, legte sie einfach wortlos auf.

Also beschließen wir, persönlich hinzufahren. Dr. Marks Praxis ist auch an Samstagvormittagen geöffnet. Ich schwindele mich aus meinem Gesangsunterricht diese Woche und hole Remy um sechs Uhr morgens ab.

Er sieht mich mit einem Gesichtsausdruck an, der so was besagt wie *Unchristliche Zeit*. Ich reiche ihm den

New-School-Reisebecher meines Vaters und grunze zustimmend.

Die Fahrt ist gar nicht so schrecklich. Wir schweigen die meiste Zeit über, weisen uns nur auf einige Schilder hin, an denen wir vorbeifahren (DER WELTGRÖSSTE PILZHUT, 14 MEILEN!), und machen belanglose Kommentare über das Radioprogramm.

Bis Remy mir einen Blick zuwirft und sagt: »Du hast gestern FSP verpasst. Ich glaube, Frank war verletzt.«

»Warum?«

»Weil du sein Lieblingsgast bist. Er hatte Angst, du wärst stattdessen bei Pete Mendez' Party gewesen.«

Ich blinzele. Ich hatte gedacht, *Willst du dich heute Abend auf dieser Party mit mir unter die Gäste mischen und ebenso bei jedem anderen Partyabend, bis dass der Tod uns scheidet?*, wäre ein Witz gewesen. »Bei einer nicht von Frank sanktionierten Party?«, sage ich nur. »Einer nicht franktionierten Party? So etwas würde mir doch im Traum nicht einfallen.«

»Franktioniert?«, wiederholt Remy. »O Mann, wenn er das hört.«

»Das ist viel effizienter. Ich verstehe nicht, warum ihr nicht schon längst franktioniert sagt.«

Nach knapp zwei Stunden erreichen wir Brecken und stehen vor einem gedrungenen einstöckigen Backsteingebäude. Das Schild, auf dem steht, dass dies die Praxis von DR. HAROLD MARK ist, ist mit falschen Spinnweben und ein paar Plastikspinnen dekoriert – nur für den Fall, dass ich trotz Laneys wochenlangem

Countdown möglicherweise vergessen habe, dass heute Halloween ist.

»Wie sieht unsere Tarnung aus?«, fragt Remy. »Sollen wir uns als Ehepaar ausgeben?«

»Wozu brauchen wir eine Tarnung?«

»Ich weiß nicht, dann macht es mehr Spaß.«

»Wir täuschen keine falsche Beziehung vor«, sage ich.

»Wirklich nicht … Mrs Applebaum?« Er streckt den Arm nach mir aus.

Seufzend greife ich danach. »Geh du vor, Mr Applebaum.«

Sobald wir drin sind, brauchen wir keine Decknamen. Die Empfangsdame trägt einen spitzen Hexenhut und Kürbisohrringe, aber trotz dieses bisschen Klamauks sieht sie nicht so aus, als stünde sie zwei Schülern, die ganz eindeutig nicht die Applebaums sind, besonders offen gegenüber. Es ist bestimmt dieselbe Frau, die bei Remys Anruf aufgelegt hat.

Aber jetzt, wo wir persönlich da sind, kann sie schlecht auflegen, also erklären wir ihr die Situation. Sie wirkt irgendwas zwischen verwirrt und verärgert, aber als wir fertig sind, seufzt sie lautstark und steht auf. »Nun, Dr. Mark hat in seinem Urlaub wirklich etwas gekauft. Es hängt hier hinten.«

Sie führt uns durch einen Flur an mehreren geschlossenen Türen vorbei nach hinten. Vor einer Nische mit einer Waage und einer Messlatte bleibt sie stehen.

»Da.«

An der Wand hängt ein großes Bild von einem Segelboot in einem blauen Plastikrahmen. Es hat nicht die Spur einer Ähnlichkeit mit einem Laura-Fuller-Gemälde.

»Äh, nein«, sage ich nach einer Weile. »Wir suchen nach … es hat einen anderen blauen Rahmen. Dr. Mark hat es vor Kurzem gekauft, das wissen wir.«

»Ich weiß nicht, was ich euch sagen soll«, entgegnet sie. »Aber ihr müsst jetzt wirklich gehen. Ich habe da vorne furchtbar viel zu tun …«

»Gibt es noch mehr Bilder hier? In irgendeinem der Räume?«

»Wenn ihr mir bitte wieder nach vorne folgen wollt …«

»Evelyn, das Telefon klingelt«, sagt ein Mann, der aus einer Tür rechts von uns tritt. Er trägt einen weißen Kittel über einem schwarzen Hemd und einer schwarz-orange karierten Krawatte.

»Hallo«, sagt er und lächelt uns beide freundlich an.

»Hallo, Dr. Mark«, sage ich und ergreife die Gelegenheit. »Wir suchen nach einem Bild von Laura Fuller mit dem Titel *Der Traum*. Es hing in Ann Smiths Badezimmer und Sie haben es ihr abgekauft?«

Dr. Mark sieht mich blinzelnd an.

»Ich habe mich eigentlich nie für einen großen Kunstliebhaber gehalten«, sagt Dr. Mark und lässt sich auf einem niedrigen Hocker mit Rollen nieder. Wir haben uns für ein kurzes Gespräch in eins der Sprechzimmer zurückgezogen, sehr zu Evelyns Leidwesen. Dr. Mark fordert uns auf, uns zu setzen, aber die einzigen Plätze sind ein Stuhl in der Ecke und die Untersuchungsliege. Ich nehme den Stuhl und Remy bleibt einfach neben mir stehen.

Dr. Mark ist so um die fünfzig, er hat weiß-graues Haar und einen Schnurrbart. »Ich mag Bilder von Booten«, sagt er lächelnd. »Segelboote, Dingis, Slups. Oder einfach nur ein kleines leeres Ruderboot auf einem hübschen blauen See. Friedlich. Schlicht. Boote versuchen einem nichts zu sagen, wisst ihr? Es sind einfach Boote. Das ist die Art von Kunst, die ich mag.« Er zeigt auf eine der Wände, an der wirklich ein gerahmtes Gemälde von einem Boot hängt. »Aber dieses Bild – *Der Traum* – es hat mich irgendwie ... berührt. Klingt wie das, was ein hipper Künstlertyp sagen würde, oder?«

Ich lächele und als mir klar wird, dass er eine Antwort erwartet, sage ich: »Ja, ja, stimmt.«

»Vorher hatte ich beim Anblick von Kunst nie etwas Besonderes gespürt. Also habe ich das Bild direkt an Ort und Stelle von Anns Wand weggekauft.«

»Das heißt, Sie haben es? Ist es hier?«

Er seufzt. »Tja, das ist das Problem ...«

»Natürlich nicht«, sagt Remy im Auto. »Natürlich hat er es nicht.«

»Es war einen Versuch wert, oder?«

Remy schüttelt den Kopf. »Warum hat er es weggegeben, wenn er es so toll fand? Wenn es ihn so *berührt* hat und all das?«

»Vermutlich haben sie ihm ein Angebot gemacht, das er nicht ablehnen konnte.«

»Und was machen wir jetzt?«

»Es geht steil bergauf! Also weiter mit der Suche!«

Remy schweigt, als ich aus der Parklücke fahre.

»Was?«, frage ich.

»Was meinst du mit ›Was‹?«

»Was denkst du, ohne es zu sagen?«

Als er antwortet, kann ich erkennen, dass er seine Worte sorgfältig wählt, was mich irgendwie ärgert. Als wäre ich sensibel.

»Warum ist dir das so wichtig?«, fragt er. »Das mit dem Bild?«

Ich zucke die Achseln. »Es ... geht mir einfach um Vera und Gabe.«

»Ist das alles?«

»Ja, das ist alles. Was sollte da sonst sein?«

»Ich weiß nicht, deshalb frage ich dich ja. Ich glaube nicht, dass Kapitän Ahab jemanden hatte, der sich mit ihm zusammengesetzt und gesagt hat: *So, alter Junge, ich glaube, wir müssen da mal über was reden.*«

»Ich ... So ist das nicht. Ich bin nicht wie Ahab. Das hier wird nicht mein Ruin sein.«

»Weißt du, immer wenn jemand das sagt, deutet er damit ganz eindeutig seinen Ruin an.«

»Halt den Mund«, entgegne ich, kann mir aber ein Lächeln nicht verkneifen.

»Soll ich ein Stück fahren?«, fragt Remy, als ich auf den Highway einbiege.

»Nein. Aber schreib meinem Vater eine Nachricht.« Ich gebe ihm mein Handy. »Sag ihm, Dr. Mark hat es an einen Patienten verkauft.«

Kapitel 23

Als ich Remy abgesetzt habe und nach Hause komme, finde ich Laney und Vera im Wohnzimmer vor. Laney hat die Schminktasche meiner Mutter neben sich. Sie blinzelt mir mit dunklen glitzernden Augenlidern entgegen.

»Vera schminkt mich für meine Verkleidung!«

»Sie hat nach einem ›Smokey-Eye-Look‹ verlangt«, erklärt mir Vera.

»Tut mir leid, aber Vera kann so was viel besser als du«, sagt Laney.

Vera klappt die Schminktasche zu. »Komm, wir machen ein paar Fotos. Dann kannst du sie deiner Mutter zeigen.« Sie knipst ein paar Bilder und geht sie anschließend durch. »Großartig, meine Schöne.« Laney lächelt breit.

»Geh Mom suchen«, sage ich. Laney zieht ihr Mr-Yuk-Gesicht, läuft aber trotzdem den Flur entlang.

»Hey.« Vera legt ihr Telefon weg und steht auf. »Ich habe dir was mitgebracht.«

»Bringst du mir auch den Smokey-Eye-Look bei?«

»Wenn du willst«, sagt sie mit einem leichten Lächeln. Sie geht zu ihrer Tasche hinüber, holt eine durchsichtige Plastikdose heraus und reicht sie mir.

Es ist ein Cookie – Chocolate Chip, so wie es aussieht –, auf dem mit Zuckerschrift steht: TUT MIR LEID SLOANE.

Das TUT MIR LEID ist in großen Blockbuchstaben geschrieben, während die Buchstaben von SLOANE darunter immer kleiner werden, bis das E kaum noch mit draufpasst.

»Das hat Gabe bei der Arbeit für mich gemacht. Ich habe ihm gesagt, er soll auf den richtigen Abstand achten, das versaut er immer.«

»Du musst nicht ... du musstest mir keinen Cookie kaufen.«

»Doch. Tut mir leid. Ich wollte dich wegen des Musicals nicht unter Druck setzen und ich wollte dich auch nicht, na ja, verurteilen oder so. Du bist Sloane und in deiner Sloaneheit bist du perfekt.«

Ich kann nichts weiter tun als den Cookie anstarren. »Das ist vielleicht ein wenig übertrieben.«

»Das ist noch untertrieben. Und wie.«

»Jetzt treibs nicht zu weit.«

Sie schneidet eine Grimasse. »Sind wir wieder Freundinnen?«

»Waren wir denn seit gestern keine Freundinnen mehr?«

»Du weißt schon, was ich meine.«

Ich verziehe das Gesicht. »Nur, wenn wir uns den Cookie teilen.«

»Abgemacht.«

Wir sitzen draußen auf der Terrasse und essen den Entschuldigungscookie. Ich mache vorher noch ein Foto davon und schicke es Gabe: Hervorragende Handarbeit.

Er antwortet nicht. Vielleicht ist er mit Alice zusammen. Vielleicht denken sie sich gerade eine Paar-Verkleidung aus.

»Kommst du heute zur Party?«, fragt Vera. »Zur Halloween-Ausgabe von FSP?«

»Nee, ich bin mit Laney und meinen Eltern unterwegs.«

»Macht ihr ›Süßes oder Saures‹?« Veras Augen leuchten.

»Nein«, sage ich verlegen. Aber dann: »Na ja, irgendwie schon. Wir verkleiden uns immer als Familie und ich bleibe im Hintergrund, aber normalerweise bekomme ich trotzdem Süßigkeiten.«

»Und insgeheim findest du es super.«

»Natürlich finde ich es super. ›Süßes oder Saures‹ ist schließlich das Beste.«

»Laney hat gesagt, sie wäre Wednesday Addams. Also, wer bist du dann?«

»Das verrate ich nicht.«

»Sloane. Du musst.«

Ich schüttele den Kopf und breche ein Stück von dem Entschuldigungscookie ab. »Das ist geheim.«

»Gehen deine Eltern als Morticia und Gomez? Dein Vater würde einen tollen Gomez abgeben.«

Ich gebe ein unverbindliches *Hmm* von mir. Dann ist es eine Weile still, nur unser Kauen und das Quaken der Laubfrösche ist zu hören.

»Wann erscheint sein nächstes Buch?«, fragt Vera schließlich, und als ich zögere, fügt sie hinzu: »Ich will hier jetzt nicht als durchgeknallter Fan deines Vaters rüberkommen, da wir Freundinnen sind, und ich will nicht, dass du denkst, es hätte auch nur 0,1 Prozent Einfluss darauf, warum ich Zeit mit dir verbringe. Aber ich bin eben sehr neugierig.«

Ich lächele. »Schon okay. Es ist nur so, dass kein nächstes Buch erscheint.«

»Aber *Sand an unserem Strand* ist doch schon vor Ewigkeiten rausgekommen.«

»Ja, stimmt, er hat nur gerade ziemlich zu kämpfen.«

»Schreibblockade?«, haucht Vera in einem Tonfall, mit dem man den Namen einer tödlichen Krankheit aussprechen würde.

»So etwas in der Art. Ich glaube, er … weiß einfach nicht so genau, was er als Nächstes machen soll. Ich glaube, er hatte eigentlich nie vor, ein berühmter Autor von Liebesromanen zu werden.«

»Was wollte er denn dann schreiben?«

»Ernsthafte Sachen.« Gequälte Künstlertypen auf Selbstfindungstrip.

»Aber seine Bücher sind doch ernsthaft.«

»Auf andere Art ernsthaft. *Literarisch* ernsthaft.«

Ich wollte Fitzgerald werden, Jill. Ein verdammter Fitzgerald.

Ja, aber das bist du nicht. Du bist du. Und vielleicht bist du genau das. Hast du je darüber nachgedacht? Wirklich darüber nachgedacht?

»Und warum schreibt er dann nicht was anderes?«

»*Sand an unserem Strand* wurde ziemlich verrissen. Ich glaube, er ist ... einfach zögerlicher. Nicht nur im Hinblick darauf, etwas anderes zu machen, sondern auch darauf ... überhaupt was zu machen.«

»Inwiefern verrissen?«

Ich greife nach meinem Handy. Ich könnte alle möglichen Rezensionen finden, aber eine ganz bestimmte, die damals ziemlich viel Beachtung gefunden hat, taucht direkt auf.

EVERETT FINCHS *SAND AN UNSEREM STRAND*:
Stereotype Beschreibungen und gequälte Prosa sind ein Symptom für die Probleme des Genres »Liebesroman«.
Von Darryl Samberg, New York Times Book Review

»Scheiße«, murmelt Vera.

Sarah Watson liegt im Sterben. Oder ... vielleicht auch nicht. Wie auch immer, sie hat alles hingeworfen und sich auf den Weg in das kleine Küstenstädtchen Irgendwo gemacht. Aber wie vorherzusehen war, endet ihre Geschichte dort nicht. Vielleicht wäre es für uns Leser besser gewesen, wenn dem so gewesen wäre.

> Auftritt Jack, der verwitwete Handwerker des Ortes. Er ist von Trauer geplagt, aber gewillt, wieder zu lieben. Sie liegt im Sterben und hat Angst, das Risiko einzugehen. Beide werden die Wunden des anderen heilen. Zwangsläufig. Ehrfürchtig. Endlos.
> Das ist nichts Neues – es ist geradezu ein Palimpsest voller unseliger Klischees und übertriebener Bilder. Aber das allein ist es nicht, was so überaus abstoßend an Everett Finchs jüngsten Bemühungen ist.

Ich sehe Vera beim Lesen zu. Ich muss es nicht noch mal lesen. Es hat sich mir ziemlich tief eingebrannt. In diesem Stil geht es immer weiter:

> Da ist der absolute Hohn von Sarahs »Karriere« im »Kunsthandwerk«. Die hochgradig peinlichen Dialoge, die zwischen Überreiztheit (»Liebe ist nur was für Lebende«, erklärt Sarah unverfroren) und fast schon anmaßender Simplizität (»Ich mag Sandwiches«, sagt Jack, ein erwachsener Mann im Vollbesitz seiner geistigen Kräfte) changieren.
> Der letzte Akt stellt den Tiefpunkt von Mr Finchs Versuch der emotionalen Manipulation dar. Den Kumulus der pornografischen Tragik, die makabre Kirsche auf dem rührseligen Eisbecher: der Tod des Welpen Avery.

Und es wird nicht besser.

»Scheiße«, sagt Vera noch mal, als sie zu Ende gelesen hat.

»Ja«, entgegne ich. »Aber du musst zugeben, dass es auch ein bisschen witzig ist.«

Vera runzelt nur die Stirn. »Ich finde es gemein.«

»Sind Rezensenten je nett?«

»Sie müssen ja nicht *nett* sein, aber sie waren total unfair. Sie haben all die guten Seiten des Buches weggelassen, seinen Kern, die ... Hoffnung. In allen Büchern deines Vaters steckt Hoffnung. Das ist das Beste daran.«

Ich zucke die Achseln. »Ich weiß nicht. Aber diese ganze Sache hat ihn ...« Ängstlich gemacht? Nicht ganz. Es ist hart, sich mir meinen Vater als ängstlich vorzustellen. »Na ja, vorsichtig gemacht, weißt du?«

Gegen neun an diesem Abend klopft es an der Tür. Wir haben schon unsere Runde durch die Nachbarschaft gedreht und Laney ist mit meiner Mutter oben im Bad, um sich Wednesday Addams' Smokey-Eye-Look abschminken zu lassen.

Es ist also schon ein bisschen spät für »Süßes oder Saures«, aber vielleicht sind die Leute hier einfach später dran. Ich nehme mir die Süßigkeitenschüssel von einem der Beistelltische und gehe zur Tür.

Auf der Veranda stehen Vera und Gabe.

»Neeein«, sagt Vera, als ich die Tür aufmache. »Wir wollten doch dein Kostüm sehen!«

»Ich dachte, ihr wärt bei der Party.«

»Waren wir auch«, sagt Gabe. »Aber Vera wollte dein Kostüm sehen.«

»Wie kannst du schon wieder alles nur auf mich

schieben?«, sagt Vera, als ich die Tür weiter aufmache und sie hereinwinke. »Gabe wollte es auch wissen. Wer warst du? Warst du Pugsley? Oder warst du Cousin Itt? Gabe glaubt, du warst Itt.«

Hier im Flur kann ich sie besser sehen. Vera trägt eine rote Jacke über einem kurzen schwarzen Kleid und hat dunkle, dramatisch geschminkte Augen. Gabe hat ein enges graues T-Shirt an und seine Haare sind stark nach hinten gegelt.

»Was seid ihr denn?«

»Wir sind berühmte Zwillinge«, sagt Vera.

»Und was ist mit deinen Haaren passiert?«, frage ich Gabe.

»Du bist ungefähr die Zwölfte, die das fragt.« Er sieht Vera an. »Ich habe dir gleich gesagt, dass es niemand erkennen würde.«

»Wir sind Quicksilver und Scarlet Witch!«, erklärt Vera, als wäre es das Offensichtlichste der Welt. »Weißt du? Berühmte Zwillinge! Berühmte Superheldenzwillinge!«

Jetzt kann ich es erkennen und sage es auch, aber Gabe verdreht nur die Augen.

»Nächstes Jahr suche ich was aus.«

»Nächstes Jahr sind wir auf dem College«, sagt Vera.

»Habt ihr immer ein gemeinsames Kostüm?«, frage ich.

»Jedes Jahr außer in der Zehnten, als Tash noch hier war. Sie und ich haben uns als Captain America und Bucky verkleidet.«

»Habt ihr immer ein Superheldenthema?«

»Nicht immer, aber meistens«, sagt Gabe. »Warst du das eiskalte Händchen?«

»Wen haben wir denn da?« Mein Vater kommt die Treppe herunter. Er hat immer noch seinen Gomez-Schnurrbart im Gesicht, aber seinen Nadelstreifenanzug gegen Joggingklamotten eingetauscht. »Quicksilver und Scarlet Witch?«

Vera strahlt, aber mein Vater blinzelt mir zu und ich bin mir ziemlich sicher, dass er uns von oben gehört hat.

»Hi, Mr Finch«, sagt Vera. »Toller Schnurrbart.«

»Den habe ich selbst gemalt. Unglaublich, oder?« Er sieht mich an. »Sind sie gekommen, um dich zu einer Party abzuholen? Dann zieh schnell dein Onkel-Fester-Kostüm wieder an.«

»Onkel Fester!«, krächzt Vera. Gabes Augen leuchten.

»Mann, Dad«, sage ich.

»Gehst du aus?«

»Nein.« Ich sehe Vera und Gabe an. »Nein, ich wollte zu Hause bleiben. Aber geht ihr ruhig wieder zurück.«

Vera zuckt nur mit den Schultern. »So toll war es gar nicht. Lass uns lieber irgendeinen halloweenmäßigen Film gucken.«

»Ich weiß aus gut unterrichteter Quelle, dass wir *Hocus Pocus* aufgenommen haben«, sagt Dad.

»Ja!« Vera nimmt meinen Arm und schiebt mich ins Wohnzimmer.

»Schicke Frisur, Junge«, höre ich meinen Vater im Flur zu Gabe sagen.

Kapitel 24

Frank Sanger Presents in der folgenden Woche ist offensichtlich ein seltenes und ganz besonderes Ereignis – Frank veranstaltet die Party bei sich zu Hause. Das entpuppt sich als Anwesen in Opal direkt am Strand mit einer Privattreppe hinunter ans Wasser.

»Meine Güte«, sage ich, als ich mit Remy den Weg zum Haus hinaufgehe. »Ich wusste gar nicht, dass Frank so …«

»Wahnsinnig reich ist?«, ergänzt Remy. »Ja. Hat schon was, hm?«

Noch ein Puzzleteil der Legende um Frank Sanger. Es passt.

Wir betreten das Haus und kommen in ein weitläufiges Wohnzimmer, von dem aus man in eine riesige Küche gelangt. Dort ist es bereits brechend voll und ich suche die versammelte Menge nach Vera ab. Ich sehe Aubrey, die mit Gabe und ein paar anderen zusammensteht, aber keine Vera.

Erst fällt es mir kaum auf, als Remy plötzlich meine Hand nimmt.

Es dauert einen Moment. Ich sehe hinab auf unsere Hände, dann hoch zu ihm und dann hinüber zu Aubrey, die uns von der anderen Seite des Zimmers aus bemerkt hat.

Ich entziehe Remy meine Hand, packe ihn vorne am T-Shirt und schleife ihn zurück nach draußen.

»Was soll das, verdammt noch mal?«, frage ich.

»Was?« Er wirkt leicht verwirrt, aber in erster Linie schuldbewusst.

»Ich bin keine Schachfigur, ist das klar? Ich lasse mich nicht von dir benutzen, um Aubrey eifersüchtig zu machen. Das ist widerlich. So behandelt man niemanden, der einem wirklich wichtig ist, und du behauptest, Aubrey wäre dir wichtig. Wenn das Ganze hier nur ein Spiel für dich ist, bin ich draußen.«

»Ich ... ich dachte nicht ...«

»Nein. Ganz genau.« Das ist einer der Lieblingssprüche meiner Mutter und ich muss sagen, er ist sehr effektiv. Remy wirkt extrem zerknirscht.

»Ich bin bloß nervös geworden«, sagt er.

»Du kannst gerne meine Hand halten, wenn du nervös wirst«, sage ich. »Aber nicht, weil du ihr einen falschen Eindruck vermitteln willst.«

Er murmelt etwas.

»Wie bitte?«

»Sie stand da mit Marshall Peters.«

»Und?«

»Und … er ist der Supersportler, der Footballking. Und sie stand neben ihm.«

»Ich habe schon neben dem großartigen Dex Finnegan gestanden. Und das bedeutet schließlich nicht, dass wir es miteinander treiben, oder?«

»Ich habe Panik bekommen.«

»Dann reiß dich zusammen. Versuchen wir's noch mal?«

»Ja. Klar. Tut mir leid«, sagt er und wir gehen wieder rein.

Die Veranda hinter Franks Haus geht auf den Strand raus. An diesem Abend landen wir schließlich alle dort – Vera, Gabe, Aubrey, Remy, Frank und ich.

»Kommt, wir erzählen uns Geschichten«, sagt Frank, der an die Kissen einer eleganten Chaiselongue gelehnt dasitzt und an einem schlammfarbenen Getränk schlürft (Orangen- und Traubenlimonade, sagt er später, um die einzigartige Farbe zu erklären). Er hat sich eine Decke – ein *Kaschmirplaid,* teilt er uns stolz mit – über die Schultern gehängt. Obwohl es viel wärmer ist, als es zu dieser Jahreszeit bei uns zu Hause wäre, ist es ein wenig frisch, wie um uns daran zu erinnern, dass wir schon November haben.

»Was denn, Gruselgeschichten?«

»Nein, Geschichten aus dem wahren Leben. Wir erzählen uns von unserem ersten Kuss. Das ist doch immer lustig. Meiner war in der Siebten. Na ja, mein erster mit einem Mädchen war in der Siebten, mit Lucy Freedman, bei Jen Smiths Geburtstagsparty. Erinnert ihr euch noch daran? Das Schlittschuhlaufen?«

Alle bestätigen die Erinnerung an das Schlittschuhlaufen.

»Wir liefen paarweise zu *Panic! At the Disco* und dann gingen wir zur Snackbar und bestellten Nachos. Und während wir warteten, sagte sie, wenn wir uns küssen würden, sollten wir das tun, bevor wir Nachos äßen – ich liebe Lucy Freedman, sie ist so was von praktisch veranlagt –, also dachte ich, scheiß drauf, dann machen wir das jetzt, und ging einfach voll auf ihr Gesicht los, wie so eine Art radioaktiver Superpiranha aus einem miesen SF-Film.«

»Wie hat sie reagiert?«, fragt Vera.

»Panic! At the Snackbar?«, murmele ich.

»Nein, sie hat meinen Kuss erwidert, und zwar voll *Sharknado*-mäßig«, sagt Frank.

»Was soll das denn heißen?«

»Sie fand es obergeil. Es war ein Erfolg. Frank Sanger hat im Leben mit zehn von zehn Punkten gewonnen. Wie stehts mit dir, Gabe? Dein erster Kussikuss?«

»Ich passe.«

»Spielverderber«, sagt Frank spöttisch. »Aubrey?«

Aubrey mustert ihre Fingernägel und sieht auf, als wäre sie überrascht, aufgerufen zu werden. »Meiner …« Sie verzieht leicht das Gesicht. »Das war, äh, das war mit Remy.«

Wir alle sehen Remy an.

»Bei mir auch«, erklärt er. »Mit Aubrey.«

»Na, ist das nicht entzückend«, sagt Frank, aber sogar er merkt, wie peinlich der Augenblick geworden ist.

»Ich hatte meinen noch gar nicht«, werfe ich ein, weil ich das Gefühl habe, den peinlichen Moment durch etwas anderes Peinliches ersetzen zu müssen, damit Aubrey und Remy nicht länger zu Boden starren, als würden sie von zwei Suchscheinwerfern angestrahlt.

»Ist das dein Ernst?«, fragt Frank. »Bei allem auf dieser Welt, was gut und heilig ist, ist das dein Ernst?«

»Wenn du es sagst, klingt alles gleich ungefähr fünfzehn Mal dramatischer.«

»Nein, aber bin ich denn verrückt? Schau dich doch mal an. Du siehst umwerfend aus.«

»Darüber lässt sich streiten«, sage ich.

»Das ist ein Verbrechen«, fährt Frank fort, als hätte ich gar nichts gesagt. »EINE SCHREIENDE UNGERECHTIGKEIT.«

»Na, dann ... küss mich.«

Er hebt theatralisch einen Finger. »Sag das nicht, wenn du es nicht ernst meinst.«

»Ich meine es ernst. Es macht mir nichts aus. Küss mich.«

Frank springt auf. »Steh auf. Dann machen wir das aber auch richtig.«

Ich stehe auf.

»Jetzt hau mir eine runter«, sagt er mit einem teuflischen Glitzern in den Augen.

»Wie bitte?«

»Wir machen es wie in einem der Bücher deines Vaters.«

»Das hat jetzt aber ein bisschen was von Freud.«

»Nein, das ist scharf! Ich nehme dich und presse dich an die Wand. Aber vorher musst du mir eine runterhauen. Oder, na ja, wir könnten es auch auf Sechstklässlerart machen, wenn du wirklich willst. Ich könnte wie in einem SF-Film auf dich losgehen.« Frank beugt sich vor und reißt den Mund weit auf.

Ich lächele. »Okay, ich hau dir eine runter.«

Also tue ich so, als würde ich Frank eine Ohrfeige geben.

Er verzieht das Gesicht. »Das war zu schwach. Remy, du machst das mit dem Klatschgeräusch. Und du musst richtig ausholen.«

Ich ziehe die Hand zurück und ziele auf Franks Gesicht. Diesmal klatscht Remy in die Hände und es wirkt wahrscheinlich ziemlich realistisch.

Frank hält sich theatralisch die Wange, dann sieht er mich mit glühendem Blick an. Bevor ich irgendetwas tun kann, packt er mich an den Oberschenkeln, hebt mich hoch und schiebt mich gegen die Wand hinter uns.

»Meine Güte«, höre ich Gabe murmeln.

Mir stockt der Atem, denn obwohl es nur Spaß ist, hat Vera recht – Frank hat eine universelle Anziehungskraft. Sein Gesicht ist stoppelig und seine Wimpern unglaublich lang, und mich durchfährt ein leiser Schauer, mit dem ich nicht gerechnet habe.

Frank knurrt leise.

»Ich hätte dich auf dieser Insel zurücklassen sollen«, sagt er.

Das hat möglicherweise den Zauber zerstört. »Wie bitte?«

»Als ich dich gefunden habe. Auf dieser einsamen Insel. Mit dem Briefträger. Ich hätte dich dort zurücklassen sollen, dem Tod geweiht. Aber ich konnte es nicht wegen des Feuers, das tief in meinen Lenden für dich lodert.«

»Den Briefträger habe ich nie geliebt«, sage ich mit so viel Leidenschaft, wie ich zustande bringe, und nehme sein Gesicht zwischen meine Hände. »Sondern den kostenlosen Transport erster Klasse.«

»Ich kann dich überallhin transportieren, Baby.« Seine Stimme wird tief und rau. In Fanfiction würde man sie als *verheißungsvoll* beschreiben. »Ich habe ... internationale Flatrate-Pakete. Unmengen.«

»Das ist gut«, murmele ich. »Mein eBay-Handel zieht gerade richtig an.«

Jetzt mustert er meinen Mund und sein Gesicht kommt näher.

Ich mache die Augen zu. Frank Sanger wird mich küssen.

Aber das tut er nicht. Er hält mich einen unendlichen Moment lang so fest. Dann macht er ein laut schnaubendes Geräusch an meinem Hals.

Ich lache. Er lässt mich los und ich gleite hinunter auf den festen Boden.

»Was war das denn jetzt?«

»Ich kann nicht«, sagt Frank lächelnd. »Ich kann einfach nicht. Guck dich doch mal an.«

»Ein Sumpfwesen? Absolut unküssbar?«

»Ich kann dir nicht deinen ersten Kuss rauben. Der ist heilig.«

»Aber du hast gesagt …« Ich bin irgendwie unkonzentriert. Dieser Schauer durchläuft mich immer noch, unerfüllt. Meine Haut juckt ein wenig und ich spüre eine Art Sog tief in mir drin.

»Ich hab mich von meinen niederen Instinkten leiten lassen. Aber ich sollte dir nichts wegnehmen, das irgendjemand irgendwann in wunderbarer Erinnerung behalten wird. Du hast etwas Besseres verdient als den ollen Frank Sanger von der Snackbar.«

»Rieche ich schlecht?«

Frank beugt sich vor, seine Lippen dicht an meinem Ohr. »Du riechst wie ein Baby«, flüstert er, »das gerade eine zermürbende Stunde Bikram-Yoga hinter sich gebracht hat.«

Ich lächele leicht.

Er kneift mich in die Wange. »Willst du noch was zu trinken?«

»Nein, danke.«

»Ich hole mir noch was.«

Und er verschwindet im Haus.

Nachdem der Bann von Frank und seinem unleugbaren Magnetismus gebrochen ist, erscheint die Veranda wieder vor mir und damit auch der Rest der Gruppe. Nur dass Remy und Gabe nicht mehr da sind. Ich werfe einen Blick zum Strand hinüber und sehe zwei Handylichter unten am Wasser, die den Sand anstrahlen.

»Was machen sie da?«, frage ich Aubrey und setze mich neben sie. Vera ist mit dem Handy am Ohr ans andere Ende der Veranda gewandert.

»Hi, Süße, was gibts?«, höre ich sie sanft sagen.

»Sie suchen nach Einsiedlerkrebsen«, erklärt Aubrey, dann herrscht Schweigen.

Ich habe den Eindruck, dass Aubrey mich nicht mag. Da wäre sie natürlich nicht die Erste. Nur habe ich bei ihr aus irgendwelchen Gründen den irrationalen Wunsch, sie für mich zu gewinnen. Ich weiß nicht, ob es daran liegt, dass sie Veras Freundin ist oder dass Remy so verrückt nach ihr ist, aber es wurmt mich, dass sie mir gegenüber so zumacht.

»Hey, ich hab gehört, du hast eine Rolle in *Anything Goes* bekommen«, sage ich. »Wie cool.«

»Ja. Wird bestimmt lustig.«

Schweigen. Ich sehe den Lichtern zu, die unten auf und ab hüpfen.

»Willst du denn auch auf dem College was mit Musical machen?« Das ist hier aber wirklich wie aus dem Smalltalk-Lehrbuch.

»Nein. Es ist bloß ein Hobby.«

»Was willst du denn machen?«

»Ich weiß nicht. Irgendwas Praktisches.«

»Was meinst du damit?«

Bevor sie darauf antworten kann, kehrt Frank zurück.

»Jetzt müsst ihr mich nicht länger vermissen«, sagt

er und lässt sich mit einem großen Becher an Aubreys anderer Seite nieder. Er bietet ihn ihr an. »Ma chérie?«

Sie schüttelt nur den Kopf, steht auf und holt ihren Autoschlüssel heraus. »Ich muss gehen.«

»Dann bleibt mehr für mich«, sagt Frank und zwinkert mir zu.

Kapitel 25

Remy und ich schmieden am Sonntag über unseren Bioheften Pläne. Wir schreiben bald eine Klassenarbeit, aber wir sind die Stadien der Zellteilung schon x-mal durchgegangen und irgendwann verlagert sich unser Gespräch auf das Gemälde.

Dr. Mark hat uns nur einen winzigen Informationsschnipsel über den Aufenthaltsort des Bildes gegeben, da die ärztliche Schweigepflicht offenbar nicht mehr zuließ. Er sagte, wir sollten es mal bei Galerien im Umkreis von Birmingham versuchen.

Wir haben überall herumtelefoniert. Eine Galerie hat ein Bild von Laura Fuller, aber es ist nicht unseres. Den *Traum* hat niemand. Drei Galerien haben wir telefonisch nicht erreicht – zwei in der Stadt und eine etwas weiter außerhalb. Also planen Remy und ich einen Ausflug nach Birmingham, das vier Autostunden entfernt liegt.

»Vielleicht sollten wir ein Hotelzimmer reservieren«, sagt Remy in dem Moment, als mein Vater hereinkommt.

»Vielleicht solltet ihr was?«, fragt er.

»Für unseren Galerietrip nach Birmingham«, sage ich. »Um das Bild zu finden, weißt du noch?«

»Natürlich weiß ich das noch. Wie lautet der Plan?«

»Das versuchen wir gerade rauszufinden.« Ich werfe ihm einen Blick zu, als er sich ans Kopfende des Tisches setzt. »Es ist ziemlich weit zu fahren und wir müssen mehrere Galerien abklappern.«

»Tja, wie wärs damit – wie wärs, wenn dein alter Herr mitkommt?«

»Wirklich?«

»Zusätzlich zu mir oder anstatt?«, fragt Remy.

»Du bist natürlich dabei, Remy«, sagt Dad. »Ich will schließlich nicht eure gemeinsame Suche an mich reißen. Was haltet ihr davon? Das wird bestimmt lustig!«

Ich mustere ihn einen Moment. Ich weiß nicht genau, ob es echtes Interesse an unserer Angelegenheit ist oder väterliche Fürsorge. Vielleicht etwas von beidem.

Also werfe ich Remy einen Blick zu. Der zuckt mit den Achseln, und damit ist die Sache abgemacht.

Dad reserviert noch am selben Abend ein Zimmer und leitet mir die Information mit der Betreffzeile »AUSFLUG!!!!« weiter.

Als Vera und ich am Montag nach dem Mittagessen unsere Sachen zusammenpacken, sagt sie: »Bei Frank wars gut, oder?«

»Ja. Das Haus ist echt toll.«

»Remy und du seid zusammen hingekommen.«

»Wir haben vorher was zusammen gemacht.«

Sie nickt, sagt aber nichts. Erst auf dem Weg in den Unterricht holt sie tief Luft und sagt: »Ich habe den Eindruck ... Okay, sag mir, wenn ich verrückt bin, aber ich habe den Eindruck, dass ihr beide ... irgendwas zu verbergen habt.«

Ich blinzele. »Ich ...« Lügt man seine Freunde an? Tun Freunde das? Würde Luke Mickey anlügen? Na ja, okay, Luke hat Mickey dauernd angelogen. Normalerweise im Versuch, ihn zu beschützen, obwohl das fast immer nach hinten losging. Ich dagegen versuche nicht, Vera zu beschützen. Ich ... will ihr nur nichts von dem Gemälde erzählen, bevor wir es haben. Bevor ich es ihr überreichen kann.

Aber vielleicht könnte ich ihr immerhin die halbe Wahrheit sagen.

»Denn ihr beide redet dauernd miteinander und trefft euch manchmal ohne Gabe oder mich, und Aubrey hat gesagt, sie hätte euch bei FSP Händchen halten sehen. Hast du ... ich meine, hast du was mit Remy? Dann kannst du es mir sagen. Wenn ihr miteinander geht.«

»Wir gehen nicht miteinander«, erkläre ich entschieden. Das hatte ich befürchtet. Insgeheim verfluche ich Remy für das Händchenhalten. »Wirklich nicht. Eigentlich ... Er will nur ...« Ich atme tief durch. »Er hat mich nur gebeten, rauszukriegen, was mit Aubrey los war.«

»Also das ist es? Ihr sitzt rum und redet über Aubrey?«

»Manchmal reden wir auch über *Were School.*«

Sie lächelt. »Na ja, wenn das alles ist, warum kann ich dann nicht auch kommen? Ich mag Aubrey. Ich mag *Were School.*«

»Du hast gesagt, es wäre unverständlich.«

»Hab ich nicht.«

»Hast du wohl. Du hast darüber getwittert.«

»Ich habe gesagt, es wäre voller WTF-Momente. Aber ich habe nicht gesagt, dass das schlecht ist.« Sie stößt mich mit der Schulter an. »Komm schon. Es macht mir nichts aus, dich mit Remy zu teilen, aber ich habe dich schließlich zuerst entdeckt, stimmts?«

Es gefällt mir nicht, wie das klingt. Als wäre ich eine Mode, die sie bald satthaben könnte.

»Obwohl es streng genommen wohl eher so ist, dass du uns entdeckt hast«, fährt sie fort. »Stimmts? Das vergesse ich nie. Wie du da einfach so aus der Menge aufgetaucht bist und Mason Pierce zur Schnecke gemacht hast. So habe ich Gabe noch nie gesehen.«

»Wie denn? Sauer?«

»Hingerissen«, sagt sie.

»Hör auf. Ich kann mir nicht vorstellen, dass Gabe jemals hingerissen ausgesehen hat. Hingerissen passt zu, was weiß ich, kleinen Kindern und Katzen in Zeichentrickfilmen.«

»Dann eben ehrfürchtig. Einfach … voller Ehrfurcht.«

»Ich glaube, wir haben da nicht dasselbe Ereignis beobachtet«, sage ich.

»Du hast das nicht mitgekriegt, weil du damit beschäftigt warst, Scheiß-Mason ans Bein zu pinkeln.«

»Hübsch ausgedrückt.«

»Allerdings«, sagt sie und hakt mich auf dem Weg zum Klassenzimmer unter.

Kapitel 26

Am nächsten Nachmittag finde ich eine neue Fanfiction auf meinem Bett vor und mir ist augenblicklich klar, dass es sich dabei um ein Original handelt. Es ist nicht in der Schriftart der Fanfiction-Seite ausgedruckt, die mein Vater nutzt, sondern in seiner bevorzugten Schreibformatierung. Arial, Schriftgröße 11, einzeilig.

Du musst es später sowieso ändern.

Ich habe eine starke Bindung an Arial Schriftgröße 8,5, Sloane. Meine Liebe zu Arial Schriftgröße 8,5 kennt keine Grenzen.

Ich mache es mir mit den Seiten bequem.

Es herrschte nicht direkt Krieg, geht es los, aber es fühlte sich so an.

Ein weiterer übernatürlicher Angriff. Ein weiterer Dienstagabend in Crescent Heights.

Mickey hat keine Ahnung, was los ist. Noch weniger als sonst. Es ist eine Sache, bei einem Treffen des

Rudels keine Ahnung zu haben, wovon die Rede ist, wenn Jessica mit Atl über die richtige Technik diskutiert, mit der man ein Wesen, das zweifellos zu entsetzlich ist, um es sich überhaupt vorstellen zu können, aufspürt und tötet. Aber es ist etwas völlig anderes, in diesem verdammten Nebel festzusitzen und keine Ahnung zu haben, wo man ist.

»Wirklich eine geniale Idee, sich zu trennen«, murmelt er, als er über etwas stolpert und sich gerade noch am nächsten Baum festhalten kann – den er erst vor sich aufragen sieht, als er schon durch die Luft fliegt. »Eine erstklassige und absolut spitzenmäßige Idee, fünf Sterne, würde ich jederzeit weiterempfehlen.«

Er versucht sich zu orientieren, dreht sich um – und auch wenn er kaum etwas sehen kann, nimmt er vor sich eine offene Stelle wahr, eine Lichtung. Und so stürmt Mickey weiter.

Er ist vielleicht drei Meter zwischen den Bäumen hervorgetreten, als er ein dunkles Etwas mitten auf der Lichtung liegen sieht. Noch ein Schritt, zwei Schritte näher heran. Er kann gerade so den Umriss erkennen:

Es ist ein Körper.

Ein Mensch.

Dann wird es ihm klar.

Sein Mensch.

O Gott, es ist James.

Ich höre eine Bewegung und als ich aufsehe, steht mein Vater in der Tür, das Tablet in der Hand.

»Lies ruhig weiter«, sagt er und setzt sich auf meinen Schreibtischstuhl.

»Wenn du mir dabei zusiehst, kann ich nicht lesen.«

»Ich bin hier beschäftigt.«

Ich schneide eine Grimasse. »Werden sie …« Ich mache eine unbestimmte Geste.

»Es miteinander treiben? Nein. Keine Sorge.«

Mickey geht weiter, aber plötzlich fühlt sich die Luft irgendwie dichter an. Sie verklebt beim Einatmen seine Lunge. Er atmet aus, aber es ist, als strömte nicht alles aus ihm heraus, daher ist der nächste Atemzug flacher, stechender, schmerzt noch stärker. Verdammt, es ist James, vollkommen reglos, mit dem Gesicht nach unten, eine dunkle Pfütze unter sich.

Mickey bleibt einen halben Schritt entfernt stehen, direkt über ihm. Die Stille wird immer undurchdringlicher.

»James?«

Mickey hat schon von körperlosen Schwebezuständen gehört. Wer nicht? Das Autowrack, der Operationstisch – der Mensch verlässt seinen Körper, schwebt beobachtend darüber. Er hatte sich gefragt, ob es sich dabei um eine Art übernatürliches Phänomen handelte. (Denn was war in diesen Zeiten keins?) Es ist ganz erstaunlich, wie der Körper einen angesichts extremer Schmerzen oder extremer Belastung geradezu hinausdrängt. Man ist zweigeteilt, man wird … geistig rausgeworfen, damit der verrückte Mist, der passieren muss, passieren kann. Vielleicht, damit man dabei zusehen kann, um es zu verarbeiten. Oder vielleicht, damit man diese Art der Verletzung nicht aus erster Hand miterleben muss.

Wenn ihn doch nur etwas genau jetzt aus seinem Körper drängen könnte, damit er nicht die Hand ausstrecken müsste. Dann müsste er James nicht umdrehen und in seine glasig und leblos gewordenen Augen blicken. Ohne einen Funken. Leer und abwesend, so wie Mickey gleich sein wird, wenn in James' Brust kein Lebenshauch mehr ist.

Seine Finger halten inne – *verdammt, bitte tu mir das nicht an, James, bitte* –, vielleicht muss er es gar nicht herausfinden. Er könnte einfach starr hier stehen bleiben – Schrödingers Katze, die ungeöffnete Kiste. Solange er ihn nicht umdreht und nachsieht, ist James weder tot noch lebendig.

Mickey hört James' Stimme in seinem Kopf, trocken wie immer, teils genervt, teils liebevoll: *Was mache ich dann hier, du Trottel? Schlafen?*

Vielleicht. Vielleicht auch nicht. *Vielleicht kann ich mich einfach weigern, es herauszufinden.*

Aber Mickey könnte nicht für immer in einem solchen Moment leben. Das weiß er. Also schließen sich seine Finger um James' Schulter und er dreht ihn auf den Rücken. James rollt leblos herum, überall glitschiges Leder, dickflüssiges Blut, das bereits geronnen ist. Und die Augen – diese verdammt ausdrucksstarken Augen, die so oft geleuchtet haben, wenn sie Mickey ansahen, ihn auf diese ehrfürchtige Weise anstrahlten, die Mickey niemals verdiente – sind jetzt starr auf einen Punkt in der Ferne gerichtet. Mickey stößt ein Geräusch aus, von dem er gar nicht wusste, dass er es zustande bringen könnte, ein hohes, ersticktes Geräusch, denn auf einmal ist alles vorbei. Alles ist zerstört und leer, und zu sagen, es fühlte sich schrecklich an, wäre hochgradig untertrieben. Zu sagen, dies wäre das Schlimmste, was er je in seinem Leben verspürt hatte – vollkommen unzulänglich.

Er zieht James auf seinen Schoß, birgt ihn in seinen Armen und wartet darauf, dass der Schalter umgelegt wird – wartet auf die Zweiteilung, den sanften Rauswurf. Er wartet darauf, seinen Körper zu verlassen. Denn der Schmerz ist mehr, als er ertragen kann, und irgendwann wird auch sein Körper das begreifen und ihn ausschließen.

Da taucht sie neben ihm auf, ein kalter Nebel.

»Wie?« Mickey weiß nicht genau, wann er angefangen hat zu weinen, aber seine Stimme ist brüchig und Tränen strömen ihm übers Gesicht, lassen das Bild der Gestalt neben ihm verschwimmen. »Wie konnte das passieren, wie, verdammt, Kiko …«

»Es tut mir leid«, sagt sie, ebenfalls mit brüchiger Stimme. »Es tut mir so leid.«

»Was ist das denn, verdammt?« Ich sehe meinen Vater an. »Und das wars? James ist tot?«

»Sag nicht *verdammt*.«

»Mickey hat gerade x-mal *verdammt* gesagt.«

»Mickey hat gerade die Liebe seines Lebens verloren.«

»Ist er wirklich tot? Wie ist das passiert?«

»Ich weiß es nicht. Ich wollte einfach was Angstbesetztes schreiben.«

»Es kann nicht einfach mit einem ›Tut mir leid‹ von Kiko enden. Das kannst du den Leuten nicht antun.«

»Sollen wir es als noch nicht abgeschlossenes Werk bezeichnen?«

»Ja. Schließ dieses Werk ab. Bitte.«

Er verzieht das Gesicht. »Aber dann kann ich es nicht posten. Niemand will ein noch nicht abgeschlossenes Werk lesen. Oder zumindest will ich nie ein noch nicht abgeschlossenes Werk lesen.«

»Warum nicht?«

»Weil man dann Kapitel um Kapitel darauf warten muss, dass es erscheint, und es besteht immer die Möglichkeit, dass der Autor nicht weiterschreibt. Und dann sitzt man da und weiß nicht, wie es ausgeht.«

»Du bist Schriftsteller – kannst du nicht einfach dein eigenes Ende schreiben?«

»Das ist nicht dasselbe.«

Ich verdrehe die Augen. »Wenn du das sagst.«

Kapitel 27

Der nächste Tag ist ein stinknormaler Mittwoch, abgesehen davon, dass Vera nicht in Mathe ist. In der Pause schreibe ich ihr eine Nachricht, aber als ich beim Mittagessen nach einer Antwort schaue, hat sie sich nicht gemeldet. Also schreibe ich stattdessen Gabe.

Ist Vera nicht hier?

Sie ist zu Hause geblieben, antwortet er eine Minute später.

Krank? Ich habe sie gestern noch gesehen und da wirkte sie so munter und fröhlich wie immer. Vielleicht kam es ganz plötzlich.

Nein, schreibt Gabe zurück. Aber es geht ihr nicht gut.

Ich weiß nicht, was das bedeutet.

Wenn ich ein guter Mensch wäre oder zum Beispiel eine Figur in einem Film oder einem Teenagerdrama, würde ich wahrscheinlich die letzten beiden Stunden schwänzen und Vera besuchen. Stattdessen schicke ich ihr in Geschichte nur ein Video von vier Mopswelpen in einer Badewanne und in Englisch ein Katzenfoto mit der Aufschrift »Halt durch«.

Und erst nach der Schule gehe ich zu ihr.

Ich klopfe an die Fliegengittertür, aber es öffnet niemand, daher ziehe ich sie ein Stückchen auf und stecke den Kopf hindurch. »Hallo?«, rufe ich. »Vera?« Und etwas weniger begeistert: »Amanda?«

Immer noch keine Antwort. Ich betrete das Haus und gehe durch den Flur zu den Zimmern, hin und her gerissen, ob ich so viel Lärm wie möglich machen soll, um mein Kommen anzukündigen, oder so leise wie möglich sein soll, damit niemand einen Überfall befürchtet und auf mich losgeht.

Die Tür zu Veras Zimmer steht einen Spaltbreit offen. Ich linse hindurch. Im Bett wölbt sich eine Erhebung unter der Decke.

Ich klopfe leise. »Vera?«

Die Erhebung bewegt sich und Veras Kopf taucht oben aus der Decke auf. »Was machst du denn hier?«

»Gabe hat gesagt …« Dass du nicht krank bist? Ich zucke die Achseln. »Ich bringe dir die Hausaufgaben.«

»Weil du dachtest, Analysisaufgaben würden helfen?«

»Mir geht es von komplexen Matheproblemen immer besser.«

Ihr Kopf verschwindet wieder.

Ich durchquere das Zimmer, lege meine Tasche ab und lasse mich auf dem Schreibtischstuhl nieder. »Willst du reden?«

»Nein.« Ihre Stimme klingt gedämpft. »Ich bin traurig. Ich will nicht reden. Ich will traurig sein.«

»Können wir zusammen traurig sein?«

Sie antwortet nicht. Aber kurz darauf rückt sie zur Seite.

Ich lege mich umgekehrt mit aufs Bett, sodass mein Kopf an der Stelle ist, wo ihre Füße sein müssen. Vielleicht fühlt sie sich so nicht so bedrängt.

»Warum sind wir traurig?«

Es herrscht lange Schweigen.

»Weil uns meine Mutter fehlt«, sagt sie schließlich.

»Kann ich irgendwas tun?«

»Nein.«

Stille. Als sie weiterspricht, ist ihre Stimme so leise, dass ich sie kaum hören kann. »Manchmal werde ich eifersüchtig«, sagt sie. »Wenn ich Aubrey mit ihrer Mutter sehe oder dich mit deiner ... Dann werde ich eifersüchtig und frage mich, was ich bloß falsch gemacht habe, warum ausgerechnet mir das passieren musste. Und dann kriege ich tierische Schuldgefühle, aber andererseits, ist das denn fair?«

»Nein, ist es nicht«, sage ich. »Es ist total unfair. Und beschissen.«

Nach einer Weile zieht sie an der Decke und ihr Gesicht kommt zum Vorschein.

»Niemand wird mich je wieder so lieben«, sagt sie. »Auf genau die Art, wie sie es getan hat. So wird es nie wieder sein. Und deshalb vermisse ich sie. Ich vermisse alles an ihr. Aber das vermisse ich auch.«

Ich weiß nicht, was ich sagen soll. Mir kommt die ganze Jickey-Fanfiction in den Sinn: *Es ist meine Schuld, dass Luke gebissen wurde.* Ihnen zufolge müsste ich jetzt mit meiner eigenen Tragödie kontern; versuchen, Veras Schmerz zu lindern, indem ich meinen mit ihr teile.

Aber das wäre auch unfair.

»Was kann ich tun?«, frage ich.

Sie schüttelt den Kopf. »Nichts.«

»Willst du Tash sehen?«

»Ich kann nicht mit ihr skypen; sie hat Vorlesung.«

»Nein, ich meine, wir könnten hinfahren. Ich bringe dich hin.«

Sie sieht mich an. »Das würdest du tun?«

»Klar.«

Danach verschwindet sie wieder eine Weile unter der Decke, aber ihre Hand kommt herausgeschossen und drückt meine fest.

Als wir den Campus erreichen, geht die Sonne gerade unter. Vera hat die ganze Fahrt über geschwiegen, aber sie sagt mir, dass Tash gleich aus dem Labor kommt, und dirigiert mich zum richtigen Gebäude. Wir warten davor.

Nach einer Weile kommen einige Leute heraus. Vera wiegt sich vor und zurück, die Arme fest vor der Brust verschränkt, bis ein dunkelhaariges Mädchen auftaucht, das sich mit ein paar anderen unterhält.

Sie sieht zu uns herüber, wendet den Blick ab und sieht gleich wieder zu uns. »Entschuldigt«, höre ich sie zu den anderen sagen, dann kommt sie auf uns zu.

Vera stürmt los und schlingt ihr die Arme um den Hals.

»Hey.« Tash nimmt sie sofort in den Arm. »Hey, du.« Sie versucht sich zu lösen, um Vera anzusehen, aber Vera presst das Gesicht an Tashs Schulter. »Meine Kleine«, sagt sie mit sanfter Stimme und hält sie fester, »hey, hey, hey.« Sie drückt Küsse auf die Stellen an Vera, die sie erreichen kann – Ohr, Schläfe, Schulter.

Vera sagt etwas Gedämpftes und Tash erwidert etwas Leises, das ich nicht hören kann. Ich weiß auch nicht, ob ich das soll. Plötzlich komme ich mir eindeutig überflüssig vor.

»Ich, äh …« Ich trete den Rückzug an. »Ich sollte … ich geh dann mal …«

»Du bist bestimmt Sloane«, sagt Tash.

»Sie hat mich hergebracht«, sagt Vera immer noch gedämpft an Tashs Schulter.

»Ich bin Natasha. Schön, dich kennenzulernen.«

»Ja, ebenso.« *Schade, dass es unter solchen Umständen passiert* bleibt unausgesprochen.

»Warum essen wir nicht zusammen zu Abend?«, fragt Tash. »Alle drei.«

»Nein, ich will nicht stören. Ich kann auch einfach … wisst ihr, irgendwo hingehen …«

Vera murmelt etwas, das ich nicht hören kann, und Tash streicht ihr übers Haar und murmelt eine Antwort.

»Ich kann sie morgen zurückfahren«, sagt Tash zu mir. »Vielen Dank. Dass du hergekommen bist. Kommst du gut allein zurück?«

»Kein Problem.«

»Tschüss, Sloane«, murmelt Vera, aber dann dreht sie sich mit roten Wangen und blutunterlaufenen Augen noch zu mir um. »Danke.«

»Jederzeit«, sage ich und meine es auch so.

Als ich an diesem Abend gerade ins Bett gefallen bin, summt mein Handy auf dem Nachttisch. Ich denke, es ist vielleicht Gabe, aber die Nachricht kommt von einer unbekannten Nummer.

hab deine # von V geklaut, lautet sie.

Dann summt es noch mal.

danke dass du dich um meine kleine gekümmert hast

Ich speichere die Nummer als »Tash«, aber dann ändere ich es in »Natasha«. Tash scheint eher ihr privates Ding zu sein.

Kein Problem, antworte ich.

bist ne gute freundin, schreibt sie kurz darauf zurück.

Ich starre die Nachricht an, die in der Dunkelheit des Zimmers blau-weiß leuchtet.

Schließlich schicke ich ein Smiley zurück, weil es einfacher ist, als zu schreiben: *Nein, bin ich nicht. Die gute Freundin ist Vera,* was die reine Wahrheit ist.

Kapitel 28

Am Freitagabend findet *Frank Sanger Presents* in einem großen Haus in Opal statt, direkt unterhalb der Hauptstraße neben Laneys Schule. Früher war das immer eins meiner Lieblingshäuser – apricotfarben mit weißen Fensterumrandungen, einer umlaufenden Veranda auf beiden Stockwerken und einem hübschen kleinen Turm, der zwischen den Bäumen hervorragt. Offenbar gehört es Luke Nelsons Familie. »Er ist ein guter alter Freund«, sagt Frank, als er uns in der Eingangshalle begrüßt. Ich wäre überrascht, bei diesen Partys jemanden zu treffen, der kein *guter alter Freund* von Frank Sanger ist.

Es ist das Übliche: Tanz, Tratsch und Drinks, Frank, der durch die Räume rauscht wie eine Dame der besseren Gesellschaft aus der Zeit des Regency und sich vergewissert, dass alle gut versorgt sind.

Vera ist auch da. Sie war Donnerstag nicht in der Schule, ist heute aber frisch und munter wieder aufgetaucht, strahlend, als wäre nichts Ungewöhnliches geschehen. Ich musste an eine Beschreibung in *Sand an unserem Strand* denken – daran, dass Trauer vielleicht so etwas war wie eine chronische Krankheit, etwas, das in uns ruhte und jederzeit zum Ausbruch kommen konnte.

Wir sitzen oben im ersten Stock auf dem Balkon und unterhalten uns über nichts Besonderes, als Vera eine Nachricht erhält. Sie liest sie, verdreht die Augen und steht auf.

»Was ist?«

»Aubrey sagt, Gabe hätte gerade eins in die Fresse bekommen.«

»Was? Warum?«

»Vermutlich ist jemand beleidigt worden. Komm, wir gehen ihn suchen.«

Wir teilen uns auf: Vera übernimmt das Erdgeschoss und ich gehe nach draußen. Gabe ist nicht hinten im Garten (obwohl die Nelsons einen hübschen Pool haben), daher laufe ich um das Haus herum nach vorne.

Und dann sehe ich ihn, ein wenig entfernt unter einer Straßenlaterne mit grüner Kuppel, die einen perfekten Lichtkreis auf den Boden wirft.

Er hat mir den Rücken zugekehrt, als ich mich nähere.

»Ich habe gesagt, es ist alles in Ordnung«, sagt er, ohne sich umzudrehen.

»Bist du sicher?«, erwidere ich und er blickt sich einen Moment überrascht um, bevor er sich wieder abwendet. Dieser Moment genügt mir schon. »Denn du siehst ziemlich übel aus.«

»Ich dachte, du wärst Aubrey«, sagt er gedämpft und leicht nasal, als wäre er erkältet. »Sie hat gesagt, sie würde Eis holen. Oder … ein Handtuch oder so was.«

»Hoffentlich beides.« Ich stelle mich vor ihn. Die untere Hälfte seines Gesichts ist hinter seinen Händen verborgen, von denen eine die Nase zuhält und die andere sie verdeckt. Über beide strömt Blut. Ich lege die Finger um eins seiner Handgelenke und versuche die Hand wegzuziehen, aber er lässt mich nicht, sondern entwindet sich einfach meinem Griff.

»Es ist okay«, sagt er.

»War das Mason?«

Ich denke schon, dass er nicht antworten wird, doch als ich zu ihm rübersehe, ist seine Miene – zumindest die obere Hälfte – bitter. »Nein. Tut mir leid, dir das sagen zu müssen, aber an dieser Schule gibt es mehr als nur ein Arschloch.«

»Und du bist für alle verantwortlich?«, frage ich, schüttele dann aber den Kopf. »Nein, Moment – du bist bloß generell für alle verantwortlich, stimmts?«

Er zuckt mit den Achseln.

»Nein, aber mal ehrlich, was ist es wert, eins in die Fresse zu bekommen?«

»Für meine Freunde würde ich alles tun«, sagt er. Vollkommen ernsthaft.

Unwillkürlich steigt Sympathie in mir auf. Ich wende den Blick ab. »Das ist doch … lächerlich.«

»Warum? Du nicht?«

Normalerweise würde ich jetzt einen Witz machen. Ablenken. Aber aus irgendeinem Grund sage ich einfach die Wahrheit. »Vermutlich hat es sich einfach nie ergeben. Ich, äh, hatte nicht gerade haufenweise Freunde zu Hause.« Sonst wäre es mir vielleicht schwerer gefallen, dort wegzugehen. Vielleicht hätte ich meine Eltern dann gebeten zu bleiben. Es ist komisch, jetzt darüber nachzudenken, hier auf der Straße mitten in Opal, unter Sternen, die viel heller wirken als damals zu Hause – wenn ich das getan hätte, würde ich jetzt vielleicht nicht hier stehen. »Zumindest nicht die Art von Freunden, für die man sich eins in die Fresse hauen lässt.«

»Jeder sollte Freunde haben, für die man sich eins in die Fresse hauen lässt. Jeder sollte jemanden haben ... na ja, du weißt schon. Leute, die man anruft, wenn man eine Leiche beseitigen muss.«

»Warum gibt es eine Leiche?«

»Wenn es eine Leiche gäbe. Hypothetisch gesprochen.«

»Ich würde lieber jede Art von Mord vermeiden, hypothetischen eingeschlossen.«

Er lacht auf, dann sagt er: »Ich glaube, das hat jeder in sich.«

»Hypothetischen Mord?«

»Nein. Diese Art von Freundschaft. Wenn man den richtigen Leuten begegnet. Ich glaube, jeder kann diese Art von Freund haben ... oder diese Art von Freund sein.« Er sieht die Straße entlang. »Vor allem du. Ich glaube, du bist eine Freundin zum Leichenbeseitigen.«

»Ach ja?«

»Du bist zumindest eine Freundin, die mitten in der Woche abends nach Tallahassee fährt.«

Es sollte mich nicht überraschen, dass Vera und Gabe miteinander reden. Aber irgendwie ist es ein komisches Gefühl zu wissen, dass sie über mich reden, wenn ich nicht dabei bin. Sich mit mir beschäftigen.

Als ich wieder zu Gabe rübersehe, blutet er immer noch furchtbar. Es ist, als hätte jemand den Wasserhahn offen gelassen.

»Wo bleibt denn Aubrey mit dem Handtuch, verdammt noch mal?«, murmele ich, und bevor ich allzu lange darüber nachdenken kann, ziehe ich meine Jacke aus und knöpfe meine Baumwoll-Strickjacke auf. Ich habe sie vor ein paar Jahren nach den Sommerferien bekommen und mein Herz hängt nicht übermäßig daran. Ich ziehe die Jacke wieder an, knülle die Strickjacke zusammen und schiebe Gabes Hände weg.

»Nein, komm schon«, sagt er, als ich sie vorsichtig auf sein Gesicht drücke. »Du versaust die doch total.«

»Du versaust noch dein Gesicht, wenn du nicht aufhörst, dich mit Leuten anzulegen.«

»Ich lege mich nicht mit ihnen an – sie legen sich mit mir an.«

Ich schnaube. »Wie edelmütig.«

Er antwortet nicht, sondern wendet nur den Blick ab. Ich halte immer noch eins seiner Handgelenke fest, obwohl er sich nicht wehrt. Wahrscheinlich könnte ich es loslassen. Aber das tue ich nicht. Ich drücke es nur leicht.

»Wer war es denn?«

»Spielt keine Rolle.«

»Für mich schon.«

»Warum?«

Hinter uns ertönt ein Husten. Wir drehen uns beide um. Da steht Aubrey mit einem Küchentuch.

»Das hätte ich doch auch machen können«, sagt sie.

»Dein T-Shirt ist schöner«, entgegne ich.

Ihre Lippen zucken. »Hier«, sagt sie und reicht Gabe das Handtuch. »Du bist ein Idiot.«

»Das fällt auf dich zurück, weil ich *dein* Idiot bin«, sagt er und ich lasse ihn los, halte jetzt nur noch meine blutige Strickjacke in der Hand. »Ich meine, nicht deiner im Besonderen«, sagt er kurz darauf mit einem Seitenblick auf mich. »Ich bin bloß, na ja. Der Idiot der Gruppe. Der Idiot von allen.«

Er gehört nicht Aubrey, versucht er zu sagen. In Wirklichkeit gehört er Jade-Coast-Christian-Alice, das wissen wir alle.

»Ich glaube, wir sollten gehen«, sagt Aubrey, dann, an mich gerichtet: »Weißt du, wo Vera ist?«

»Sie hat nach ihm gesucht.«

Aubrey holt ihr Handy raus und tritt einen Schritt zur Seite.

»Die nehme ich mit«, sagt Gabe hinter dem Küchentuch und zeigt auf meine Strickjacke.

»Warum? Damit du einen mächtigen Blutzauber vollführen kannst?«

»Um sie zu waschen, Mann.« Er nimmt sie mir ab, bevor ich protestieren kann, so wie ich sie ihm vorher ins Gesicht gedrückt habe, bevor er protestieren konnte.

»Wir sind vorne«, höre ich Aubrey sagen. »Ja ... er ist ...«

»Gabe?«, sage ich, bevor Aubrey zu Ende telefoniert hat.

»Ja.«

»Ich bin froh, dass du unser Idiot bist.«

Ich kann sein Lächeln hinter dem Küchentuch nicht sehen, aber seine Augenwinkel legen sich in Fältchen und das ist genauso schön.

Kapitel 29

In dieser Nacht summt mein Handy auf dem Nachttisch mehrmals und erhellt das Zimmer. Es ist halb zwei. Nachrichten von Remy.

sloinbee
lol
fjinger verrutsch
nehm besser auitokrek
*auutokoorektr
*autokorrektur
geschafft

Dann schickt er mir drei Atombomben-Emojis, eine Banane und ein High five. Ich weiß nicht genau, was das zu bedeuten hat, daher rufe ich ihn an.

»Sloooooooane.« Beim vierten Klingeln geht er ran. »Du bists. Du hast angerufen.«

»Bin ich. Hab ich.«

»Hast du deinen Namen gesehen? Sloinbee. Neuer Spitz…« – eine Pause, ein Rülpsen – »Spitzname.«

»Bist du betrunken?«, frage ich, obwohl das ziemlich offensichtlich ist.

»Definiere ›betrunken‹.«

»Hast du eine große Menge Alkohol getrunken?«

»Definiere ›eine große Menge‹.«

»Warum hast du mir geschrieben, Remy?«

»Ich bin mit den Jungs vom Radio im *Sliders*. Kennst du das *Sliders*? Da gibts Chickenwings! Das sind die besten Chickenwings, die ich je gegessen habe.«

»Was ist los?«, frage ich.

»Kannst du mich holen? Die anderen gehen noch woanders hin … haben gesagt, ich kann nicht mit … zu besoffen … Und ich so, dann hättet ihr mir nichts mehr zu trinken kaufen dürfen, wenn ihr nicht wolltet, dass …« – noch eine Pause, noch ein Rülpsen – »Sloinbee, bitte hol mich ab. Bitte, bitte, bitte.«

Er hätte Gabe oder Vera anrufen können. Aber das hat er nicht und jetzt kann ich nicht Nein sagen.

Ich seufze. »Ja. Ist gut.«

Ich hinterlasse eine Nachricht auf meinem Kissen für den unwahrscheinlichen Fall, dass Mom oder Dad nach mir gucken kommt. Vermutlich bin ich nicht der Typ, der Kissen unter die Decke stopft, damit es aussieht, als läge dort jemand. Ich schleiche raus, aber vor dem Schlafzimmer meiner Eltern bleibe ich stehen, weil ich Stimmen höre. »… habe ich nicht gesagt.« Dads Stimme klingt gereizt.

»Was dann? Was erwartest du von mir?«

»Du musst einfach Geduld haben.«

»Geduld«, wiederholt meine Mutter vielsagend. »Geduld, ja? Denn ich war ja bisher so wahnsinnig *ungeduldig* mit dir, nicht wahr?«

»Jill ...«

»Nein. Hör mir zu! Hör zu. Ich habe dir Raum gegeben. Ich war deine Testleserin. Ich habe dir meine Meinung gesagt, wenn du mich darum gebeten hast; ich habe sie für mich behalten, wenn du das nicht getan hast. Ich habe dich dermaßen unterstützt, mir alles angehört, war dauernd für dich da, Mike, verdammt noch mal, und ich weiß nicht, was ich noch tun kann ...«

»Du kannst akzeptieren, dass ich im Moment genau das tun muss.«

»Genau wie ich akzeptiert habe, dass du mit dem Unterrichten aufhören musstest, oder wie ich akzeptiert habe, dass du reisen musstest, oder wie ich akzeptiert habe, dass du alles hinter dir lassen musstest – unser Leben vollkommen auf den Kopf stellen –, um hierherzukommen. Weil du dachtest, es würde in Ordnung bringen, was immer kaputt ist.«

»Ja«, sagt mein Vater nur.

»Und was, wenn gar nichts kaputt ist? Was, wenn sich das mit dem Schreiben einfach erledigt hat?«

»Wie kannst du so was sagen?«

»Weil du dich genau so verhältst!«

»Schreiben ist mein Ein und Alles.«

»Dann tus! Schreib ein verdammtes Buch! Das hast

du schon ein dutzend Mal gemacht – mach es noch mal!«

»So einfach ist das nicht …«

»Wir sprechen hier nicht von Gehirnchirurgie, Mike – du schreibst Bücher über Geschiedene, die im Sterben liegen, und die Handwerker, die sie lieben!«

Schweigen. Inzwischen hat sich in meinem Mund Spucke angesammelt – nervöse Spucke –, aber ich habe Angst zu schlucken, falls sie mich hören können.

Als mein Vater wieder etwas sagt, ist seine Stimme ganz leise: »Du weckst die Kinder auf.«

Die Antwort meiner Mutter ist gedämpft, aber genauso eindringlich: »Und was glaubst du, wie das für die beiden ist, hm? Sie einfach so zu entwurzeln. Sloane, die ihr letztes Jahr nicht auf der Bishop-Dubourg-Highschool machen konnte.«

»Sie hat die Bishop Dubourg gehasst, genau wie du. Ich weiß nicht, warum du sie dazu gebracht hast, dahin zu gehen …«

»Das habe ich nicht. Ich habe keine dieser Entscheidungen allein getroffen – *wir* haben diese Entscheidungen getroffen. Ich war nicht allein für irgendwas verantwortlich …«

»Und ich bin nicht allein für das hier verantwortlich, oder? Denn du warst einverstanden. Das hier mit mir zu machen. Gemeinsam. Wir haben gemeinsam beschlossen herzukommen.«

»Ich war einverstanden, weil ich dachte« – eine Pause – »ich dachte, es würde helfen.«

»Und es hilft.«

»Es hilft dir, Mike. Ich dachte, es würde *uns* helfen.«

»Ich verstehe den Unterschied nicht. Was mir hilft, hilft auch uns.«

»Und genau das ist das Scheißproblem.«

Darauf folgt langes Schweigen. Keine raschelnde Bewegung. Nichts. Sehen sie sich an? Oder haben sie den Blick abgewandt? Das ist wohl wahrscheinlicher. Meine Mutter mit verschränkten Armen, mein Vater zusammengesunken auf dem Stuhl.

»Also, was willst du tun?«, fragt mein Vater schließlich.

Ich trete einen Schritt von der Tür weg. Und dann noch einen. Und dann drehe ich mich um und gehe den Flur entlang – vorsichtig, leise, mit den nackten Füßen lautlos auf der Treppe – bis zur Haustür, ziehe Schuhe an, nehme den Schlüsselbund vom Haken und husche hinaus.

Die Antwort auf diese Frage will ich nicht hören.

Kapitel 30

Das *Sliders* ist eine Bar in Panama City. Ich bin nicht gerade eine Expertin für Bars, aber ich kann auf jeden Fall sagen, dass diese hier widerlich ist.

Erst als ich das Auto abstelle, wird mir bewusst, dass ich gar nicht weiß, wie ich da reinkommen soll. Allerdings haben sie auch Remy reingelassen und hatten nichts dagegen, dass er sich volllaufen lässt, also scheinen sie das mit dem Jugendschutz nicht ganz so genau zu nehmen.

Es spielt allerdings sowieso keine Rolle, weil ich Remy draußen sehe, als ich um das Gebäude herumgehe. Eine Gruppe von Leuten steht links von der Eingangstür, alles Typen, abgesehen von einem blonden Mädchen, um das einer von ihnen den Arm gelegt hat.

Sie sind wahrscheinlich alle so Anfang zwanzig, aber im Neonlicht vor der Bar ist das schwer zu sagen. Bei meiner Ankunft lachen sie gerade über etwas. Remy hockt etwas abseits zusammengesunken an der Fassade.

»Sloinbee!«, sagt er. »Da bist du ja!«

Ich beuge mich runter und versuche ihm aufzuhelfen.

»Ich stell dir die Jungs vor«, sagt er und zeigt auf die Gruppe neben der Tür. »Willst du ... soll ich ...«

Die Jungs kümmern sich nicht um Remy.

»Wir gehen«, sage ich, lege mir einen seiner Arme über die Schultern und halte ihn fest, genau wie das blonde Mädchen. Allerdings scheint sie nicht das Gewicht ihres arschgesichtigen Freundes zu tragen.

»Ich wusste, dass du kommen würdest«, murmelt er.

»Ja?« Ich lege ihm den anderen Arm um die Taille und führe ihn zum Parkplatz. »Woher denn?«

»Weil du zuverlässig bist. Du bist sehr zuverlässig. Weißt du das?«

Ich antworte nicht.

»Und ich konnte sonst niemanden anrufen. Du wirst mir keine Standpauke halten wie die anderen. Gabe ... mit seinem enttäuschten Blick ... Du kennst Gabes enttäuschten Blick doch schon, oder? So, als würde er alles für dich tun – er würde sogar der verdammten Sonne für dich eine reinhauen –, aber du hast ihn hängen lassen.« Er sieht auf, als bemerkte er erst jetzt, dass wir uns bewegen. »Was machen wir? Wo gehen wir hin?«

»Nach Hause.«

Ich beschließe, Remy auf die Veranda hinterm Haus zu bringen. Dort steht ein kleines Sofa, zumindest ein Rattangestell mit ein paar Kissen. Mein Vater steht nachts manchmal auf, deshalb erscheint es mir sicherer, ihn hier draußen zu lassen. Meine Eltern sind locker, aber vielleicht doch nicht so locker, was ungenehmigte Übernachtungsgäste angeht.

Während ich eine Decke und ein Kissen zusammensuche, murmelt Remy irgendwas darüber, wie genial es im *Sliders* war, dass ich unbedingt die Jungs kennenlernen muss und dass es echt voll cool, voll witzig war, aber Aubrey es furchtbar gefunden hätte: »Sie mag so was nicht besonders, macht in so großen Gruppen manchmal zu, hätte es richtig gehasst ...«

»Ich glaube, sie hat da die richtige Einstellung«, sage ich, während ich versuche, die Hintertür aufzukriegen.

»Sie hat immer die richtige Ansicht. Sie weiß immer, was das Beste ist. Deshalb weiß ich ... ich weiß ...«

Ich drücke die Tür zur Veranda auf und führe ihn hinaus, dann ducke ich mich unter seinem Arm weg. Er schwankt ein wenig auf der Stelle, daher strecke ich eine Hand aus, um ihn festzuhalten.

»Mir gehts gut«, sagt er. »Sie fehlt mir einfach, das ist alles.«

»Du bist einfach besoffen, das ist alles.«

»Ich liebe sie so sehr.«

»Nein, tust du nicht. Du bist betrunken.«

»Betrunken zu sein hat nichts damit zu tun.«

»In der Highschool schon.«

»Blödsinn. Ich liebe ...« – er dreht sich abrupt um und neigt sich leicht zur Seite ... »Ich *liebe* sie. Und sie hat mich geliebt. Und ich kapiers einfach nicht. Ich kapier nicht, warum er das getan hat.«

»Wer? Wer hat was getan?«

Seine Augen glänzen. »Uns trennen. Warum hat er das getan?«

»Wer ist *er*?«

»Na, er. *Er*.« Remy blickt zum Himmel hinauf.

Es dauert einen Moment, bis mir klar wird, dass besagter *er* Remys *Er* ist. Der liebe Gott.

»Warum hat Er das getan?«, wiederholt Remy. »Was will Er mir damit sagen?«

»Dass du nicht immer haben kannst, was du willst?«, antworte ich. »Das hätten dir auch die Rolling Stones sagen können.«

»Mein Gott, Sloane.«

»Um den gehts doch gerade, oder?«

»Kannst du nicht ein Mal ernst bleiben?«

»Ich bin ernst.«

»Nein, du bist Sloane.«

»Und was soll das heißen?«, frage ich, nicht weil ich es wirklich wissen will, sondern weil ... na ja, vielleicht will ein Teil von mir es schon wissen.

»Du glaubst, du kennst die Menschen«, sagt Remy. »Das ist dein Problem. Du glaubst, weil du ein paar Dinge gesehen hast, hast du ... alles gesehen. Aber das stimmt nicht. Du glaubst, alles zu wissen, aber das tust du nicht, und das ist so offensichtlich, weil du noch nicht mal weißt, dass es eine Liebe gibt, der es egal ist, ob du betrunken bist oder in der Highschool oder *betrunken* – es ist einfach so, weil es so ist, es gibt sie einfach, weil es gar nicht anders geht. So, wie wenn du morgens die Füße auf den Boden stellst, nachdem du aufgewacht bist. So liebe ich sie. Kapierst du das? Es ist nicht etwas, worüber man nachdenkt, es ist einfach etwas, das da ist. Und sie … sie …« Seine Stimme bricht. »Sie liebt mich nicht mehr und deswegen bin ich traurig. Und ich werde traurig. So ist das eben. Okay? Also … halt einfach den Mund.«

»Okay.« Ich nicke. »Ja. Okay.«

Sein Gesicht verzieht sich. »Ich kapiers nicht.«

»Leg dich hin«, sage ich.

Er geht folgsam zum Sofa und lässt sich darauffallen, die Füße immer noch auf dem Boden. Ich gehe zu ihm rüber, lege seine Beine auf die Kissen und mache mich dann daran, seine Schnürsenkel aufzuknoten.

»Deshalb kann ich nicht mehr in die Kirche gehen«, murmelt er, das Gesicht ins Kissen gedrückt. »Weil ich wütend bin. Weil ich nicht verstehe, warum Er das tut. Warum sorgt Er dafür, dass ich sie so sehr liebe, und macht dann, dass wir nicht zusammen sind?«

»Vielleicht *macht* Gott gar nichts. Vielleicht sind wir einfach so, wie wir sind. Vielleicht tun wir einfach, was wir tun wollen.«

Er schüttelt den Kopf und klingt wirklich elend. »Wenn du an diesem Faden ziehst, trennst du alles auf.«

»Was meinst du damit?« Ich ziehe ihm die Sneaker aus und stelle sie ab.

»Wenn Gott nicht dafür sorgt, dass irgendjemand irgendwas macht … wozu ist Er dann da? Was macht Er dann? Wenn alle nur sind, was sie sind … wenn alle nur tun, was sie tun, weil, Scheiße … wenn es keinen Plan hinter allem gibt, was soll das dann alles? Und deshalb kann ich nicht, deshalb ... was, wenn es wirklich keinen gibt? Keinen Plan? Was, wenn wir alle ... einfach nur allein hier festsitzen, wie verdammt traurig ist das denn, Sloane? Wie verloren sind wir?«

Er verzieht das Gesicht und weint jetzt, weint richtig, und ich habe keine Ahnung, was ich tun oder sagen soll, also stehe ich einfach bloß da. Vielleicht erinnert er sich morgen gar nicht mehr an dieses Gespräch. Vielleicht erinnert er sich nicht daran, dass ich verlegen war, dass ich mal wieder das Falsche getan habe. Ich sollte ... ihm den Rücken tätscheln oder ihn in den Arm nehmen oder ihm sagen, dass alles gut wird. Aber ich bin nicht gut darin, Zuneigung zu zeigen. Und ich bin sogar noch schlechter darin, zu lügen.

Schließlich sage ich das Einzige, was in meinen Augen Sinn ergibt.

»Hast du schon mal was von Koppelnavigation gehört?«

Remy hat das Gesicht mit den Händen bedeckt und seine Stimme klingt gedämpft: »Is das ne Band oder so?«

»Es ist ein nautischer Begriff.« Für *Liebe an Bord* hat mein Vater intensiv alles, was mit Seefahrt zusammenhängt, recherchiert. Hartgesottener Seemann. Trauernde Witwe. Unvermeidliche Anziehung und Liebeskummer. »Das heißt, man navigiert ohne Hilfe der Sterne. Kannst du dir das vorstellen? Da draußen auf dem Meer, in dunkelster Nacht, ohne jegliche Landmarken in der Nähe ... Aber selbst so haben die Leute das hingekriegt.

Obwohl sie nichts hatten, woran sie sich orientieren konnten, haben sie gefunden, wonach sie suchten.« Ich mache eine Pause. »Also … hast du vielleicht deine Sterne verloren. Und vielleicht findest du sie wieder oder auch nicht, aber … ganz verloren sind wir schließlich nie, oder?«

Remy nickt. Er hat die Augen geschlossen und sein Gesicht ist tränenüberströmt.

Ich breite die Decke über ihn. Dann stehe ich einen Moment da und verspüre den unerklärlichen Drang, die Hand auszustrecken und ihm die Stirn glatt zu streichen.

Das ist ein Gefühl, das ich bisher immer nur mit Laney in Verbindung gebracht habe, wenn ich sie als Kleinkind in ihrem kleinen Bett schlafen sah, so vollkommen verletzlich. Auch jetzt noch, wenn sie mit einem aufgeschlagenen *Harry Potter*-Band neben sich einschläft, in ihrem gemusterten Schlafanzug, ganz zerzaust und im Schlaf sabbernd, blicke ich auf sie hinab und möchte am liebsten eine Kuppel über ihr errichten, um sie zu beschützen, um … das irgendwie zu bewahren.

Einen Anflug davon verspüre ich jetzt für Remy. Meine Finger zucken, aber ich strecke die Hand nicht nach ihm aus. Stattdessen schlucke ich nur und sage: »Gute Nacht.«

Ich drehe mich um und will gehen, da greift seine Hand plötzlich nach meiner und er sieht mich aus blutunterlaufenen Augen an, immer noch betrunken, immer noch am Boden zerstört.

Ich rechne damit, dass er sich bedankt, aber er sagt bloß: »Ich muss mich vielleicht übergeben.«

Also husche ich in die Küche, hole den Mülleimer und stelle ihn neben das Sofa. Dann gehe ich.

Kapitel 31

Am nächsten Morgen ist Remy weg. Und er kommt abends auch nicht zu Bree, wo wir Marshmallows grillen. Wie Bree sagt: »Ich weiß nicht, was um alle Welt ihr machen wollt, aber meine Eltern sind da, also nichts zu Abgedrehtes.«

Brees Haus liegt am Meeresarm zwischen Opal und Grayson und grenzt an ein Naturschutzgebiet voller Virginia-Eichen und Sägepalmen. Ich war schon ein paar Mal dort, um mit Bree was für die Schule zu machen. Brees Zimmer ist großflächig mit Filmplakaten und Ausschnitten aus Promimagazinen tapeziert. Die riesige Dex-Finnegan-Collage neben ihrem Bett hat mich bei meinem ersten Besuch etwas abgelenkt; ich konnte mich kaum auf die Hausaufgaben konzentrieren, während mich fünfzehn Dex Finnegans mit unterschiedlich weit entblößten Oberkörpern anstarrten.

»Er hat mir mal auf Twitter geantwortet«, sagte Bree stolz, als sie meinen Blick bemerkte.

Hinter dem Haus ist eine große Terrasse und etwas weiter unten ragt ein kleiner hölzerner Steg auf den Meeresarm hinaus. Ein verrostetes Ruderboot ist daran festgemacht. In der Ferne erheben sich die Dünen und jenseits davon befindet sich der Strand, an dem die Wellen rauschen.

Der Meeresarm liegt an diesem Abend ruhig da, die Oberfläche kräuselt sich nur leicht. Brees Mutter hat ein Feuer in der Schale am Rand der Terrasse für uns entfacht und ich habe schon so viele S'Mores aus Keksen, Schokolade und Marshmallows gegessen, dass es für ein ganzes Leben reicht.

»Ich bin pappsatt«, stöhnt Vera, nimmt Gabe aber trotzdem noch einen ab. »Komm«, sagt sie zu mir, während sie sich Schokolade von den Fingern leckt. »Legen wir uns unten auf den Steg.«

Und das tun wir. Die anderen bleiben oben. Frank erzählt gerade eine Geschichte von einem Typen, den er übers Internet kennengelernt hat. »Ich hab echt gedacht, ich wäre auf einen Betrüger reingefallen, aber dann habe ich innegehalten, mich selbst hinterfragt und festgestellt: Frank Sanger, was, wenn du selbst« – theatralische Pause – »der Betrüger bist.«

Franks Publikum reagiert angemessen und ich lasse mich lächelnd auf den Holzbohlen nieder. Die Sonne geht in Rosa- und Goldtönen unter und verblasst im Westen zu einem dunklen Purpurrot.

»Es ist einfach zu schön hier draußen«, sage ich, während ich mich ausstrecke und die Hände hinter dem

Kopf verschränke. Vera isst ihren S'More auf, dann legt sie sich neben mich. »So absolut klischeemäßig.«

»Entschuldige, ist das zu grandios für dich? Soll ich den Sonnenuntergang runterdrehen?«

»Ja, bitte.« Ich sehe zu ihr hinüber. »Machst du kein Foto?«

Sie schüttelt den Kopf. »Lohnt sich nicht.«

»Warum nicht?«

»Weil man das auf einem Foto nie richtig festhalten kann. Etwas so Schönes.«

»Du hältst dich selber fest.«

Vera lächelt mich an, den Kopf leicht zur Seite geneigt. »Du musst aufhören, solche Sachen zu sagen. Es klingt, als würdest du mit mir flirten.«

»Tu ich nicht. Ich bin nur ehrlich.«

»Das klingt auch schon wie Flirten.«

»Ich bin ein direkter Mensch. Ich ... sage bloß, was ich denke.«

»Das muss schön sein.«

Wir schweigen und blicken einfach nur zum Himmel hinauf. Franks Stimme ertönt aus der Ferne. Die Gruppe lacht und ich erkenne jeden Einzelnen – Bree kichert, Aubreys Lachen ist weich, Gabe lacht erst widerstrebend, aber dann aus vollem Hals, als Frank etwas sagt, das einen Nerv bei ihm trifft.

»Gefällts dir hier?«, fragt Vera nach einer Weile.

»Wie bitte?«

»Du meintest, du seist ehrlich, also sei ehrlich. Gefällts dir hier?«

»Warum fragst du das?«

»Weil ich es wissen will.« Sie verzieht das Gesicht. »Weich nicht dauernd aus.«

»Ja, doch«, sage ich. »Es gefällt mir.«

»Fehlt dir dein Zuhause? Warst du sauer, als ihr weggezogen seid?«

»Es hat mir eigentlich nichts ausgemacht.« Aber es ist mehr als das. »Eigentlich ... ein Teil von mir wollte sogar herkommen.«

»Warum?«

»Alle lieben diese Sitcom-Folgen, in denen die Beteiligten in Urlaub fahren, stimmts? Ich dachte, es würde wie eine überlange Sitcom-Folge, in der die Beteiligten in Urlaub fahren.«

Vera sieht mich nur an und entlockt mir die Wahrheit auf ihre stirnrunzelnde Vera-Art.

»Okay.« Ich zucke mit den Schultern. »Ich dachte ... Vielleicht habe ich gedacht, es würde mich verändern.«

»Inwiefern verändern?«

»Ich weiß nicht. Einfach verändern. Willst du nie anders sein?«

»Nein«, sagt sie nach kurzer Pause. »Ich würde wahrscheinlich ein paar Dinge in meinem Leben ändern. Aber mich würde ich unverändert lassen.« Sie mustert mich einen Augenblick. »Warum willst du anders sein? Was würdest du ändern?«

»Ich weiß es nicht«, sage ich und das ist die Wahrheit.

»Weißt du, was ich ändern würde?«

»An mir?«

Vera nickt. »Ich würde dich erkennen lassen, wie wichtig du den anderen bist. Manchmal glaube ich, das ist dir gar nicht klar.«

Ich weiß nicht, was ich darauf erwidern soll.

»Was würdest du an mir ändern?« Sie wendet ihr Gesicht dem Himmel zu.

Ich sehe zu ihr hinüber.

Vera ist der glamouröseste Mensch, den ich im wahren Leben je kennengelernt habe. Außerdem der netteste, optimistischste und großzügigste. Aber das Wichtigste – vielleicht das Ungewöhnlichste –, was Vera an sich hat, ist, dass es ihr irgendwie gelingt, einem das Gefühl zu geben, in Wirklichkeit selbst der glamouröseste Mensch zu sein, den sie im wahren Leben je kennengelernt hat. Oder der schlaueste oder der witzigste. Vera ist ein Spiegel, der die beste Version von einem selbst zurückwirft.

»Nichts«, sage ich. »Ich würde gar nichts ändern.«

»Hör auf, mit mir zu flirten, Sloane.«

»Hör auf, so perfekt zu sein.«

»Verdammt, du hast echt Fähigkeiten auf diesem Gebiet.«

»Ich weiß. Geheime Fähigkeiten. Verborgene Fähigkeiten.«

»Die solltest du mal auf Gabe anwenden.«

Ich hebe eine Augenbraue. »Warum?«

»Weil ihm das gefallen würde, darum. Du kannst nicht dauernd bloß mit mir, Remy und Frank flirten. Den ungefährlichen Leuten.«

»Okay, erstens habe ich noch nie mit Remy ›Aubrey-ist-die-Schwerkraft-die-mich-mit-der-Erdoberfläche-verbindet‹ Johnson geflirtet. Und zweitens ist Frank Sanger nicht *ungefährlich.* Frank Sanger ist sexuelles Kryptonit.«

»Sexuelles Kryptonit!«, kreischt Vera und holt ihr Handy raus. »O Mann, das muss ich twittern.«

»Wirklich«, sage ich grinsend. »Frank Sanger ist für alle da.« Ich betrachte den Himmel, während sie auf ihrem Handy herumtippt. »Vielleicht bin ich das Gegenteil. Vielleicht bin ich für niemanden da.«

»Es muss ja nicht immer ganz oder gar nicht sein, oder?«

Ich gebe bloß ein zustimmendes Geräusch von mir, anschließend schweigen wir, während wir zusehen, wie die Sonne hinterm Horizont versinkt.

An diesem Abend übernachte ich bei Vera. Wir sind voll mit S'Mores und kühler Nachtluft, daher schlafen wir beide schnell ein.

Mitten in der Nacht wache ich allerdings auf und gehe aufs Klo. Auf dem Rückweg fällt mir auf, dass etwas weiter unten im Flur eine Tür einen Spaltbreit offen steht. Sanftes Licht dringt heraus und zerteilt die Dunkelheit.

Es ist die Tür zum Atelier. Zum Kinderzimmer. Was immer es jetzt ist.

Ich werfe einen Blick hinein. Das Zimmer hat sich verändert, seit ich es zum letzten Mal gesehen habe: Die

Wände sind jetzt blassgrün gestrichen und ein paar Möbel stehen dort. Eine Wiege, ein Wickeltisch, eine Kommode. Die restlichen Malutensilien sind weggeräumt worden.

Auf der Kommode steht ein kleines mondförmiges Nachtlicht, von dem der sanfte Schein ausgeht. Und neben der Kommode steht Gabe.

Er trägt ein ausgeblichenes T-Shirt und eine karierte Schlafanzughose, seine Haare sind zerwühlt – nicht so, als hätte er geschlafen, sondern eher, als wäre er immer wieder mit den Fingern hindurchgefahren. Eine Art, auf Stress zu reagieren. Ein Versuch, sich selbst zu beruhigen.

Er betrachtet die Wiege und ich glaube, er hat mich nicht bemerkt, bis ich die Tür etwas weiter aufdrücke und ein Knarren die Stille zerreißt.

»Mann.« Bei dem Geräusch zuckt er zusammen. »Hast du mich erschreckt!«

»Tut mir leid.«

Schweigen.

»Schlaflos in Seattle«, sage ich, was gleichzeitig als Erklärung und Frage gedacht ist. Er nickt.

»Weißt du noch, als ich dachte, das hier sei das Bad?« Es ist wunderbar, alte Witze wieder aufgreifen zu können. »Zum Glück bin ich keine Schlafwandlerin. Sonst hätte ich vielleicht den schicken Schaukelstuhl hier vollgepinkelt.«

Gabe sieht den besagten Schaukelstuhl an. Er ist weiß und windschnittig.

»Sieht aus wie ein verdammtes Raumschiff«, sagt er.

»Könnte es sein, dass er in der Lage ist, das Baby in den Weltraum zu schießen? Sollten wir vielleicht mal in Erfahrung bringen.«

Der Hauch eines Lächelns zuckt über sein Gesicht, dann ist es wieder unbewegt.

»Wie gehts deiner Nase?«, frage ich, weil ich nicht den Eindruck habe, dass ich mich jetzt umdrehen und wieder ins Bett gehen sollte. Ich will Gabe nicht in dieser Stimmung allein zurücklassen ... was immer diese Stimmung ist.

»Hab sie immer noch im Gesicht.« Als wir heute bei Bree waren, habe ich die Blutergüsse unter seinen Augen gesehen.

»Na, das ist doch schon was.«

Er nickt, dann betrachtet er das Nachtlicht, streckt die Hand aus und fummelt an dem Kabel herum.

»Nachts erscheint alles immer schlimmer«, sage ich nach einer Weile. »Vor allem spätnachts. Das ... das ist mir schon aufgefallen. Manchmal wacht man auf und ... und fängt an nachzudenken und dann hat man das Gefühl, man versänke in seinem Bett, weißt du? Oder irgendwas in einem käme zum Erliegen ... Der Körper ist noch derselbe, aber der Teil, der einen ausmacht – die Seele –, klappt einfach zusammen und man kann nichts weiter tun, als an alles Schlechte zu denken, das man je getan hat, alles, wofür man sich schämt, alles, was einem Angst macht. Es wird alles ... vergrößert. So, als würde das Tageslicht es irgendwie auf Distanz halten, und sobald es weg ist, erscheint alles einfach ... riesig.«

»Warum sagst du das?«

Ich muss an Remy gestern Nacht denken: *Was, wenn wir alle ... einfach nur allein hier festsitzen, wie verdammt traurig ist das denn, Sloane? Wie verloren sind wir?*

»Darum. Ich will nicht, dass du denkst – dass du das Gefühl hast ... als wärst du ... weißt du ... als wärst du allein.«

Er sieht mich einfach bloß an, also fahre ich fort: »Ich weiß nicht, wie das ist und was du gerade durchmachst, natürlich nicht, ich kann es mir nicht vorstellen, aber ... jeder hat irgendwas, das ihm zu schaffen macht, weißt du? Jeder hat diese nächtlichen Gefühle. Also« – ich zucke die Achseln – »du bist nicht allein.«

»Ich weiß, dass ich nicht allein bin«, sagt er.

»Oh.« Pause. »Dann ... gut.«

»Du bist hier.«

Ich nicke. »Und du hast Vera. Und ... und deinen Vater.« Er runzelt die Stirn. »Und Remy und Aubrey und alle. Und mich.«

»Dich haben wir jetzt zweimal gezählt.«

»Ich bin überlebensgroß. Ich verdiene auch, zweimal gezählt zu werden.«

Diesmal hält sich Gabes Lächeln ein bisschen länger, vielleicht eine ganze Sekunde lang. Dann betrachtet er wieder die Wiege.

»Sag mir noch mal, wie beschissen es ist«, sagt er.

»Total beschissen.«

Seine Stimme klingt irgendwie gleichzeitig rau und sanft. »Sag mir noch mal, dass ich nicht allein bin.«

»Du bist nicht allein.«

Er nickt.

»Soll ich dich zudecken? Das kann ich richtig gut.«

»Man muss mich nicht ... ich bin siebzehn.«

»Na und? Ich habe nicht vor, dir Zigaretten und Pornos mit ins Bett zu schmuggeln.« Ich fasse sein Handgelenk. »Komm mit.«

Ich führe ihn durch den Flur zu seinem Zimmer, in dem überall Klamotten herumliegen.

»Meine Güte, ist hier die Herrenabteilung explodiert?«

»Ich hasse es, Klamotten zusammenzulegen.«

»Ins Bett mit dir. Falls du es findest.«

Gabe durchquert das Chaos und klettert ins Bett. Die Decke ist ganz zerknittert, verdreht und verrutscht.

Ich ziehe das Laken über ihm glatt und schüttele dann die Decke ein paarmal auf, bis sie richtig liegt.

Im schwachen Licht, das durchs Fenster hereinfällt, sehe ich, wie er mir einen Blick zuwirft. Einen *Das ist doch total bescheuert*-Blick.

»Du musst die Arme unter die Decke legen«, sage ich.

»Warum?«

»Weil es eben so funktioniert.«

Gabe gehorcht und ich ziehe ihm die Decke bis ans Kinn und stecke sie dann an den Seiten unter ihm fest. Genau so, wie meine Mutter es bei mir gemacht hat; genau so, wie ich es bei Laney mache.

»So.«

Ich trete einen Schritt zurück und bewundere mein Werk. Gabe erinnert entfernt an einen Burrito und ich muss unwillkürlich lachen. Er funkelt mich an.

»Hast du das nur gemacht, um mich auslachen zu können?«

»Ich habe es gemacht, weil es tröstlich ist«, sage ich. »Fühlt sich das nicht gemütlich und sicher an?«

»Es fühlt sich ...« Aber Gabe beendet den Satz nicht. Ich sehe den Glanz seiner Augen im Halbdunkel, seine heruntergezogenen Mundwinkel.

»Versuch jetzt zu schlafen«, sage ich, genau in dem Moment, als er sagt: »Was hast du ...«

»Wie bitte?«

Er verzieht den Mund, dann sagt er schnell: »Worum drehen sich deine Gefühle in der Nacht? Du hast gesagt, jeder hätte sie. Worum geht es da bei dir?« *Du meintest, du seist ehrlich, also sei ehrlich.* Die Fullers haben ein Talent dafür, mich in die Falle zu locken.

Ich muss an meine Eltern denken. An das Gespräch, das ich durch die Schlafzimmertür gehört habe.

Ich setze mich auf die Bettkante. »Ich habe keine«, sage ich.

»Du hast behauptet, jeder hätte sie.«

»Ich bin etwas Besonderes«, erkläre ich. »So auf postapokalyptische Art einer dystopischen Heldin besonders. Sobald alles zugrunde geht, die Gesellschaft zerfällt und wir uns nach dem Krieg in Splittergruppen aufteilen, die auf unserer Augenfarbe oder unserem Lieblingsmitglied von *This Is Our Now* beruhen, werde ich diejenige sein, die die Revolution gegen die Regierung anführt.«

»Weil du nachts keine Gefühle hast.«

»Genau. Ich habe nur tiefstes Verständnis dafür.«

»Aha.«

Er sieht mich einen Moment an und mir wird bewusst, dass ich mitten in der Nacht auf seiner Bettkante sitze. Wenn das hier Fanfiction wäre, würde ich ihm jetzt wahrscheinlich anbieten hierzubleiben. Wenn das hier Fanfiction wäre, würde ich ihn im Arm halten, bis er eingeschlafen wäre, dann noch lange wach liegen, ihm übers Haar streichen und zusehen, wie sich seine Brust sanft hebt und senkt, mich in der Überzeugung sonnen, dass er sich bei mir vollkommen sicher fühlt, genau wie ich mich bei ihm, und schließlich würde ich selbst auch in einen traumlosen, aber erholsamen Schlaf sinken. Oder so was in der Richtung.

Aber das hier ist keine Fanfiction und Gabe steckt bis zum Hals unter der Decke, seine Arme wirkungsvoll darunter eingeklemmt, und er sieht mich auf eine Art an, die schwer zu beschreiben ist. Es hat nichts Lüsternes an sich. Eher eine Art Ernsthaftigkeit. Beinahe so, als hielte er Ausschau nach etwas, das nicht da ist, nach der Antwort auf eine Frage, die keiner von uns laut ausgesprochen hat.

»Schlaf jetzt.«

»Ich bin nicht müde.«

»Dann mach einfach die Augen zu.« Das hat meine Mutter immer gesagt. *Sie denkt nur, dass sie nicht müde ist,* hat sie über Laney zu mir gesagt. Als teilte sie mir etwas Vertrauliches mit, ein Erwachsenengeheimnis, in das sie mich einweihte.

Gabe sieht mich noch einen Moment an, dann schließt er die Augen.

Und ich habe nicht genau dieses Laney-Gefühl, das ich bei Remy hatte, den Drang, ihm das Haar glatt zu streichen, ihn zu beschützen. Oder nicht nur. Denn außerdem ist da auch – ganz plötzlich, überwältigend – der Drang, die Stelle zwischen seinen Augenbrauen, beide Augenlider und die Nasenspitze zu küssen. Das Bedürfnis, seinen Mundwinkel zu küssen und seine Unterlippe zwischen meine Lippen zu nehmen.

Es taucht aus dem Nichts auf und ich weiß nicht, was ich davon halten soll. Also tue ich nichts dergleichen. Ich sage nur: »Lass sie zu«, und stehe auf, um zu gehen.

Beim Umdrehen fällt sie mir dann ins Auge, selbst im schwachen Licht. Der Pastellton sticht zwischen dem übrigen Wust verknäulter Wäsche, der Gabes Zimmer beherrscht, hervor. Sie ist ordentlich gefaltet und liegt auf der Rückenlehne seines Schreibtischstuhls – meine Strickjacke. Die rosa Nasenbluten-Strickjacke.

Ich gehe hinüber und hebe sie hoch. Sie ist ganz eindeutig seit gestern gewaschen worden, aber es sind immer noch verblichene Blutflecken zu sehen. Ich fahre mit den Fingern über einen davon. Gabe muss sie selbst gewaschen haben. Vera oder Mandy hätten gewusst, dass man kaltes Wasser nehmen muss, um Blut auszuwaschen.

Ich sollte die Jacke mitnehmen – es ist schließlich meine –, aber … ich weiß nicht. Einem Teil von mir gefällt die Vorstellung, dass etwas von mir inmitten dieser Unordnung liegt. Also lasse ich die Strickjacke auf dem Stuhl zurück und husche hinaus.

Kapitel 32

> »Liebe ist nur was für Lebende«, sagte Sarah.

Seite 316 von *Sand an unserem Strand.* Ich muss noch für den Spanischtest morgen lernen. Oder sollte wenigstens meine Gesangsstücke etwas üben. Aber ich kann einfach nicht anders, als mich noch tiefer unter meiner Steppdecke zu vergraben und mich am Sonntagabend, nachdem ich bei Vera und Gabe übernachtet habe, dort zu verkriechen.

> »Lebst du denn nicht?« Jack drehte sich um. In seinen Augen loderte ein Feuer. »Atmest du nicht? Schlägt dein Herz nicht?« Er fasste nach ihrem Handgelenk, hielt es hoch und fühlte mit seinem Daumen ihren Puls. »Ist hier kein Rhythmus, kein Leben, keine Bewegung? Nichts?«
>
> Er stand jetzt ganz nah bei ihr, näher denn je zuvor seit jenem ersten Abend im Regen, als sie sich unter Ruthies rosa Regenschirm aneinandergedrängt

hatten, während sie auf Mr Crowleys Abschleppwagen warteten. Seine Finger glühten an der Stelle, wo er sie berührte. Er musste es spüren – wie sich ihr Herzschlag beschleunigte. Denn er hatte recht: Ihr Herz schlug immer noch.

Wenn man ihre Brust aufbräche, würde man es dort finden, wie es kräftig pumpte – der Motor, der ein defektes Fahrzeug antrieb. Das Blut zirkuliert alle sechzig Sekunden einmal durch den Körper und liefert Sauerstoff bei jedem kleinsten Teil an, das es nötig hat, und ihres tat alle sechzig Sekunden das Gleiche. Versorgte ihre Zellen, trieb die Maschine an, die einen fehlerhaften Code übertrug und verbreitete. Und sie langsam von innen heraus zerstörte.

»Jetzt vielleicht schon«, sagte sie. Ihre Stimme brach. »Aber nicht für immer.«

»Nichts ist für immer, Sarah.«

Jack war schon irgendwie ein eingebildeter Mistkerl. Vielleicht nicht mit Absicht, aber wenn ich Sarah gewesen wäre, hätte ich das nicht ausgehalten, wie er dauernd seine ironiefreien Wahrheiten abfeuerte, die er ganz offensichtlich für weltbewegend hielt. Er glaubte, alles zu wissen. Was das Beste für Sarah war. Wie sie sich fühlte. Wie sie sich fühlen *sollte*. Aber Sarah schickt ihn nicht zum Teufel. Sie *begegnet nur kurz seinem Blick* ...

Mehr konnte sie nicht ertragen, während sie immer noch den leichten Druck an ihrem Handgelenk spürte und alles an Jack viel zu nah und doch auch viel zu weit weg war. Wie war es möglich, dass man gleichzeitig auf etwas zu- und davor wegrennen wollte? Sie wollte den Abstand zwischen ihnen überwinden, ihre Lippen auf seine drücken, bis sie beide keine Luft mehr bekamen. Aber im selben Atemzug wollte sie sich umdrehen, wegrennen und sich nie wieder umsehen. Sie begehrte ihn – so heftig, dass es schmerzte –, aber gleichzeitig fühlte es sich gar nicht so sehr wie Begehren an, sondern eher wie Vermissen. Wie konnte das sein? Wie konnte sie etwas vermissen, das sie nie besessen hatte, den Verlust von etwas betrauern, das nie existiert hatte?

Als ich mich an diesem Abend von meinem Buch löse, finde ich Dad auf der Veranda hinterm Haus. Sein Computer steht neben ihm, ist aber zugeklappt. Nur das kleine schwarze Moleskine-Notizbuch liegt aufgeschlagen auf seinem Schoß und in der Hand hält er einen Stift mit angekauter Kappe.

»Was treibt Jickey denn heute Abend so?«, frage ich, als ich mich neben ihn setze.

»Jickey ruht sich aus«, erwidert er. »Sie hatten gerade tierisch viel Sex.«

»Iih. Tausend Mal Iih.«

»Jickey tut, was Jickey tun muss. Und das heißt, sie tun es miteinander. Auf alle möglichen Arten.«

»Meine Güte, Dad.«

»Ein gesundes Gespräch über Sex! Wir sind eine dem Sex offen gegenüberstehende Familie!«

»Okay. Na ja.«

Er schiebt den Stift in das Notizbuch und klappt es zu. »Was gibts denn?«

So funktioniert das zwischen meinem Vater und mir. »Ich habe eine Frage.«

»Schieß los.«

»Was hat eine Beziehung an sich, dass sie besser ist, als allein zu sein?«

Mein Vater sieht hinaus in den Garten und atmet durch die Nase aus, ein hörbares leises Schnauben.

»Es ... es ist einfach so«, sagt er schließlich. »Besser.« Er stupst mich an. »Mein Leben ist besser, weil du dazugehörst.«

»So meine ich das aber nicht. Auf Familienebene. Wir müssen eine Familie sein.«

»Ist das eine Beleidigung?«

»Du weißt schon, was ich meine. Ich habe mir Laney nicht ausgesucht, aber natürlich liebe ich sie. Ihr habt uns auch nicht speziell ausgesucht, aber wir lieben uns und ja, unser Leben ist dadurch wunderbar. Aber ich meine jemanden, den man nicht lieben *muss*. Jemanden, mit dem man freiwillig zusammen ist, weil ...« Ich zucke die Achseln. »Na ja, eben, weil was? Ich weiß es nicht. Darum frage ich.«

Kurzes Schweigen. »Sloane, ich habe viel über die Liebe geschrieben, dicke Schmöker. Aber ... im wahren Leben ... ich weiß nicht, ob ich es erklären kann. Man ...

weiß es einfach, wenn es passiert. Oder vielleicht passiert es auch, ohne dass es einem bewusst wird, und man merkt es … erst später.«

Es ist einfach so, weil es so ist, es gibt sie einfach, weil es gar nicht anders geht. Vielleicht hat Remy da im Suff den Nagel auf den Kopf getroffen.

Kapitel 33

Am frühen Morgen des folgenden Samstags brechen wir in Richtung Birmingham auf, mein Vater hinter dem Steuer und Remy auf der Rückbank. Ich habe mir auf dem Handy die Straßenkarte aufgerufen und schaue mir noch mal unsere Ziele an: *Hartwin Gallery, 401 Artplace* und *Wilderness Art and Antiques*.

Mein Vater hält bei einem Starbucks-Drive-in und bestellt uns Getränke, während er mit mir über die heutigen Pläne plaudert. Remy sitzt die ganze Zeit schweigend auf dem Rücksitz.

»Was?«, frage ich schließlich, als wir auf dem Highway sind. »Was ist los?«

»Aubrey war gestern Abend wieder mit Marshall Peters da«, sagt er.

Dad wirft mir einen Blick zu. Ich frage mich, ob man mir meine Genervtheit anmerkt.

»Sie sind doch Experte in Sachen Liebe, oder, Mr Finch?«, fragt Remy und mein Vater lacht auf.

»Da bin ich mir nicht so sicher.«

»Aber Sie haben viele Bücher darüber geschrieben.«

»Stimmt, aber das macht mich nicht wirklich zu einem Experten.«

»Deine Geschichte ist irgendwie so ähnlich wie ihre«, sage ich. »In *Sand an unserem Strand*. Sarah und Jack finden erst zueinander, aber dann macht sie Schluss.«

»Weil sie glaubt, dass sie sterben wird«, sagt Dad.

Ich sehe zu Remy nach hinten. »O Scheiße, wird Aubrey sterben?«

»*Nein*«, sagt er, aber als ich mich wieder zu ihm umdrehe, hat er die Stirn gerunzelt.

»Sie wird nicht sterben – das war ein Witz.«

»Ich weiß. Ich habe nur ...« Er hält inne. »Was machen sie in Fanfiction? Wenn es hier um ... Mickey und James ginge, was würden sie dann tun?«

»Wenn es hier um Mickey und James ginge, hätten sie sich gar nicht erst getrennt«, sage ich. »Wusstest du nicht, dass ihre Liebe unsterblich ist?«

Remy schnaubt.

»Ich weiß nicht, in Fanfiction gehts doch meistens darum, wie sie zusammenkommen, oder?« Ich werfe meinem Vater einen Blick zu.

»Warum?«, fragt Remy.

»Der Teil, wo es anfängt, ist interessanter, nehme ich an.«

»Scheiß auf den Teil, wo es anfängt – ich will den Teil, wo sie wieder zusammenkommen«, sagt Remy, dann verzieht er das Gesicht. »Tut mir leid, dass ich ›scheiße‹

gesagt habe, Mr Finch. Und … tut mir leid, dass ich es gerade noch mal gesagt habe.«

»Keine Panik«, sagt Dad. »Es gibt eine Menge Geschichten darüber, wie Paare wieder zusammenkommen. In Fanfiction und auch sonst.«

»Du hast auch eine geschrieben«, sage ich.

»Welche?«

»*Stunde um Stunde*.«

»Siehst du. Aber du musst auch bedenken, dass sich nicht jede Trennung zu einer Geschichte eignet, in der jemand wieder zusammenkommt. Ich meine, wenn es um Mickey und James geht, ist das normalerweise schon der Fall. Aber ihr seid nicht Mickey und James.«

»Und wenn doch? Wer wäre ich?«

»Du bist Mickey«, sagt Dad. »Sie ist James.«

»Und wer bin ich?«, frage ich. »Kiko, das streitlustige Ekoplasma?«

»Nein, du bist Jessica«, sagt Dad grinsend.

Jessica ist die Anführerin des Rudels. Sie trägt Doc Martens, fährt Motorrad und hat eine bewegte Romanze mit einem wiederauferstandenen aztekischen Krieger.

»Aber viel wichtiger ist doch: Wer bin dann ich?«, sagt er nach einer kurzen Pause.

»Elvin«, antworten Remy und ich gleichzeitig.

»Der *ältliche Geschichtslehrer*?«, kreischt mein Vater. »So ein Quatsch. Elvin ist ungefähr siebzig.«

»Elvin ist höchstens fünfzig.«

»Und ich bin *achtundvierzig*, vielen Dank auch.«

»Gut, du bist also wie Elvin, nur zwei Jahre jünger.«

»Könnte ich nicht Wayland sein?«

Remy verschluckt sich an seinem Iced Coffee, weshalb ich auch lachen muss. »Tut mir leid«, sagt er und wischt sich Kaffee vom Kinn. »Tut mir leid, Mr Finch. Es ist nur ... er ist echt ...«

»Echt was?«, fragt Dad mit gespielter Strenge. Er findet es lustig, das weiß ich, daher reitet er darauf herum. »Was ist er, Remy?«

Wayland ist jung und sexy. Und hat einen Waschbrettbauch. Mit diesem Bauch könnte er Skiffle in einer Jug-Band spielen.

»Er ist echt, äh ... spießig?«, beendet Remy seinen Satz. »Also Sie sind echt ... lebhaft, wissen Sie, und er ist ziemlich ... äh, konservativ.«

Dad verkneift sich ein Lächeln. »Ich lass es dir durchgehen, weil du ein Fremdwort verwendet hast. Aber das ist auch der einzige Grund.«

Die *Hartwin Gallery* und *401 Artplace* bringen uns nicht weiter. Der Besitzer der *Hartwin Gallery* hat noch nie von Laura Fuller gehört. Und *401 Artplace* entpuppt sich erst recht als Sackgasse, denn es ist nicht mehr davon übrig als ein leeres Schaufenster.

»Die sollten mal ihre Website aktualisieren«, murmelt Remy, als wir durch die Fenster in die ehemalige Galerie spähen. Auf dem Boden liegen einige zerknüllte Zeitungen und in der Ecke stehen ein paar weiße Plastikklappstühle. Abgesehen davon ist der Raum leer.

»Wenn dein Geschäft pleitegeht und du deine Website auf ›Wir sind weg vom Fenster‹ aktualisieren musst, ist das wahrscheinlich nur Salz in deinen Wunden«, führe ich zu ihrer Verteidigung an.

»Und weiter«, sagt Dad und geht zurück zum Auto.

Bei *Wilderness Art and Antiques* sieht die Sache ganz anders aus.

Die Kunsthandlung liegt etwa eine halbe Stunde nördlich der Innenstadt, jenseits einer ansonsten eher bescheidenen Ausfahrt mit einem *McDonald's* und einer Tankstelle.

Daran fahren wir vorbei, biegen auf eine einspurige Straße ein und dann auf eine Schotterpiste, die sich durch ein Stück Wildnis schlängelt.

»Passender Name«, sagt mein Vater. Das Abenteuer hat ihn so sehr in seinen Bann gezogen, dass er gar nicht wegen seines Wagens jammert, aber wir werden alle herumgeschleudert, als er durch ein ganz besonders tiefes Schlagloch fährt.

Bevor wir die Kunsthandlung entdecken, sehen wir die Autos – bunt bemalte verrostete Karosserien zu beiden Seiten der Straße. Dort, wo es noch Motorhauben gibt, sind sie hochgeklappt, und im Motorraum blühen Blumen.

Schließlich taucht die Kunsthandlung zwischen den Bäumen auf. Ich weiß nicht, was ich erwartet hatte, aber es handelt sich um ein heruntergekommenes altes Haus mit dunkler Holzverkleidung. Von vorne wirkt es klein, doch als wir näher kommen, sehe ich, dass es sich ziemlich weit nach hinten erstreckt, eine Art Collage, als wären nach und nach willkürlich immer neue Teile angebaut worden.

Hier stehen jetzt nicht mehr so viele Autos, dafür aber jede Menge andere Dinge: rostige alte Fahrräder, Gartengeräte, große Futtertröge aus Metall, eine ganze Reihe Anker. Mein Vater parkt den Wagen und wir schlängeln uns über den Hof zum Haus hindurch.

Es sieht aus wie ein Wohnhaus. Kein Schild weist darauf hin, dass es wirklich die Kunsthandlung ist. Aber es ist das einzige Haus hier in der Nähe, also muss es das sein.

Wir steigen die Stufen zur Veranda hinauf und mein Vater will schon an die Tür klopfen, überlegt es sich dann aber anders und winkt Remy und mich nach vorn. Ich werfe Remy einen Blick zu und klopfe an das Fliegengitter. Wir können in das vordere Zimmer sehen, in dem jeder freie Fleck von Gemälden bedeckt ist. Einige sind auf Leinwand, ja, aber andere auch auf Metallteilen, Pappe und Holz. Und überall dazwischen noch mehr Kram.

Keine Reaktion.

»Vielleicht ist es so gedacht, dass man direkt reingeht«, sage ich. Die Tür schwingt auf, als ich dagegendrücke, und wir betreten das Haus.

»Hallo?«

»Sehen wir uns einfach … um?«, fragt Remy flüsternd, was albern ist, weil wir hier schließlich nicht in einer Bibliothek sind.

»Wie sollen wir es zwischen all dem Zeug nur finden?«, frage ich.

»Wir durchsuchen einfach das ganze Haus per Strg + F«, sagt Dad und Remy lächelt; da zeigt das Knarren der Dielen an, dass sich jemand nähert.

Eine ältere Frau betritt den Raum und wirkt völlig überrascht, als sie uns sieht. Sie trägt eine bunt gemusterte Bluse und eine ganze Reihe Armreifen, die klirren, als sie sich mit der Hand vor die Brust schlägt.

»Meine Güte, Sie sind ja wie aus dem Nichts aufgetaucht«, sagt sie.

»Wir haben geklopft«, entgegne ich einfältig.

»Ich hatte hinten den Mixer laufen«, erklärt sie. »Aber dann habe ich was gehört und dachte, ich gehe mal nachsehen. Hereinspaziert. Wie geht es Ihnen? Was führt Sie her? Ich bin Wanda.«

»Hi«, sage ich. »Ich bin Sloane und das sind Remy und mein Vater. Wir suchen nach einem Gemälde von Laura Fuller. Wir haben versucht anzurufen, aber es hat sich nie jemand gemeldet.«

»Dieses Telefon bringt mich noch ins Grab«, erklärt Wanda. »Meine Tochter sagt dauernd: ›Was nützt es dir, wenn du nie rangehst?‹, aber das Problem ist, dass ich das blöde Ding nie finde.« Dann sieht sie mich an, als hätte sie gerade erst registriert, was ich gesagt habe. »Laura Fuller, sagen Sie?« Ich nicke. »Na, dann kommen Sie mal mit. Wir haben hier ein paar ihrer Bilder.«

Sie führt uns durch zwei weitere Räume, die bis oben hin mit Kunst angefüllt sind, ganz nach hinten in eine

Küche, von der etwas abgeht, das aussieht wie ein Privatzimmer. Hier gibt es weniger Kunstwerke, allerdings nicht weniger Kram.

»Wir bewahren sie hier hinten auf, weil mein Vater ein großer Fan von ihr ist.«

»Ihr Vater?«, frage ich. Wanda sieht aus, als wäre sie mindestens Ende sechzig.

»Er ist der Sammler. Ich bin nur die Händlerin, sage ich immer. Hier entlang.«

Hinter der Küche liegt ein kleines Vorzimmer mit einer verglasten Tür. An einer Wand stehen eine Waschmaschine, ein Trockner und ein Regal voller Wäschekram. An der gegenüberliegenden Wand hängt ein halbes Dutzend Laura-Fuller-Gemälde in unterschiedlichen Größen.

Ich atme aus.

Ich erkenne mehrere Wasserszenen aus *Laura Fuller. Eine Retrospektive*. Es gibt auch ein Bild von einem Haus – ein Frühwerk, dem Stil nach zu urteilen.

»Großartig«, murmelt mein Vater. »Sie sind wirklich eindrucksvoll.«

Stimmt. Aber *Der Traum* ist nicht dabei.

»Die sind wunderschön«, sage ich zu Wanda. »Aber wir suchen ein ganz bestimmtes. Das Sie einem Arzt in Brecken abgekauft haben?«

»Oh!« Wanda bekommt große Augen. »O ja. Das war ein schönes Stück. Mein Vater hat es mitgebracht, als er mit meiner Tochter bei Dr. Mark war. Ein verdammt guter Arzt, auch wenn die Fahrt Pa zu schaffen macht; es ist doch ganz schön weit. Alisha besteht jedoch darauf. Ich hole ihn. Er kann Ihnen alles darüber erzählen.«

»Sie müssen ihm keine Umstände machen …«, sagt mein Vater.

»Das sind keine Umstände, ganz und gar nicht. Warum machen Sie es sich nicht in der Küche bequem? Im Kühlschrank sind Getränke.«

Wir setzen uns an den Küchentisch: eine Resopalplatte mit kleinem weißen Bumerang-Muster auf einem alten Metallgestell.

Schließlich kehrt Wanda mit einem alten Mann am Arm zurück. Er kommt in die Küche geschlurft.

»Das ist mein Vater, Robert Quarrells«, sagt Wanda und wir stellen uns vor. Er nickt uns zu, wobei sein Kopf leicht zittert.

»Sie sind wegen des Bildes aus der Arztpraxis hier«, sagt er, als Wanda einen Stuhl für ihn hervorzieht und er sich darauf sinken lässt. »Großartiges Stück. Wunderschön. Sobald ich es gesehen hatte, musste ich es haben.«

»Es ist also hier?«, frage ich.

Er seufzt. »Leider nicht.« Wenn ihm auffällt, welchen Dämpfer er mir damit versetzt, lässt er es sich nicht anmerken. »Das Angebot war zu gut. Ich musste es einfach annehmen.«

»Wer hat es gekauft?«, fragt Dad.

»So eine schicke Kunstdame. Hat gesagt, sie wäre eine … Beraterin für einen berühmten Kunden. Auf der Durchreise, wollte die *örtliche Szene* begutachten.« Er malt keine Anführungszeichen in die Luft, aber man kann sie eindeutig heraushören.

»Wissen Sie, wie sie hieß?«

Er nickt. »Crane.«

»Das ist alles?«, frage ich.

»Sie hat mir ihre Karte dagelassen für den Fall, dass noch was auftauchen sollte. Die müsste hier irgendwo sein.« Er winkt Wanda herbei. »In der Blechdose bei den anderen.«

Wanda nimmt etwas vom Fensterbrett, das aussieht wie eine alte Rezeptbox. Sie holt eine Handvoll Visitenkarten heraus und reicht sie Mr Quarrells. Mit zitternden Händen breitet er sie auf dem Tisch aus.

»Ich habe noch sechs andere Laura Fullers«, sagt er, während er sie durchsieht. »Talentierte Frau. Wirklich ein Jammer. Ah.« Er nimmt eine Karte, ein elegantes schwarzes Rechteck, und reicht sie meinem Vater, der sie entgegennimmt und an mich weitergibt.

In weißer Schrift ist dort eingeprägt: GEMMA CRANE, KUNSTBERATERIN. Dann folgt eine Nummer mit der Vorwahl 212 und eine Adresse mitten in Manhattan.

Kapitel 34

Thanksgiving steht vor der Tür, deshalb haben wir diese Woche nur drei Tage Schule. Vera ist total aufgedreht, weil Tash über die Feiertage nach Hause kommt.

»Sie kommt morgen, also schwänze ich vielleicht, mal sehen«, sagt sie, als wir am Dienstag nach der Schule zu mir nach Hause gehen.

»Um so viel Tash-Zeit wie möglich zu haben?«

»Genau.«

Meine Mutter sitzt an der Küchentheke und arbeitet, aber als wir reinkommen, sieht sie auf.

»Ein Umschlag für dich von der Clark School«, sagt sie. »Ein *großer* Umschlag.« Und dann wendet sie sich wieder ihrem Laptop zu, wobei sie eindeutig versucht, gelassen zu wirken, ihre Aufregung jedoch kaum verbergen kann.

Der Umschlag liegt auf dem Küchentisch. Ich nehme ihn und Vera liest über meine Schulter hinweg: »Clark School – Musikhochschule. Was ist das?«

»Ich bin mir nicht ganz sicher, aber ich glaube, es ist eine Musikhochschule«, entgegne ich.

»Sloane, sei nicht so frech zu deinen Freunden«, sagt Mom.

»Schon okay, Mrs Finch, wir lieben ihre Frechheit.« Vera wendet sich an mich. »Machst du ihn nicht auf?«

Also mache ich ihn auf.

»Ich bin in der Vorauswahl«, sage ich. »Sie laden mich zum Vorsingen ein.« Meine Mutter springt auf und Vera – die erst vor zwei Minuten überhaupt von der Clark School erfahren hat – klatscht in die Hände.

»Wie aufregend!«, sagt sie. »Wann ist das Vorsingen?«

»Ich weiß nicht. Ich muss einen Termin vereinbaren.«

»Yeah, yeah, yeah!« Meine Mutter kommt zu mir und drückt mir einen Kuss aufs Haar. »Meine Süße! Die Musikerin!«

»Es ist bloß ein Vorsingen.«

»Aber das heißt, dass ihnen deine Gesangsprobe gefallen hat!«

»Wahrscheinlich gefallen ihnen alle Gesangsproben. Schließlich haben sie ein Interesse daran, Leute dazu zu bringen, die volle Bewerbungsgebühr zu bezahlen.«

»Sloane, diese Hochschule ist total cool«, sagt Vera, die bereits auf ihr Handy starrt und nach Informationen forscht. »Es ist eins der kleinsten Konservatorien des Landes, aber die Dozenten sind alle total gut.«

»Ja, wird bestimmt lustig«, sage ich und schiebe den Brief zusammen mit den Prospekten, die dabei waren, zurück in den Umschlag.

»Ich wusste gar nicht, dass du dich an Musikhochschulen bewirbst«, sagt Vera auf dem Weg nach oben.

»Das mache ich eigentlich vor allem meiner Mutter zuliebe«, sage ich, als ich die Tür zu meinem Zimmer aufdrücke. »Ich bewerbe mich auch an normalen Unis. Sie will nur nicht, dass ich meinen Traum aufgebe, weil ich die Verwirklichung nicht für möglich halte, oder so.«

»Das klingt doch eigentlich nach einem guten Rat, oder?«

»Aber es ist gar nicht wirklich mein Traum. Es ist einfach etwas, das ich gerne mache.«

»Und willst du nicht etwas arbeiten, das du gerne machst?«

»Klar. Aber Gesang … was kann ich damit letzten Endes schon anfangen? Werbesongs trällern?«

»Du könntest alles Mögliche machen. Opern oder Musicals. Du könntest unterrichten. Du könntest als Backgroundsängerin eines Stars auftreten oder in der Band einer Late-Night-Show singen, oder …«

»Ja, klar, Sängerin in der Band einer Late-Night-Show ist auch ein total realistischer Traum.«

»Träume müssen nicht realistisch sein – sonst wären es ja keine Träume. Man muss etwas dafür tun, dass sie wahr werden. Ansonsten wären sie einfach … Realität.«

»Das klingt super – das solltest du auf ein Motivationsplakat drucken lassen.«

Daraufhin herrscht Schweigen und es versetzt mir einen Stich. Habe ich den Knopf gedrückt, der Vera schließlich erkennen lässt, wie nervig ich bin?

Aber sie erwidert nur mit ruhiger Stimme und unverändertem Gesichtsausdruck: »Vielleicht stimme ich deiner Mutter zu. Ich glaube, es lohnt sich auf jeden Fall vorzusingen. Einfach, um zu sehen, wie es läuft. Einfach, um, na ja, die Tür nicht zuzuschlagen, bevor sie sich überhaupt richtig geöffnet hat.«

»Das ergibt doch keinen Sinn.«

»Du ergibst manchmal keinen Sinn, Sloane. Du fährst jedes Wochenende zwei Stunden zu deinem Gesangsunterricht. Du probst täglich. Du liebst das Singen. Ich habe dich gesehen, weißt du noch? Ich habe dich gehört. Es ist ... Du bist gut darin und es ist dir wichtig, also ... warum machst du nicht was draus?«

»Es gefällt mir, dass ich gut unter der Dusche singen kann«, sage ich nach einer kurzen Pause. »Und ich trete gerne in Pflegeheimen auf und veranstalte alberne Konzerte mit Laney. Das ist es, was ich will. Und ich glaube, es ist nicht ... unvernünftig oder egoistisch, etwas für sich behalten zu wollen, oder? Einfach so? Ich kann aufs College gehen und studieren, was ich will, und das hier für mich behalten.«

Ich sehe ihr an, dass sie das nicht versteht. Aber sie nickt nur. »Ja. Okay.« Und dann: »Willst du dich morgen irgendwann mal mit Tash und mir treffen? Sie will dich gerne kennenlernen.«

»Wir haben uns doch schon kennengelernt«, sage ich, obwohl weder Vera noch ich diesen Abend seither erwähnt haben.

»Ja, aber richtig diesmal.«

»Klar. Wenn du bereit bist, ein wenig von deiner Tash-Zeit zu opfern.«

»Natürlich. Aber wir sollten ein Signal ausmachen für den Fall, dass ich dich loswerden will.«

Ich lächele. »Abgemacht.«

Kapitel 35

Zu meiner Überraschung beschließt Frank, am Tag nach Thanksgiving eine Party zu veranstalten.

»*Frank Sanger Presents: Black Friday*«, erklärt er uns. »Den Tag nach Franksgiving verbringen wir ganz stilvoll. Schwarzer Dresscode ist absolut obligatorisch.«

»Und *Franksgiving* lassen wir einfach so verstreichen?«, frage ich und Frank grinst.

»Das ist ein Tag, an dem man Franks was gibt.«

»Was gibt man den Franks denn?«

»Das wüsstest du wohl gerne«, sagt er zwinkernd. »Wir sehen uns Freitag, ihr hübschen Sojasprossen.«

Und jetzt ist es so weit. Wir stehen alle bei Chrissy Li in der Diele.

»Wir sehen aus, als wollten wir zu einer Beerdigung«, sage ich. »Oder als würden wir in einem Theaterstück mitspielen.«

»Frank, ich glaube, du hast das nicht zu Ende gedacht«, sagt Aubrey.

»Wir sehen aus wie Hipster, die eine Bank ausrauben wollen«, murmelt Gabe neben mir.

»Wie rauben Hipster denn eine Bank aus?«, frage ich.

»Mit Bajonetten. Und Sturmhauben aus fair gehandelter Wolle.«

»Sie stehlen bloß ganz komisches Geld, wie Zweidollarscheine und Fünfcentstücke mit Bison drauf.«

Gabe lacht und Frank sieht uns böse an.

»Es hätte funktioniert, wenn alle dieselbe *Mühe* auf ihr Outfit verwendet hätten.« Er trägt eine schwarze Hose, eine glänzende schwarze Weste, ein schwarzes Hemd und eine schwarze Krawatte.

»Frank, tut mir leid, dir das sagen zu müssen«, erklärt Gabe. »Aber du siehst aus wie ein fescher Kellner.«

»Ich bring dich um«, entgegnet Frank.

»Zum Glück sind wir schon passend gekleidet«, sage ich und Vera und Gabe prusten los.

Unabhängig davon, wie absurd wir alle zusammen aussehen mögen, geht die Party ihren Gang. Die Clique lässt sich mit einem Kartenspiel in Chrissys Wohnzimmer nieder. Vera und Tash verlieren ziemlich haushoch eine Partie Spades gegen Aubrey und Frank, die jetzt gegen Gabe und Remy spielen. Ich will nicht mitspielen und bin ganz zufrieden damit, einfach zuzusehen.

»Sollen wir morgen einen Film gucken oder so?«, frage ich Vera, während wir Frank beim Geben beobachten.

»Tut mir leid, wir haben schon was vor.« Sie legt die

Arme um Tash. »Und ich glaube, Gabe geht mit Alice aus.«

Unwillkürlich werfe ich Gabe einen Blick zu. Er sieht Frank mit einem Schmollmund an.

»Glaub bloß nicht, du könntest mich mit deinem leidenschaftlichen Blick ablenken, Gabe Fuller«, sagt Frank.

Gabe grinst und sieht auf, wobei er meinem Blick begegnet.

Ich schaue schnell weg.

»Ich habe ja gesagt, wir könnten zu viert gehen«, wirft Tash ein, »aber da hat ja jemand was dagegen, bei *Southern Grill* zu essen.«

»Maisgrütze ist eklig, tut mir leid«, sagt Vera, wobei sie mich ansieht.

»Was ist?«, frage ich.

»Nichts«, entgegnet sie, allerdings äußerst vielsagend.

Damit hat es nichts zu tun. Das ist absolut nicht der Grund, warum ich, als mein Vater am nächsten Abend sagt: »Ich kann echt keine Truthahnreste mehr sehen«, vorschlage: »Wir könnten was bei *Southern Grill* bestellen.«

»Wirklich?«

»Ja. Ich kann mit dem Rad hinfahren und es abholen.«

Er sieht mich einen Moment an – wahrscheinlich kommt es nicht allzu oft vor, dass ich mich begeistert freiwillig melde, Abendessen für alle zu holen –, aber dann nickt er. »Klingt gut. Dieser Krautsalat« – er fasst sich an die Brust – »ist ein Gedicht, sage ich euch.«

Bei *Southern Grill* gibt es zwei große Räume, einen für Familien und einen mit einer Bar. Ich warte vorne auf unser Essen, als mir eine vertraute Gestalt im Raum nebenan ins Auge sticht.

Ich habe nicht nach ihm Ausschau gehalten. Und bin auch nicht im Geringsten daran interessiert, Gabe zu treffen oder die schwer fassbare Jade-Coast-Christian-Alice.

Wie kommts, dass sie nie was mit uns macht?, habe ich Vera gestern Abend noch gefragt und dabei eisern ihren nervig forschenden Blick ignoriert.

Vera hatte nur mit den Schultern gezuckt. *Sie hat ihre eigenen Freunde. Die machen ihr eigenes Ding.*

»Es dauert nur noch etwa fünf Minuten«, versichert mir die Kellnerin. Ich nicke wortlos, und da es mir wirklich absolut nichts ausmacht, dass Gabe hier ist, warte ich ganze dreißig Sekunden, bevor ich den Nebenraum betrete und hinter dem Getränketisch herumlungere, um besser sehen zu können.

Gabe hat sich an einen Tisch in der Mitte gesetzt. Das Restaurant ist brechend voll, aber das ist ganz eindeutig er in einem orangefarbenen Hemd mit hochgekrempelten Ärmeln. *Grässlich*, höre ich Vera in Gedanken sagen. *Orange ist einfach nicht unsere Farbe.*

Aber es ist nicht grässlich. Frustrierenderweise ist es alles andere als grässlich.

Der Stuhl Gabe gegenüber ist leer. Ich sehe, wie er mit dem Besteck herumspielt. Die Kellnerin bleibt an seinem Tisch stehen und sie unterhalten sich kurz. Es sieht aus, als würde er etwas bestellen.

Aber warum sollte er bestellen, bevor seine Verabredung da ist?

Ich blinzele und ganz plötzlich geht es mir auf. Es fällt mir wie Schuppen von den Augen: dass das vielleicht die ganze Zeit über Gabes Geheimnis war – es gibt gar keine Dates. Vielleicht muss er manchmal einfach bloß raus, muss allein sein, um nachzudenken, und das ist sein Trick, er versteckt sich hinter Dates, die gar keine sind. Deshalb weigert er sich zu sagen, dass Alice und er miteinander gehen. Deshalb haben wir sie nie kennengelernt.

Jade-Coast-Christian-Alice gibt es gar nicht.

Das ist es – das ist die Wahrheit – und ich bin kurz davor, hinter dem Getränketisch vorzutreten und mich zu erkennen zu geben, mich zu ihm zu setzen und zu sagen: *Wir könnten einfach so zusammensitzen, weißt du. Wir müssen noch nicht mal reden, wir könnten einfach bloß dasitzen, du und ich, aber ...* zusammen *wäre das entscheidende Wort. Du musst nicht länger so tun, als ob,* will ich sagen und vielleicht meine Hand auf seine legen, und dann wird er mich unter diesen dunklen Wimpern hervor ansehen und erwidern: *Bei dir tue ich nie so, als ob ...*

Ich verlasse die Sicherheit des Getränketischs. Ich bin schon halb auf ihn zugegangen ...

Und dann nähert sich ein großes, schlankes Mädchen dem Tisch, Gabe sieht von der Speisekarte auf und lächelt.

»Tut mir leid«, sagt sie. »Ich musste noch auf Mackenzie warten wegen des Autos.«

»Ich hätte dich doch abholen können.«

»Nein, nein, ich hatte ja gesagt, wir treffen uns hier.«

Ich blinzele. Die Vision dessen, was ich gerade tun wollte, verschwindet vor meinen Augen und wird durch Alice ersetzt, die ihre Handtasche über die Stuhllehne hängt und sich die langen glatten Haare über die Schulter wirft.

Was zum Teufel?

Wann zum Teufel wäre eigentlich die passendere Frage. Wann habe ich angefangen zu glauben, das Leben wäre wie in einem von Dads Büchern? Wann habe ich angefangen mir zu wünschen, dass es so ist?

Dann sieht Gabe auf.

Und begegnet meinem Blick.

Es ist zu spät. Es ist alles vorbei. Ich bin schon so weit in den Raum hineingegangen, dass ich eindeutig auf dem Weg zu ihm bin, und es gibt keine andere Erklärung dafür als die Wahrheit, dass ich ihm nämlich wie ein professioneller Vollzeit-Stalker aufgelauert habe.

Also bedenke ich ihn mit einem bestimmt sehr verlegenen Winken und einem sehr gewinnenden Lächeln und schleiche dann wieder in den vorderen Bereich des Restaurants zurück.

Wenn ich Glück habe, bekomme ich umgehend mein Essen und werde für immer hier verschwinden, aber das passiert nicht. Die Kellnerin lächelt mich bloß an – »Zwei Minuten noch, Schätzchen« – und nimmt dann den Namen einer Gruppe entgegen, die hinter mir reingekommen ist.

»Sloane?«

Ich atme tief durch und drehe mich um.

»Hey.«

»Was machst du denn hier?«

»Essen holen.«

»Aber was hast du … da hinten gemacht?«

Ich blinzele. Gabe sieht mich an. Ich sehe ihn an.

»Pinguinparty«, sage ich.

Ich habe ja eigentlich nicht dazugehört. Ich war kein Mitglied des heiligen Bündnisses der *Pinguinparty*, weshalb Remy mich ja überhaupt brauchte, aber vielleicht ist das jetzt anders. Vielleicht habe ich es mir verdient.

Gabe sieht mich einfach noch einen langen Augenblick an. Dann nickt er. »Ja, okay. Willst du dich zu uns setzen?«

Ich kann mir nichts vorstellen, was ich weniger gern täte.

»Ja, nein. Ich meine, nein, einfach nur nein. Vergiss das Ja, das war bloß dazu da, um das Nein etwas abzuschwächen. Ich hole Essen für meine Familie, also sollte ich wohl besser … ich sollte …«

In diesem Moment kommt die Kellnerin und reicht mir mein Essen. Ich verschwinde, so schnell ich kann, aus dem Lokal. Als ich das Essen in meinem Fahrradkorb verstaue, nähern sich Schritte von hinten.

»Blätterteigtaschen – was hast du wirklich da drin gemacht?«

Ich drehe mich zu Gabe um, dessen orangefarbenes Hemd in der untergehenden Sonne leuchtet. »Wie bitte?«

»Blätterteigtaschen«, sagt er.

»Cini Minis«, entgegne ich. »Zählen wir jetzt einfach alles auf, was wir gern essen?«

»Das ist so eine Regel. Dann musst du die Wahrheit sagen. Es übertrifft Pinguinparty.«

»Nichts übertrifft Pinguinparty.«

»Blätterteigtaschen schon.«

Ich presse einen Moment die Augen zusammen. »Ich dachte, du wärst allein«, sage ich schließlich. »Ich ... ich habe gedacht, ich könnte dir Gesellschaft leisten. Wenn du allein wärst. Wenn du ... einsam wärst. Aber das bist du nicht. Also.« Ich zeige auf das Essen. »Ich sollte nach Hause fahren. Niemand will kalte Maisgrütze.« Ich steige aufs Fahrrad. »Ist das auch eine Regel? Wenn jemand *kalte Maisgrütze* sagt, muss man ihm seine Sozialversicherungsnummer nennen oder fünf Promis, in die man verknallt ist?«

»Diese Regel könnten wir einführen«, sagt Gabe.

»Okay. Damit beendet man ein Gespräch.« Ich salutiere vor ihm. »Kalte Maisgrütze.«

Ich warte seine Antwort nicht ab, stoße mich nur von der Bordsteinkante ab und fahre davon.

Kapitel 36

Wir essen zu Abend, obwohl ich eigentlich gar keinen Hunger habe, anschließend gucken meine Mutter und Laney einen Film. Ich gehe mit dem Handy raus auf die Veranda, um Vera eine Nachricht zu schreiben. Aber schließlich hänge ich mir nur mein Sweatshirt über den Kopf und starre aufs Display. Ich weiß ja noch nicht mal, was ich schreiben soll. *Peinliches Gespräch mit deinem Bruder,* vielleicht, aber ich habe das Gefühl, dass ich damit die Peinlichkeit nur noch peinlicher mache.

Nach einer Weile geht die Haustür auf und wieder zu und jemand setzt sich auf den Stuhl neben mir. »Was machst du da?«

»Meine Photonen re-energetisieren.«

»Na, so funktioniert das nie«, sagt mein Vater. »Das Geheimnis liegt im Frottee.«

Es ist still.

»Willst du darüber reden?«

»Nein.«

Er holt sein Moleskine-Notizbuch raus. Ich höre den Stift übers Papier kratzen.

»Kann ich dich was fragen? Und sag nicht, ich hätte es gerade getan«, sagt er nach einer Weile.

»Klar.«

»Wie sollte Mickey in der Geschichte, an der ich gerade schreibe, James sagen, dass er ihn liebt? Es ist ein AU.«

AU klingt gerade richtig gut.

Ich glaube, ich habe es wirklich kapiert. Den Reiz von Fanfiction. Zumindest für mich. Es ist eine Möglichkeit, etwas, das du liebst, so zu verändern, dass selbst der winzigste Teil davon noch deiner Vorstellung entspricht. Wie es in der Vergangenheit hätte sein sollen oder wie es in der Zukunft weitergehen sollte. Wie es an einem völlig anderen Ort, in einer völlig anderen Welt stattgefunden hätte.

Gerade jetzt würde ich mich für ein AU entscheiden. Eins, in dem ich nicht zum *Southern Grill* gefahren wäre. Eins, in dem Jade-Coast-Christian-Alice eine praktische Erfindung wäre.

Aber das wäre ziemlich egoistisch. Der Gedanke, wie Gabe da ganz allein am Tisch sitzt, nicht an sein Handy geht, an Süßstofftütchen herumspielt, das Einmachglas mit der falschen Kerze zwischen den Händen hin- und herrollt, während er auf seinen Burger wartet, zwei Eistees trinkt und die Kellnerin anlächelt, wenn sie ihm die Rechnung bringt, die Hände in die Taschen steckt und allein nach Hause geht. Wünsche ich Gabe das? Dass er, statt ein Date zu haben, allein wäre wie ein einsamer verschrobener Einzelgänger? Nein. Das wünsche ich ihm nicht. Wir konnten nicht beide einsame verschrobene Einzelgänger sein.

»Was für ein AU?«, murmele ich.

»Nachbarn.«

»Das ist alles? Muss ein AU nicht etwas mehr an sich haben als nur Nähe?«

»Manchmal braucht es nichts weiter als Nähe.« Dad drückt auf seinen Kugelschreiber. »Also, du weißt doch, wie verlegen Mickey immer ist. Was sollte er sagen?«

»Ich weiß nicht.«

»Komm schon.«

»Ich weiß nicht, Dad.« Ich ziehe mir das Sweatshirt vom Kopf und stehe auf. »Mir ist nicht nach Spielen zumute.«

Er sieht mich einen Augenblick an. »Dann frage ich deine Mutter«, sagt er nur. Ich gehe ins Haus.

Später am Abend bekomme ich eine Nachricht von Remy. Hast du schon was von der Kunsttante gehört?

Gemma Crane muss mich noch zurückrufen. Nein, schreibe ich zurück. Aber damit habe ich auch nicht gerechnet, wegen des Feiertags und so. Wir warten einfach ab.

Der Plan ist gut, Knut.

Wer ist Knut?, frage ich.

Hahaha, du bist echt zum Totlachen.

Ich will ihm gerade ein Smiley mit herausgestreckter Zunge schicken, aber dann lösche ich es und schreibe, was mir den ganzen Abend schon durch den Kopf geht: Hey. Warum hast du zu Aubrey nicht einfach Blätterteigtaschen gesagt?

Er antwortet sofort.

Was bedeutet Blätterteigtaschen?

Kapitel 37

Der Winterball findet am ersten Dezemberwochenende statt. Im Grunde gegen meinen Willen finde ich mich in ein nachtblaues Kleid verpackt wieder und werde vor eine Kamera geschoben, hinter der meine grinsende Mutter steht.

»Kannst du dich mal drehen?«

»Ja.« Laney lächelt breit. »Dreh dich mal, Sloinbee.«

»Wer hat dir das mit Sloinbee gesagt?«

»Was ist Sloinbee?«, fragt Mom.

»Nichts«, sage ich und drehe mich widerstrebend.

Ist mir rausgerutscht, schreibt Vera als Antwort auf mein WTF, WER HAT DAS MIT SLOINBEE WEITERERZÄHLT?, als ich ins Auto steige.

Als ich neulich bei euch war, fährt sie fort, und dann folgen, typisch für Vera, mehrere Nachrichten in schneller Folge.

Sie hat mich gefragt, wo du bist

Ich hab gesagt, Sloinbee ist in der Küche

Bahahahahaha, das ist echt so gut
Muss mich noch mal bei Remy für diesen Leckerbissen bedanken

Ich bedanke mich bei ihm, wenn ich ihn sehe, entgegne ich. Und mit bedanken meine ich schlagen.

Das tue ich dann allerdings nicht. Ist auch nicht ganz einfach, da seine Mutter ebenfalls die Kamera gezückt hat.

»Das ist kein Date«, sagt Remy. »Sie ist nicht mein Date. Sie nimmt mich nur mit.«

»Stell dich dazu!«, sagt Mrs Johnson.

Also wechseln wir bloß einen Blick und genau das knipst Mrs Johnson mit ihrem Handy. Und dann macht sie noch zwei Fotos, weil wir nicht »richtig gelächelt« haben, und: »Warum stellt ihr euch nicht etwas näher zusammen, nur ein winziges bisschen, damit wir wissen, dass ihr zusammengehört!«

»Das kommt in ihr Album«, sagt Remy zu mir. »Du kriegst wahrscheinlich deine eigene Seite.«

»Stimmt, sie hat mich gefragt, wie sich mein Name schreibt.«

Remy verdreht die Augen zum Himmel und macht sein *Herr, gib mir Kraft*-Gesicht, das ich so liebe.

Als wir ankommen, tanzt die gesamte Turnhalle bereits. Wir finden Vera schnell. Sie trägt ein wasserblaues Minikleid voller Tüll und Pailletten und ein riesiges Ansteckbukett.

»Meine Güte!«, sagt sie. »Du siehst total süß aus!« Sie

nimmt meine Hand und dreht mich einmal um mich selbst. Heute ist offensichtlich der Abend der Drehungen.

»Hätte ich dir sagen sollen, dass du gut aussiehst?«, fragt mich Remy.

»Nein, weil du nicht mein …« Da erblicke ich sie, noch gut zehn Meter entfernt, aber schnell näher kommend. Gabe und Jade-Coast-Christian-Alice. Die körperlich sehr präsent ist, auf jeden Fall ein echter Mensch.

Seit dem Abend beim *Southern Grill* haben Gabe und ich nicht viel miteinander geredet. Seit er mich mit einem erfundenen Ultimatumscodewort verarscht hat. Ich verstehe nicht, warum er das getan hat, aber die ganze Sache ist mir viel zu peinlich, um darauf zurückzukommen.

»Hey«, sagt er, als Alice und er bei uns angekommen sind, und wirkt glücklich. Er trägt ein weißes Hemd mit hochgekrempelten Ärmeln. Es sieht geradezu unverschämt gut aus. »Das ist Alice. Alice, Remy und Vera kennst du schon …« Alice lächelt hübsch. Ihr Lippenstift hat einen perfekten matten Farbton und es ist keine Spur davon auf ihren Zähnen zu sehen, was mir fast unmöglich vorkommt. »Und das ist Sloane, von der ich dir erzählt habe.«

Ihre Augen leuchten. »Dein Vater ist der berühmte Autor. Der diese Werwolfgeschichten schreibt!«

»Ja. Na ja, die Werwolfgeschichten sind eher eine neuere Entwicklung.«

»Es gibt so viele gute Bücher von ihm.« Vera packt

mich am Arm und beugt sich zu Alice rüber, als die Anlage so richtig loslegt. »*Sand an unserem Strand*. Hast du den Film gesehen, mit Dex Finnegan?« Sie drückt meinen Arm. »Sloane kennt ihn persönlich!«

Alice wirkt schwer beeindruckt. Remy wippt neben mir vor und zurück und mir wird klar, dass er den Raum nach Aubrey absucht. Währenddessen sieht Gabe mich gleichzeitig zufrieden und abschätzend an, so als wüsste er, dass ich auch von Alice schwer beeindruckt sein müsste, und als wartete er darauf, dass ich zeige, wie schwer beeindruckt ich von Alice bin.

»Komm, wir gehen tanzen«, sage ich zu Vera.

»Ja, ja, ja!«, sagt sie, weil sie eine gute Freundin ist. Und dann nimmt sie Alice' Hand. »Komm mit, Alice!« Weil sie außerdem ein guter Mensch ist. Ein besserer als ich.

Wir tanzen. Viel. Wir trinken gierig aus dem Wasserspender neben den Umkleidekabinen. Vera und Alice trinken außerdem gierig aus einem Flachmann, den Vera auf wundersame Weise irgendwo aufgetrieben hat – »Frag nicht, du willst es gar nicht wissen, und erzähl es auf keinen Fall Gabe.«

Alice kichert. »Er kann eine ganz schöne Spaßbremse sein, was?«

»Eine richtige Schlafmütze«, sage ich, halb, um mich über sie lustig zu machen, aber sie kichert bloß wieder. Ihr Gesicht ist ganz rot, was ihr sehr gut steht.

Ich drücke etwas zu heftig auf den Hahn des Wasserspenders und werde nass gespritzt.

Zum Glück kommt da Frank Sanger – nachdem schon ungefähr drei Viertel des Balls rum ist – und nimmt mich mit. Er trägt einen komplett weißen Anzug – »Wie Jay Z bei der Erneuerung seines Eheversprechens«, sagt er – und dreht sich um sich selbst. Er dreht sich echt um sich selbst, verdammt noch mal.

Wir tanzen zu ein paar Liedern, dann beschließt Frank, er müsse sich unter die Leute mischen. »Das verstehst du doch, Liebling, oder?« Natürlich verstehe ich das. Er drückt mir einen Kuss auf die Hand und schiebt sie dann in Veras, die gerade neben uns auftaucht. Ich nutze die Gelegenheit, mir ihr Ansteckbukett näher anzusehen. Es ist ein Strauß aus weißen Rosen, eingerahmt von Unmengen Schleierkraut. Ein bisschen übertrieben, vielleicht, aber Vera strahlt mich an.

»Ich weiß, das ist eher was für den Abschlussball, aber Tash hat es mir besorgt, weil sie heute Abend nicht kommen konnte. Sollen wir tanzen?«

Die sanft ansteigenden Eröffnungstöne eines langsamen Stückes klingen durch die Turnhalle.

»Komm schon.« Sie zieht mich zurück auf die Tanzfläche und schlingt mir die Arme um den Hals. »Du führst.«

Ich lege die Hände an ihre Taille. »Ich glaube, bei diesem Tanz führt niemand.«

»Na, dann sorg wenigstens dafür, dass wir im Takt bleiben«, sagt sie. Wir wiegen uns hin und her und vielleicht ziehen wir einige Blicke auf uns, aber davon bemerke ich nichts. Vera zieht überall, wo sie hingeht, Aufmerksamkeit auf sich, und wenn sie damit andere Leute in ihren Bann schlägt, trifft das genauso auf mich zu.

Ihre Augen glänzen und ihre Wangen sind leicht gerötet.

»Ich glaube, du bist betrunken«, sage ich.

»Du bist meine beste Freundin«, entgegnet sie.

»Sagst du das, weil du betrunken bist?«

»Ich sage es, weil es wahr ist.«

Einen Moment lang sehe ich sie an. Ich bin größer als sie – sie muss die Nase etwas recken, um mir in die Augen zu sehen, und einen Moment kommt mir der Gedanke, dass sie genau so aussehen muss, bevor Tash sie küsst. Die sanft nach oben weisende Nase, das leise Lächeln, das ihre Mundwinkel verzieht.

»Ich war noch nie eine beste Freundin«, sage ich.

»Tja, tut mir leid, dir das sagen zu müssen, aber du bist meine.« Jetzt zieht sie mich näher an sich und ich werde von ihren Haaren eingehüllt, die süß und fruchtig nach Shampoo riechen. »Wir behalten dich«, flüstert sie mir ins Ohr, dann löst sie sich wieder etwas von mir und grinst mich an.

»Darf ich mal unterbrechen?«, sagt eine Stimme und als wir uns umdrehen, sehen wir Gabe. In diesem blöden weißen Hemd. Mit seinen blöden Augenbrauen.

»Sie gehört ganz dir«, sage ich und lasse Veras Taille los.

»Buh«, ruft Vera, als ich mich durch die Menge dränge.

Aber ich drehe mich nicht um. Ich sehe Remy allein

unter einem der Basketballkörbe stehen, daher gehe ich zu ihm.

»Na, hast du Spaß?«, frage ich, obwohl es offensichtlich ist, dass er das nicht hat. Außer wenn »einsames Rumwischen auf dem Handy« eine neue Art von Spaßhaben ist, die sich noch nicht allgemein durchgesetzt hat.

Er zuckt die Achseln und sein Blick huscht irgendwo links an mir vorbei. Ich muss mich nicht mal umdrehen, um Bescheid zu wissen.

»Lass mich raten. Aubrey ist hier. Sie sieht gut aus. Sie tanzt mit einem muskelbepackten durchtrainierten Typen. Und du verspürst eine erneute Welle der Verzweiflung.«

»Nein«, sagt er abwehrend. »Meine Hose kratzt. Ich hatte vergessen, dass sie kratzt.« Er wendet den Blick ab. »Und außerdem ist Aubrey mit einem muskelbepackten durchtrainierten Typen da.«

»Remy.«

»Ich weiß.«

»Wirklich?«

Er sieht weg, aber ich stelle mich vor ihn, lege ihm die Hände auf die Schultern, beuge mich vor und sage klar und deutlich, sodass er mich auf jeden Fall hören kann: »Du musst drüber wegkommen.«

Er sieht mich an. Und dann sieht er an mir vorbei. Ich werfe einen Blick über die Schulter.

Aubrey steht in der Nähe mit ihrem muskelbepackten Typen wie angekündigt. Der Typ lässt hinter ihr die

Hüften kreisen, aber falls sie vorher getanzt hat, tut sie es jetzt jedenfalls nicht mehr. Sie steht stocksteif da und sieht geradewegs zu uns herüber.

»Mein Gott«, sagt Remy und tritt einen Schritt zur Seite. »Sie wird denken ... Warum machst du das? Warum machst du immer alles kaputt?«

»Was mache ich kaputt? Da gibt es nichts kaputtzumachen! Du bist schon seit einer ganzen Weile nicht mehr auf niedliche Art traurig, sondern machst dir auf unheimliche Art selbst etwas vor. Sie hat mit dir Schluss gemacht. Es ist vorbei. Komm drüber weg.«

Es ist, wie wenn man mit einem Welpen schimpft. Seine Augen sind so weit aufgerissen, so braun, und ich weiß, dass er eher verletzt ist als wütend. Aber es kommt trotzdem eher wütend als verletzt rüber: »Du solltest auf meiner Seite stehen«, zischt er und kommt wieder näher. »Du solltest ... der ganze Kram, bei dem ich dir geholfen habe, du solltest mir eigentlich auch helfen, aber du hast uns nur noch weiter auseinandergebracht.«

»Man kann euch nicht noch weiter auseinanderbringen! Wenn sie noch einen Schritt weiter zurück macht, fällt sie in den Pazifik!«

»Für dich ist alles immer nur ein Witz, was?«

»Ich mache keine Witze. Das ist kein Witz. Aber ich finde es furchtbar, dass du deine ganze Energie auf jemanden verschwendest, der dich nicht mehr liebt. Es ist ... erbärmlich und macht mich echt fertig.«

Hart, würde meine Mutter sagen und diesen Dialog durchstreichen. *Zu hart.*

Härte muss sein, würde mein Vater entgegnen und den Strich wegradieren.

Remy sieht nur zur Decke, sein zweites *Herr, gib mir Kraft* heute Abend.

»Tut mir leid, das zu hören«, sagt er nach einer Weile. »Alle sollten ihre Probleme erst mal daraufhin überprüfen, wie sie bei dir ankommen, nicht wahr? Nur, um sicherzugehen, dass sie dich nicht traurig machen oder *echt fertig,* weil deine Gefühle natürlich viel wichtiger sind als die der anderen.«

»Das habe ich nicht …«

Remy geht weg, bevor ich den Satz beenden kann.

Ich schließe kurz die Augen.

Das hatte ich nicht richtig ausgedrückt. Das war nicht gut.

Du bist mir wichtig. Das war doch der eigentliche Kern der Sache. Remy war mir wichtig. Das hätte ich irgendwo unterbringen können.

Aber das habe ich nicht, und als ich die Augen wieder aufmache, ist er weg. Also lasse ich den Blick über die Menge schweifen. Obwohl es in der Turnhalle ziemlich dunkel ist, kann ich Frank in seinem weißen Anzug sehen. Er tanzt jetzt mit Vera und Gabe. Drüben, am Rand der Menge, steht Bree mit ein paar Mädchen aus Bio und Jade-Coast-Christian-Alice, die Bree einen Arm um die Schulter legt und auf sie zuschwankt. Irgendjemand müsste sie wahrscheinlich im Auge behalten. Ich wünschte, ich wüsste, wo der Flachmann abgeblieben ist.

Rechts von mir steht Aubrey immer noch neben ihrem Date. Er hat das Tanzen aufgegeben und albert jetzt mit einer Gruppe Footballspieler herum. Aubrey sieht … na ja, sie sieht ein bisschen so aus wie Remy gerade eben. Verletzt und wütend. Ich kann sie allerdings nicht genau einschätzen, weiß nicht so recht, welches Gefühl überwiegt. Sie sieht außerdem aus, als würde sie jeden Moment rausstürmen.

Als sie das tut, gratuliere ich mir zu meiner Vorahnung. Dann gehe ich ihr nach.

Kapitel 38

Aubrey steht vor dem Haupteingang der Schule. Sie starrt in den Springbrunnen, der jetzt im Winter abgestellt ist.

Ich kann es Remy nicht richtig sagen, aber vielleicht kann ich doch noch was für ihn tun. Ich kann immer noch versuchen, dafür zu sorgen, dass er versteht, was passiert ist.

»Alles in Ordnung?«, frage ich.

»Mir gehts super«, sagt sie, dreht sich aber nicht um. »Ist alles super.«

»Klingt aber nicht so.«

Sie atmet lautstark aus, dann wendet sie sich mir zu und schüttelt den Kopf. Sie lächelt, aber auf eine traurige Art und Weise. »Nein. War ja klar.«

»Was?«

»Dass du hier rauskommst. Ausgerechnet. Bringst du jetzt alles für mich in Ordnung? Haust mich mit irgendeiner superscharfsinnigen Bemerkung um?«

»Ich weiß nicht, wovon du sprichst«, sage ich, weil es auch so ist.

»Ich kann noch nicht mal gemein zu dir sein, ich kann es dir noch nicht mal vorwerfen, weil es nicht deine Schuld ist, dass meine beste Freundin dich lieber mag und mein Freund dich lieber mag, die ganze verdammte Clique einfach ... Es ist bloß so, was habe ich getan, um dich zu verdienen? Aber eigentlich weiß ich ganz genau, was ich getan habe. Ich weiß ganz genau, warum das Universum dich hergeschickt hat, um mir echt ... alles kaputtzumachen.«

»Soweit ich weiß, habe ich immer noch einen freien Willen. Und stehe nicht unter der Kontrolle des Universums oder von irgendjemandem sonst.«

Sie schnaubt bloß.

»Ich ... ich versuche nicht, mich irgendwo reinzudrängen.«

»Aber das tust du. Du tauchst dauernd auf und fragst mich über Remy aus. Und ich weiß gar nicht, warum, denn du hast ihn doch längst.«

»Ich *habe* ihn nicht. Ich ... mein Gott, ist es das, was du denkst?«

Sie sagt nichts.

»Wenn ich in Remy verknallt wäre, warum sollte ich dann versuchen, Frank zu küssen?«, ist das Erste, was mir einfällt.

»Ich weiß nicht. Vielleicht, um ihn eifersüchtig zu machen? Du hast doch gesehen, wie schnell er damals verschwunden ist.«

Hatte ich nicht, weil ich nichts weiter gesehen hatte als Frank Sangers Augen, Lippen, Bartstoppeln, sein inneres Leuchten und, und, und.

»Ich mag Remy nicht«, sage ich. »Ich meine, natürlich mag ich ihn, weil er witzig ist und ein netter Mensch und ihm *Were School* gefällt und so weiter. Aber ich will nicht auf diese Art mit ihm zusammen sein. Ehrlich.«

Aubrey starrt mich an, als wären mir drei Köpfe gewachsen. Also nutze ich die Gelegenheit, um weiterzumachen. Ich gehe einen Schritt weiter, ganz vorsichtig, als würde ich versuchen, einen wilden Hengst nicht zu verschrecken. »Er ... wollte nur, dass ich für ihn herausfinde, warum du mit ihm Schluss gemacht hast. Das ist alles.«

»Wir sind doch nicht mehr in der Siebten«, sagt sie. »Warum fragt er mich nicht einfach?«

»Das ist unfair. Du hast *Pinguinparty* gesagt. Er ist durch die Regeln eurer komischen Freundschaft gesetzlich verpflichtet, dich nichts zu fragen.«

»Ich hätte nicht gedacht ... ich hätte nicht gedacht, dass er sich wirklich daran halten würde.«

»Doch.«

»Woher ...«

»Weil es so ist.«

Sie sieht mich wieder an. »War ja klar«, sagt sie schließlich erneut und wendet den Blick ab. »Meine Güte.«

»Also, was ist es? Was ist das große Geheimnis?«

»Es gibt kein großes Geheimnis.«

»Wenn du ihn nicht mehr magst, hättest du ihm das doch einfach sagen können.«

»Man kann jemandem nicht einfach sagen, dass man ihn nicht mehr mag.«

»Klar kann man das. Wars das denn?«

»Nein«, sagt sie energisch, dann zuckt sie zusammen. »Nein«, ein wenig leiser.

Ich glaube schon, sie wird nichts weiter erklären, aber dann beginnt sie zu sprechen.

»Wir sind schon, seit wir klein waren, miteinander befreundet. Fast unser ganzes Leben lang. Vera, Gabe, Remy und ich. Ich kann mich gar nicht mehr daran erinnern, *wie* wir Freunde geworden sind. Wir waren es irgendwie immer, es war einfach eine Tatsache. Und ich wusste – ich wusste, wenn er und ich zusammenkämen, würde das vielleicht passieren, aber« – sie verzieht den Mund – »ich konnte nicht anders; du kennst ihn ja. Ich mochte ihn immer. Wir hatten immer Spaß zusammen, aber dann wurde mir eines Tages bewusst, dass ich ... dass ich ihn küssen wollte, also tat ich es, und wenn dir so was passiert, wenn du so was fühlst und der andere deine Gefühle erwidert, denkst du, Mann, warum war das nicht schon immer so? Aber dann. Dann ...« Sie schweigt, schüttelt den Kopf, scheint sich bewusst zu werden, mit wem sie spricht, und verzieht das Gesicht. »Ich weiß gar nicht, warum ich ...«

»Erzähl weiter«, sage ich. Und zu meiner Überraschung tut sie das.

»Er wollte, dass wir zusammen aufs College gehen.

Er hat angefangen, davon zu reden, und dieser Gedanke hat sich irgendwie in mir festgesetzt und ich musste dauernd daran denken. Denn wohin würde das alles führen? Wir gehen zusammen aufs College, wir ziehen zusammen, heiraten, kriegen Kinder und plötzlich bin ich Ehefrau und Mutter. Dabei bin ich doch erst siebzehn! Plötzlich war alles ... festgelegt. Alles war vorherbestimmt. Und das hat mich wahnsinnig gemacht. Es ... hat mir Angst gemacht.« Ihre Augen glänzen und sie blinzelt. »Wenn du wüsstest, wie gern ich ihn hatte. Ich habe ihn *geliebt*. Wirklich. Aber ich konnte ... mich nicht auf all das einlassen.«

Ich will sie nicht weinen sehen. Aber sie blickt zu Boden und fummelt einen Moment an ihrem Kleid herum und ich habe den Eindruck, dass es uns da ähnlich geht, Aubrey und mir. Sie will auch nicht, dass ich sie weinen sehe.

»Vielleicht wollte er gar nicht all das von dir«, sage ich. »Vielleicht wollte er nur mit dir auf die Uni gehen.«

»Aber das hängt doch zusammen. Es ist dasselbe.«

Sie lässt sich auf dem Rand des Brunnens nieder und als sie weiterspricht, klingt ihre Stimme sanft und berührt etwas in meinem Inneren. »Es war zu viel.« Sie schüttelt den Kopf. »Hattest du nie das Gefühl ... einfach irgendwo wegzumüssen?«

Es ist ein Gefühl, das mir sehr vertraut ist.

Ich weiß noch, als ich mal klein war und mit meinen Eltern U-Bahn gefahren bin. Ich weiß gar nicht mehr, warum wir in der Innenstadt waren – vielleicht, um meine Tante zu besuchen oder um ins Theater zu gehen. Meine Mutter saß und ich und mein Vater standen. Er hielt sich an der Stange fest und ich mich an seinen Beinen.

Ich sehe es genau vor mir – an einer Station gingen die Türen auf, ich sah den Bahnsteig dahinter und ließ los. Schoss genau in dem Moment hinaus, als sich die Türen wieder schlossen. Ich weiß nicht, was ich vorhatte, aber einen Moment lang verspürte ich Triumph. Dann drehte ich mich um und sah, dass der Zug sich schon wieder in Bewegung gesetzt hatte. Ich sah die Gesichter meiner Eltern am Fenster. Meine Mutter hatte die Hände an die Scheibe gepresst und mein Vater stand direkt hinter ihr. Zwei entsetzte Blicke.

Und ich war allein.

Eine Frau hatte mich gesehen. »Das war gar nicht gut«, sagte sie. »Ganz ungezogen von dir.« Sie schüttelte den Kopf und schnalzte mit der Zunge. »Nimm meine Hand.«

Ich nahm ihre Hand und wir setzten uns auf eine Bank. »Deine Mama und dein Daddy kommen gleich wieder«, sagte sie. »Wir warten hier.«

Sie hieß Cecily. In meinen Augen war sie einfach eine Frau – groß in meinen vierjährigen Augen – mit einer sanften Stimme und braunen Augen. Meine Mutter beschrieb sie immer als »die Frau, die dich davor bewahrt hat, entführt zu werden, als du uns den Schreck unseres Lebens eingejagt hast«. Normalerweise fügte mein Vater dann hinzu: »Nein, du darfst nicht allein mit der

U-Bahn zu Jane Bukowskis Party fahren. Woher sollen wir wissen, dass du nicht einfach an der Station Fifth Avenue / 53rd Street aussteigst und wir dich nie wiedersehen?« Mittlerweile machten sie Witze darüber, aber ich wusste, dass es das wirklich gewesen war – der bis dahin größte Schreck ihres Lebens.

Ich weiß gar nicht, warum ich es getan hatte; ich hatte nur den Bereich hinter den Türen gesehen, und vielleicht war das alles, was ich wollte – irgendwo anders sein. An einem unbekannten Ort. Ich wollte es nur einen Moment lang, aber das war ein Moment zu viel. Was wäre ohne Cecily passiert?

Manchmal muss ich an sie denken, an ihre ernsten Augen und ihre sanfte Missbilligung: »Das war gar nicht gut.« Und manchmal denke ich daran, dass sie es jetzt zu mir sagt, wenn ich irgendetwas besonders Schwachsinniges getan oder gesagt habe. *Nicht gut.*

Aubrey sieht auf ihre Hände hinab und sagt: »Ich glaube einfach, es ist besser, jetzt schon damit Schluss zu machen. Weil es irgendwann eh vorbei ist.«

»Alles ist irgendwann vorbei.«

»Danke. Du bist ja so weise.«

Ich lächele leicht. »Ich meine ja nur.«

Wir schweigen. Ich möchte sie fragen, weiß aber nicht, ob ich das wirklich tun sollte. Aber weil ich bin, wie ich bin, tu ich es trotzdem. »Warum hast du es ihm nicht einfach gesagt? Dass du so denkst?«

»Ich wollte ihn nicht verletzen.«

»Aber das hast du.«

Sie sagt nichts. Ihr Mund verzieht sich nur und sie sieht weiter auf ihre Hände hinab.

»Ich will nicht gemein sein«, sage ich. »Ich will es bloß verstehen.«

Sie sieht mich an. »Jetzt geht es mir auf«, erwidert sie kurz darauf. »Warum alle so in dich verknallt sind.«

»Niemand … ich weiß nicht, was du meinst.«

»Du weißt ganz genau, was ich meine.« *Dass meine beste Freundin dich lieber mag und mein bester Freund dich lieber mag.*

Ich denke einen Moment darüber nach und daran, wie Vera mir vor weniger als einer halben Stunde die Arme um den Hals gelegt und mich an sich gezogen hat: *Du bist meine beste Freundin.* Früher war das Aubrey. Vielleicht ist sie es immer noch. Vielleicht kann man auch zwei beste Freundinnen haben oder drei oder vier. Aber nicht so, wie Aubrey mich vorhin angesehen hat. Der Gedanke bringt etwas ganz unten in meinem Magen zum Kribbeln, eine eigenartige Mischung aus Angst und … Eifersucht vielleicht, aber ich bin mir nicht sicher, auf wen ich eifersüchtig bin. Auf den, der vielleicht als Nächstes vorbeikommt, nehme ich an. Der Vera bezaubert. Und von ihr bezaubert ist. Das könnte allerdings jeder sein – dazu muss man sie einfach nur kennenlernen.

Diesmal brauche ich Aubrey nicht zu fragen. Ich setze mich neben sie auf den Brunnenrand und sie erzählt einfach. »Weißt du, als Vera und Tash zusammengekommen sind, waren sie geradezu besessen voneinander. Sie haben jede freie Minute miteinander verbracht. Und als Tash an die Uni gegangen ist, waren Remy und ich schon – vielleicht war ich sauer, weil sie und Tash mich links liegen gelassen hatten, und dann war sie vielleicht sauer, dass Remy und ich sie links liegen ließen, das heißt, als ich mit Remy Schluss gemacht habe, war da schon dieser … *Spalt* zwischen uns, ich weiß nicht. Der Einzige, bei dem ich das Gefühl hatte, über die Sache mit Remy reden zu können, war Gabe, also …«

»Moment mal, Gabe weiß Bescheid?«

Sie nickt. »Er ist … Manchmal ist es leichter, mit ihm zu reden als mit Vera. Vera versucht zu helfen, aber Gabe … hört einfach zu und verurteilt einen nicht oder versucht es besser zu machen. Er …«

Nimmt es einfach auf. Bietet einen Platz, um es loszuwerden.

»Ich glaube, du tust ihnen gut«, sagt sie nach einer Weile. »Darauf will ich hinaus. Ich glaube … Ich weiß nicht, vielleicht tust du uns allen gut.«

Das ist ein Kompliment. Aber ich weiß nicht, wie ich darauf reagieren soll. »Danke«, kommt mir unpassend vor.

Aubrey gibt mir keine Gelegenheit zu antworten. Sie steht einfach auf. »Ich gehe wieder rein.«

»Dein Date scheint nett zu sein«, sage ich, als sie an mir vorbeigeht.

»Sei still«, entgegnet sie, allerdings nicht sehr vehement, und als sie sich zu mir umdreht, bemerke ich den Anflug eines Lächelns.

Kapitel 39

An diesem Abend übernachten wir alle bei Frank. Es gibt genug Zimmer, auf die man sich verteilen könnte, aber schließlich landen wir im Wohnzimmer: Vera und Aubrey auf der riesigen Sofalandschaft, ich auf der Chaiselongue (denn natürlich haben die Sangers eine Chaiselongue). Remy legt sich auf den Boden. Nur Jade-Coast-Christian-Alice nimmt das Angebot eines Schlafzimmers an. Ich werfe Gabe einen Blick zu, während wir uns verteilen, um zu sehen, ob er Alice folgen wird, aber er lässt sich nur neben Remy auf dem Boden nieder und baut ein Nest aus Kissen und Decken.

Als ich morgens aufwache, scheinen alle anderen noch zu schlafen. Nur der Platz neben Remy ist leer.

Ich finde Gabe vor einer Schüssel Cornflakes im Wintergarten (denn natürlich haben die Sangers einen Wintergarten).

Ich setze mich neben ihn auf das kleine Sofa und sage, wozu ich bisher noch keine Gelegenheit hatte:

»Du wusstest also über die Sache mit Remy und Aubrey Bescheid.«

Er sieht mich an, kaut ruhig, schluckt. »Dir auch einen guten Morgen.«

»Nein, mal im Ernst. Du wusstest es, er ist dein bester Freund und du hast nichts gesagt?«

»Sie hat mich gebeten, es ihm nicht zu sagen.«

»Aber er ist dein bester Freund.«

»Aber sie hat mich gebeten, es ihm nicht zu sagen.« Er sieht mich einfach nur mit ernstem Blick an und das ist Gabe, wie er leibt und lebt, oder? Standhaft. Unerschütterlich. Plötzlich fällt mir Brees Stimme auf dieser allerersten Party wieder ein: *Du hast dich für Gabe Fuller eingesetzt,* voller Staunen, als hätte das etwas zu bedeuten. Als hätte das, was ich getan hatte, wirklich etwas zu bedeuten. Und ja, vermutlich hatte es das in gewisser Weise auch. Ich war nicht so aufopfernd wie Gabe. Aber er ist die Art Mensch, der so aufopfernd ist, wie man selbst es gerne wäre.

»Und auch, wenn sie es nicht getan hätte«, fährt er fort, »was hätte ich schon sagen können? Und stünde es mir zu, etwas zu sagen?«

»Ich dachte, es gäbe so eine Art … Ehre unter Kumpels oder so.«

Er verzieht das Gesicht und wendet sich dann wieder seinen Cornflakes zu. »Und, wirst du es ihm sagen?«

Er hat recht, obwohl ich es nicht zugeben will. Wie würde ich es Remy sagen? Und mehr noch, hatte ich überhaupt das Recht dazu?

Gabe scheint zu wissen, was ich denke. Daher lenke ich einfach ab. »Alice scheint nett zu sein.«

Er hebt eine Augenbraue, den Blick auf die Cornflakesschüssel gesenkt. »Sie ist nett.«

»Sehr nett.«

»Ja. Das hätten wir geklärt.«

»Ihr beide seid ein schönes Paar.«

»Wir sind kein Paar.«

»Na, solltet ihr aber«, sage ich in einem dieser Momente, in denen sich mein Mund und mein Gehirn voneinander entkoppeln. »Ihr scheint gut zusammenzupassen.«

Was zum Teufel machst du da bitte?, fragt ein Teil von mir.

SIEH DOCH NUR, WIE COOL ICH DRAUF BIN, entgegnet der Teil, der die Kontrolle hat.

Gabes Tonfall verändert sich nicht, aber sein Gesichtsausdruck verdüstert sich leicht. »Ja, gut zu wissen, dass du nichts dagegen hast.« Dann steht er auf und geht wieder rein. Die Tür fällt hinter ihm zu.

Kurz danach kommt Vera raus.

»Ist Gabe in der Küche?«, frage ich.

»Er ist nach oben gegangen, um zu duschen.«

»Jade-Coast-Christian-Alice gibt es wirklich«, sage ich.

Vera wirft mir einen komischen Blick zu, dann setzt sie sich auf Gabes Platz. »Natürlich gibt es sie wirklich.«

»Ich … ich dachte, sie existiert vielleicht gar nicht.«

Sie runzelt die Stirn. »Warum sollte sie nicht existieren? Hast du gedacht, Gabe hätte einen Sprung, so wie der Typ in *Fight Club*?«

»Nein, ich dachte nur …«

»Hast du gedacht, wir alle miteinander hätten uns Alice nur eingebildet? Als wäre sie eine weitverbreitete Wahnvorstellung, die uns alle heimgesucht hätte?«

»Jetzt klingst du schon wie ich.«

»Das nehme ich mal als Kompliment.« Sie lehnt sich zurück, zieht die Knie an die Brust und bedeckt sie mit ihrem Kapuzenpulli. »Magst du ihn?«, fragt sie.

»Nein«, sage ich.

»Denn ich fände nicht … nicht, dass ich da irgendwas mitzureden hätte, das weißt du, oder? Solange ich euch nie beim Rumknutschen zusehen oder irgendwelche Sexgeschichten von euch hören muss. Ich will absolut nichts wissen, was mit meinem Bruder und Sex zu tun hat. Aber abgesehen davon … Mensch, Sloane, ihr seid zwei meiner absoluten Lieblingsmenschen. Natürlich fände ich es toll, wenn ihr zusammen wärt.«

Ich nicke. »Nein«, wiederhole ich.

Sie mustert mich lange und eindringlich und ihr Blick ist fast identisch mit dem, den Gabe mir bei *Southern Grill* zugeworfen hat, nachdem ich mich auf die *Pinguinparty* berufen hatte.

»Willst du was frühstücken?«, fragt Vera schließlich. »Hier gibt es die allerbesten Cornflakes.«

»Nein danke.«

Sie geht wieder rein und lässt mich mit meinen Gedanken allein.

Kapitel 40

Vera und Gabe werden achtzehn.

Aubrey hat im März Geburtstag und ich erst im Mai, also scheiden laut Vera all die Feiermöglichkeiten aus, wo man unter achtzehn nicht hindarf. Nicht, dass ich besonders scharf darauf gewesen wäre, einen Stripclub oder einen Sexshop unsicher zu machen.

Stattdessen landen wir in einem Tattoostudio namens *Maxine's Ink* in Destin. Ich bin auch nicht besonders scharf auf Tattoos – hauptsächlich wegen der großen automatischen Nadel, die dabei im Spiel ist –, aber Vera sagt, dass ich mir das Stechen selbst auch nicht angucken muss. Meine Anwesenheit in dem Laden reicht zur »moralischen Unterstützung« aus.

Maxine's Ink ist spezialisiert auf Tattoos, Piercings und interessanterweise Tattooentfernung. »Heißt das, sie entfernen die miesen Machwerke anderer Leute oder ihre eigenen, wenn sie einem nicht gefallen?«

»Ist es nicht gut zu wissen, dass sie beides tun könnten?«, sagt Vera lächelnd, als wir eintreten. Ich weiß nicht, wie ich mir ein Tattoostudio vorgestellt hatte, aber so sicher nicht: *Maxine's Ink* ist weder dunkel noch zwielichtig. Es ist weiß gestrichen, wird von Neonröhren beleuchtet und an den Wänden hängen ordentliche Reihen verschiedener Entwürfe.

Vera spricht mit einer Frau und bekommt ein paar Formulare und Broschüren. Wir setzen uns an die Wand den Entwürfen gegenüber.

»Das wünsche ich mir schon ewig«, sagt sie, während sie das Formular ausfüllt. Gabe hat auch Papiere auf einem Klemmbrett vor sich liegen, hat aber noch nicht mit dem Ausfüllen angefangen.

»Das hast du nie erwähnt«, sage ich.

»Weil Gabe und ich uns ziemlich lange deswegen gestritten haben.«

»Warum?«

Vera antwortet nicht, sondern schürzt nur die Lippen, während sie den Teil des Formulars über mögliche Allergien ausfüllt, also werfe ich Gabe einen fragenden Blick zu.

»Sie lässt sich einen Entwurf stechen, den Tash gezeichnet hat.«

»Aha.«

Vera blickt auf. »Komm mir nicht mit *Aha*. Du klingst schon genau wie er, Mann.«

»Das *Aha* hatte nichts zu bedeuten. Es war ein vollkommen neutrales *Aha*.«

»Gabe meint, ich könnte es bereuen, wenn – *wenn* –

wir uns mal trennen. Aber ich finde das blöd und kurzsichtig. Und überhaupt« – sie steht auf –, »wer sagt, dass es an eine Stelle kommt, wo ich es je zu Gesicht kriege?«

»Uh«, sagt Gabe. »O Mann. Bitte. Keine Details.«

»Es könnte in ihrem Nacken sein«, sage ich. »Wenn es in ihrem Nacken wäre, könnte sie es nicht sehen. Was glaubst du, wohin sie es sich stechen lässt? Wie tief reichen diese Nadeln wohl?«

Da winkt die Frau Vera nach hinten und Vera grinst uns beide an. »Jetzt gehts los. Ob es dem Miesepeter und dir gefällt oder nicht. Aubrey?«

Aubrey dreht sich um. Sie und Remy haben sich die Entwürfe an der Wand angesehen, jeweils vom entgegengesetzten Ende aus. Aubrey folgt Vera nach hinten – wahrscheinlich froh darüber, dass sie Remy nicht in der Mitte treffen muss.

Remy und ich haben nicht mehr groß über unsere Auseinandersetzung beim Winterball gesprochen. Er sitzt immer noch neben mir in Bio – als ich am Montag nach dem Ball zum Unterricht kam, dachte ich, er hätte vielleicht wieder mit Bree getauscht. Aber er saß da wie immer und fragte mich, ob ich etwas von Gemma Crane gehört hatte. Ich erklärte, ich würde im Laufe der Woche noch mal anrufen. Also alles ganz normal und wie immer zwischen uns. So, als hätte ich mich nicht total idiotisch benommen.

Und vielleicht hatte ich nichts dazu gesagt, weil ich keine Ahnung hatte, was ich sagen sollte, jetzt, wo ich wusste, was Aubrey fühlte. Ich kam einfach nicht drauf, wie ich es beiden gleichzeitig recht machen konnte.

»Und wer von uns ist der Miesepeter?«, frage ich Gabe. Er deutet ein Lächeln in Richtung auf seine Formulare an.

»Fragst du das wirklich?«

»Meint sie mich?«

»Im Ernst? Nein.«

»Bist du sicher?«

»Ja, ich bin sicher. Ich bin der Miesepeter. Der Miesepeter bin ich. Eigentlich könnte ich mir das auch irgendwohin tätowieren lassen.«

»Lässt du dir denn ein Tattoo machen? Nicht das natürlich, aber was anderes?«

»Vielleicht. Ich hatte es eigentlich vor, aber …«

»Du weißt nicht genau, was für ein Motiv du nehmen sollst?«

»Ich habe eine Idee.«

»Egal, was es ist, vergiss es lieber, denn mir fällt bestimmt was Besseres ein.«

»Na, dann schieß mal los.«

»Du solltest dir einen Totenkopf stechen lassen«, sage ich. »Einen Totenkopf, dem eine Schlange aus dem Mund kriecht.«

»Du meinst ein Dunkles Mal«, sagt Gabe. »Aus *Harry Potter*. Ich soll mir ein Tattoo machen lassen, das mich als Anhänger des Dunklen Lords ausweist.«

»Daran hatte ich nicht gedacht, aber jetzt, wo du es sagst, ist es geradezu genial. Wer das Buch nicht kennt, denkt einfach *Oh, wer ist denn diese unverbesserliche coole Sau mit dem halbphallischen Totenkopftattoo?* Und wer das Buch gelesen hat, erkennt in dir den gleichgesinnten *Potter*-Fan.«

»Der sich aus irgendeinem Grund mit den allerübelsten Zauberern identifiziert?«

»Das ist nicht so toll, oder? Okay, dann streich die Idee mit dem Dunklen Mal.« Ich schaue an die Wand uns gegenüber. »Wie wärs dann mit, ich weiß nicht, einem Gebirgszug ... in Flammen oder ... einem Kraken, der ein Schiff mittendurch bricht ... und das Schiff brennt.«

»Das sind vermutlich die miesesten Tattoo-Ideen, die es je gab.«

»Wie wärs, wenn ich ein Motiv für dich entwerfe, so wie bei Vera und Tash? Ich kann nicht zeichnen, aber es könnte vielleicht was mit Text sein. Und statt dass es dich an unsere Liebe erinnert, kannst du es noch in vielen Jahren angucken und sagen: ›Hey, das war doch das Mädchen, das mich in der Highschool immer so genervt hat. Den Namen habe ich vergessen, aber zum Glück habe ich noch ihr Gekritzel auf dem linken Bizeps, das mich an die Zeit erinnert, als wir im selben Laden gearbeitet und ab und zu was zusammen unternommen haben.‹«

Er wirft mir einen komischen Blick zu.

»Ich würde was richtig Gutes schreiben«, sage ich gerade, als er sagt: »Ich würde deinen Namen nicht vergessen.«

Ich wende den Blick ab: »So was wie *Esst mehr Obst* oder *Shit Happens.*«

»Ich könnte dich nie vergessen«, sagt er mit sanfter Stimme.

»Vielleicht ein anständiges Bibelzitat. Oder den Spruch aus einer Quizsendung«, fahre ich fort, den Blick auf die Wand uns gegenüber gerichtet. Das ist einfacher, als mich damit auseinanderzusetzen, was möglicherweise gerade in Gabes Augen zu sehen ist. Diese Ernsthaftigkeit. Bei deren Anblick ich ihn am liebsten erdrosseln würde. Oder ihn umarmen. Ich weiß nicht genau, was von beidem.

»Mitten auf deiner Brust könnte *Ich kaufe einen Vokal* stehen. Rückwärts, sodass du es im Spiegel lesen kannst. Ich kann spiegelverkehrt schreiben, weißt du. Das ist eine meiner unzähligen Fähigkeiten.«

Er antwortet nicht und als ich es wage, ihm einen Blick zuzuwerfen, starrt er die Entwürfe an der Wand an. Snoopy mit einer Handgranate. Eine vollbusige Tinker Bell.

»Die kämen auch alle infrage.« Ich mache eine Handbewegung in die Richtung. »Noch ein paar Flammen dazu und fertig.«

»Alles klar«, sagt Gabe lächelnd.

Vera und Gabe verlassen das Tattoostudio bandagiert. Vera hat den Verband an der Schulter und Gabe am Handgelenk, direkt unterhalb der Handfläche. Auf dem Parkplatz zeigt er uns seine Tätowierung; es ist eine

Zahlenreihe. Ich frage nicht, was sie bedeutet, und er erklärt es auch nicht von sich aus.

»Sie ist so hübsch«, sagt Vera an diesem Abend, als sie den Verband abmacht und ihre Tätowierung betrachtet. Die Stelle ist geschwollen und die Haut drum herum ist rot, aber sie ist wirklich hübsch – ein wirbeliges Muster aus Kreisen und Spiralen. Abstrakt, aber irgendwie passt es zu Vera.

»Findest du, Gabe hat recht?«, fragt sie, als wir uns bettfertig machen. »Dass es keine gute Idee war?«

»Nein«, sage ich und schalte wie selbstverständlich Veras Nachtlicht an. »Ich finde, wenn du das wolltest, warum nicht?«

»Würdest du dir ein Tattoo stechen lassen?«, fragt sie, während sie die Schreibtischlampe ausknipst und ins Bett klettert.

»Ich weiß nicht, was ich mir machen könnte.« Vielleicht ein paar Takte Musik, die ich mag. Oder ein Sternbild aus Laneys Führer.

»Würden deine Eltern es dir denn erlauben? Oder wäre es ihnen egal?«

Ich denke darüber nach. »Meiner Mutter wäre es egal. Meinem Vater vielleicht nicht.«

»Das wundert mich. Er wirkt so cool.«

»Ich glaube, sie gleichen sich gegenseitig aus. Oder zumindest war das früher so.«

»Was meinst du damit?«

Mir kommt ein Bild meiner Eltern im Flur unserer alten Wohnung in den Sinn, wie sie eng beieinanderstehen, fast so, als würden sie sich gleich küssen. Aber es hatte nichts Romantisches an sich – es hatte gar nichts mit Liebe zu tun – und ich höre die leisen, flehenden Worte meines Vaters: *Was, wenn du das, was eigentlich deine Aufgabe ist, nicht mehr tun kannst? Wenn du ein Schriftsteller bist, der nicht schreibt, was bist du dann?*

Und meine Mutter: *Ich kann nicht mehr. Ich kann dieses Gespräch nicht mehr führen. Immer und immer wieder. Mein Gott, Michael.*

»Vielleicht lassen sie sich scheiden«, sage ich.

Es ist das erste Mal, dass ich es laut ausspreche. Aber hier fühlt es sich ... vielleicht nicht okay an, aber irgendwie erträglich. Sicher – im Schein des Nachtlichts, direkt neben Vera, deren Brust sich sanft hebt und senkt.

»So ein Mist«, sagt sie leise.

»Ja.« Das Wort bleibt mir im Hals stecken, zu lang, um es ohne eine gewisse Härte auszusprechen. »Allerdings.«

Ich habe die Szene immer mit einem anderen Ende versehen. Im Kopf stellte ich mir vor, wie Mom sagt: *Was war das für ein Streit, hm?*, und Dad entgegnet: *Und ob*, und dann erklären sie sich ihre Liebe, küssen sich und alles ist wieder gut. Und ich muss nicht darüber nachdenken, dass Laney an zwei Orten aufwächst, nach der Schule zu den »Mandelsplittern« geht, einen Wochenendrucksack für Dad hat, meine Eltern sich beide eine neue Wohnung suchen, wo es kein Zimmer für mich gibt, denn wo würde ich schon reinpassen? In welches Zuhause würde ich zurückkehren, wenn es das, das ich siebzehn Jahre lang gekannt hatte, nicht mehr gab? Das ist nicht richtig. Ich presse die Augen zu und balle die Fäuste, bis meine Fingernägel sich mir in die Handflächen bohren.

Wenn Vera es bemerkt, versucht sie zumindest es nicht zu zeigen.

»Was würde dann passieren?«, fragt sie nach einer Pause. »Wenn sie das machen würden. Würdest du zurück nach New York ziehen?«

»Ich ziehe sowieso wieder dahin zurück wegen der Uni«, sage ich und bemühe mich, unbeteiligt zu klingen, obwohl ich nicht sicher bin, wie gut mir das gelingt. »Ich ...« Ich schüttele den Kopf. »Ich gehöre nicht hierher.« *Da hast du auch nicht hingehört,* sagt eine gemeine Stimme in meinem Inneren.

Aber Vera sieht mich nur an. »Glaubst du das wirklich?«

Ich antworte nicht. Zumindest nicht darauf. »Was hast du nach der Schule vor?«

»Ich gehe wie Tash zur Florida State University.«

»Was, wenn es keine Tash gäbe? Was würdest du dann machen?«

»Ich weiß nicht«, murmelt sie. »Vielleicht dahin gehen, wo Gabe hingeht. Oder mit dir nach New York kommen.«

Ihre Worte durchströmen mich ganz warm, aber mein Verstand taut davon nicht auf. »Warum muss es an eine Person gebunden sein? Warum machst du nicht das, was du willst?«

»Ich will mit Leuten zusammen sein, die mir wichtig sind.«

»Oh.« Ich blinzele, den Blick an die Decke gerichtet, einmal, zweimal, meine Lider werden schwer, meine Augen verschwimmen. Es ergibt absolut Sinn, wenn sie es so sagt.

Kapitel 41

Am Sonntag gehen meine Eltern mit Laney ins Kino. Ein weiterer Eintrag in *Meine Erinnerungen*. Ich habe nicht so richtig Lust darauf, deshalb bleibe ich zu Hause und probe ein bisschen. Aber das ist heute auch nicht besonders spannend, obwohl es das wahrscheinlich sein sollte, jetzt da mein Vorsingen an der Clark School offiziell ist. Schließlich höre ich mit dem Singen auf und gehe stattdessen ins Arbeitszimmer meines Vaters.

Ich werfe einen kurzen Blick auf seinen Schreibtisch, wo ich nach der Fanfiction über den Kisney-Stein suche. Schrödingers Katze, die ungeöffnete Kiste. Solange er ihn nicht umdreht und nachsieht, ist James weder tot noch lebendig.

Aber ich finde sie nicht. Der Schreibtisch ist von Papier übersät – ältere Fanfiction, Papierkram von der Agentur. Ein Stapel Blätter liegt direkt neben dem Computer – auf dem Ehrenplatz – und die ersten Worte fallen mir ins Auge.

Sam war unabhängig, fast schon an der Grenze zur Einsamkeit.

Ich nehme die erste Seite zur Hand.

Allerdings glaube ich nicht, dass sie wusste, was es bedeutete, einsam zu sein. Sie hatte mir einmal gesagt, dass sie noch nie jemanden kennengelernt hätte, der ihr das Gefühl gegeben habe, es sei besser, mit jemandem zusammen zu sein als allein. Die Traurigkeit, die mich überkam, als ich diese Worte über die Lippen meiner siebzehnjährigen Tochter kommen hörte, kann ich kaum beschreiben. Traurigkeit, und ganz unten, in meinem tiefsten Innern – Schuldgefühle. Weil ich sie vielleicht in gewisser Weise im Stich gelassen hatte.

Aber wir alle hatten den Ruf des Strandes und des Wassers gespürt, und Sam vielleicht sogar noch stärker als wir anderen. Und es war nicht nur das Meer. Vielleicht hatte ein Teil von ihr gewusst, dass dadurch Viv und Jake in ihr Leben treten würden.

Ich blinzele. Lasse mich auf den Stuhl sinken und lege mir den Papierstapel in den Schoß.

Und ich lese weiter.

Die Dämmerung breitet sich im Zimmer aus, aber ich rühre mich nicht, um eine Lampe einzuschalten, und so findet mich mein Vater. Auf seinem Schreibtischstuhl sitzend, die Seiten um mich herum ausgebreitet, im schwächer werdenden Licht.

Ich habe keine Ahnung, was ich für ein Gesicht mache, aber er weiß sofort Bescheid. »Sloane …«

Ich blättere zurück zur ersten Seite und halte sie hoch. *»Sie hatte mir einmal gesagt, dass sie noch nie jemanden kennengelernt hätte, der ihr das Gefühl gegeben habe, es sei besser, mit jemandem zusammen zu sein als allein.«* Es kostet mich große Anstrengung, meine Stimme unbewegt klingen zu lassen. »Das habe ich nie gesagt.«

»Ich weiß. Hör zu …«

»So habe ich es nie gesagt. Da ging es um Liebe und es war eine Frage … Ich habe nur überlegt … Ich habe nichts weiter getan, als zu fragen. Das heißt nicht …« Ich blicke auf. »Ich dachte, du wolltest *Were School*. Geister und Cafés und so Zeug. Figuren, denen die Leute zur Seite stehen möchten.« Das Blatt in meiner Hand zittert. »Warum schreibst du über mich?«

»Das bist nicht du.«

»Viv und Jake? *Der schillernde Internetstar und ihr grüblerischer Bruder?* Wenn du uns schon in dein Werk reinschreibst, dann mach es wenigstens besser als die letzten zwanzig miesen Sachen, die du verzapft hast.«

Er sagt nichts.

»Wolltest du deshalb so viel Zeit mit uns verbringen?«, frage ich. »Um Material zu sammeln? Deshalb warst du interessiert, deshalb wolltest du mit uns nach Birmingham fahren. Wir sind für dich wie *Were School*. Du schreibst Fanfiction über unser Leben.«

»Hör mir zu«, sagt er.

»Nein.« Ich stehe auf. »Das ist nicht ... das ist so ...« Ich hole tief Luft, versuche, meine Gedanken zu sortieren. »Ich bin kein *Romanstoff*. Und sie auch nicht. Das ist nicht ... Das kannst du nicht veröffentlichen.«

»Ich habe es Stacey schon gezeigt«, sagt er. »Sie ... sie findens toll.«

»Tja, dann sag ihnen, es sei ein Fehler gewesen. Sag, du hättest irgendwo abgeschrieben.«

»Sloane ...«

»Hattest du überhaupt vor, es mir zu sagen?« Plötzlich weiß ich, wie Gabe sich an jenem Tag im Flur gefühlt haben muss, als er feststellte, dass *Der Traum* weg war.

»Natürlich«, sagt er. »Aber du solltest wissen, dass das kein Protokoll deines Lebens oder deiner Erfahrungen mit Vera und Gabe ist. Ich will nicht bestreiten, dass ich mich davon habe inspirieren lassen, aber das hier ist etwas anderes, und ich glaube, wenn du das Ganze liest ...«

»Ich will nicht das Ganze lesen.«

»Ich glaube, wir sollten uns einfach zusammensetzen und das in Ruhe besprechen. Wir können deine Mutter dazuholen ...«

»Ja, das machts bestimmt besser. Ihr beide seid ja so gut darin, Dinge zu besprechen.«

»Was soll das denn heißen?«

»Es heißt, dass ich Bescheid weiß. Über dich und Mom. Ich weiß, was los ist. Ich bin nicht blind.« Ich kann nicht anders. Es rutscht mir raus, bevor ich es zurückhalten kann.

Mein Vater starrt mich bloß an.

»Ich fahre zu Vera«, sage ich.

Er lässt mich gehen. Steht einfach bloß da, mit überraschtem und verletztem Gesichtsausdruck, und es macht mir noch nicht mal etwas aus, so wütend bin ich.

Ich gehe die Treppe runter und Schritte tapsen hinter mir her, aber nicht die meines Vaters. Zu leicht, zu schnell.

»Was hast du damit gemeint?«, fragt Laney, als ich bereits den Knauf der Haustür in der Hand halte.

»Wie bitte?«

»Was hast du damit gemeint, ›Ich weiß Bescheid über dich und Mom‹? Was weißt du?«

Ich kneife kurz die Augen zu und schinde ein paar Sekunden, um mich zu sammeln, aber das ist gar nicht so einfach, während neue Panik in mir aufsteigt.

»Du hast gelauscht?«, frage ich, als ich mich zu Laney umdrehe. Sie ist auf der vorletzten Stufe stehen geblieben, eine Hand am Geländer. Sie trägt ihr Lieblings-*TION*-T-Shirt. Die Vorderseite schmückt eine Nahaufnahme von Kais Gesicht, das mich breit und unbekümmert anstrahlt.

Aber Laneys Miene über seinem körperlosen Kopf ist ernst.

»Sag einfach, was du gemeint hast«, beharrt sie und spielt damit unwillkürlich auf das an, was ich neulich zu Vera auf dem Steg gesagt habe: *Ich bin ein direkter Mensch. Ich ... sage bloß, was ich denke.*

Aber das ist nicht die ganze Wahrheit, oder? Denn

ich tue es nicht immer. Jetzt beispielsweise kann ich es auf keinen Fall tun.

»Es ist nicht nett zu lauschen«, ist alles, was ich sage.

Das darauf folgende Mr-Yuk-Gesicht ist beeindruckend. Ich glaube, Laney hat es sogar noch optimiert.

»Ich gehe weg«, sage ich. »Aber ich bin bald zurück.« Mit diesen Worten verlasse ich das Haus.

Kapitel 42

»Wir sind bloß Figuren für ihn«, erkläre ich Vera. Ich bin aufgeregt in ihrem Zimmer auf und ab gegangen, jetzt bleibe ich stehen und nehme eins der Bücher meines Vaters aus ihrem Regal und wedele damit. »Es ist, als wären wir die Typen aus der verdammten *Were School* und als könnte er uns einfach ... so hinbiegen, wie es ihm passt. Und das ist nicht in Ordnung, das ist ...«

Die Tür geht einen Spalt auf. »Hey, Dad hat gesagt ...«

»Bitte anklopfen«, sagt Vera.

Gabe steckt den Kopf zur Tür herein und sieht mich wütend und mit hochgezogenen Schultern dastehen. Ich hasse es, wütend zu sein. Jedes Mal, wenn ich bisher wütend war, wurde ein Teil meiner Wut noch davon angeheizt, dass ich wütend darüber war, wütend zu sein. Ein Zug auf einem kreisförmigen Gleis. »Was ist los?«

Da gäbe es gerade zu viel aufzuzählen. Das Buch, meine Eltern, Laneys Gesichtsausdruck vorhin auf der

Treppe … Ich weiß nicht, wie ich das lösen soll. Nichts von alledem.

»Ihr Vater will ein Buch über uns schreiben«, antwortet Vera an meiner Stelle und wählt den größten und offensichtlichsten Grund aus – den, der die Wut ausgelöst hat, den einzigen, den ich ihr genannt habe, als ich herkam, weil nur dafür meine Beherrschung reichte.

»Über dich und mich?« Er betritt das Zimmer. »Warum?«

Vera zuckt die Achseln. »Offenbar sind wir unwiderstehlich.«

»Wie hat er unsere Figuren genannt?«, fragt Gabe.

»Das ist das Erste, was dir dazu einfällt?«, frage ich. »Im Ernst?«

»Ich will einen guten Figurennamen«, sagt er einfach.

»Ich bin Viv und du bist Jake«, erklärt Vera.

»Sind wir sexy? Und wer spielt uns im Film?«

Ich lächele beinahe.

»Bist du nicht sauer?«, frage ich.

»Sauer? Warum? Na ja … es ist schon irgendwie … komisch. Aber gleichzeitig auch … schmeichelhaft.« Er lässt sich am Fußende von Veras Bett nieder.

»Was ich nicht verstehe, ist, warum dir das jetzt plötzlich was ausmacht«, sagt Vera.

»Was soll das heißen, *jetzt plötzlich*?«

»Du kommst doch in allen Büchern deines Vaters vor.«

»Quatsch.«

»Vielleicht nicht immer so eindeutig erkennbar. Vielleicht nicht immer als Jugendliche mit deinen Haaren und deinen Augen und so, aber … Sheila in *Nichts als Hoffnung*?«

»Die alte Dame?«

»Sie reißt deine Witze«, sagt Vera. »Und Austin in *Stunde um Stunde*? Der Sohn des Schulleiters? Penelope in *Sand an unserem Strand*?« Sie nimmt mir das Buch aus der Hand und blättert es durch, bis sie ungefähr in der Mitte auf eine bestimmte Seite stößt. *»Penny lachte selten. Das war pure Ironie, geradezu eine Laune des Schicksals, denn sie konnte jedem in fast jeder Situation ein Lachen entlocken. Es war ein Talent, das sie zu einer Kunstform erhoben hatte, der gut platzierte Scherz, aber trotzdem lachte sie selbst kaum. Und wenn es einem gelang, ihr ein Lachen abzuluchsen – ein Kichern oder ein Schnauben oder, am allerbesten, ein lautes, kehliges, bellendes HA! –, war das ein Sieg.«*

Vera sieht zu mir auf. »Hast du das nicht … wie konnte dir das nicht auffallen?«

»Das bin ich nicht.«

»Doch, das bist du«, sagt Vera mit sanftem Gesichtsausdruck. »Natürlich bist du das. Penny ist schnell, sie ist total witzig, sie« – sie blickt auf die Seite hinab – *»verkörpert zu gleichen Teilen Loyalität und gerechtfertigte Empörung.«* Sie sieht wieder zu mir auf. »Erkennst du dich wirklich nicht?«

»Es ist die gerechtfertigte Empörung, die dich so loyal macht«, sagt Gabe.

Ich schüttele den Kopf. »Aber was ist mit euch? Was ist mit eurer Geschichte?«

»Wir sind nicht die Einzigen auf der Welt, die jemanden verloren haben«, sagt Vera. »Und außerdem«, sie klappt das Buch zu und drückt es mir wieder in die Hand – »ich mag seine Bücher. Es wäre mir eine Ehre.«

Gabe beugt sich mit verschränkten Händen vor. Ich kann gerade so die kleine Zahlenreihe sehen, die an der Innenseite seines linken Handgelenks beginnt. Er nickt mir zu und ich nicke zurück, plötzlich unfähig zu sprechen.

Es ist der beruhigende Ausdruck in ihrem Blick, zusammen mit den Überresten des Verrats durch meinen Vater, und das in Kombination mit dem Schock über *Du kommst doch in allen Büchern deines Vaters vor*. Meine Kehle ist wie zugeschnürt und meine Augen brennen.

»Mandy hat Schmorbraten zum Essen gemacht«, sagt Vera. »Er war furchtbar. Willst du was?«

Gabe verdreht die Augen. »Ich bin wirklich froh, dass du im Verkauf arbeitest, mit Treffern wie diesem. Du bist bestimmt die Beste. ›Hier, versuchen Sie dieses Produkt – es ist abscheulich.‹«

»Nicht jeder bekommt die Gelegenheit, den schlechtesten Schmorbraten der Welt zu kosten, Gabe. Das ist eine einmalige Erfahrung.«

»›Mögen Sie gutes Essen? Wie wärs dann damit: Probieren Sie stattdessen dieses schreckliche Gericht hier.‹«

So geht es noch eine Weile hin und her, bis ich wieder sprechen kann, und ich bin den beiden äußerst dankbar.

Kapitel 43

Die Weihnachtsferien rücken näher und Gemma Crane hat immer noch nicht angerufen.

Ich habe ihr drei Nachrichten hinterlassen. Remy und ich diskutieren, ob wir ihr auch noch eine vierte hinterlassen sollen. Er ist dagegen – *Drei reichen. Vier sieht nach Verzweiflung aus.*

Aber ich will unbedingt noch dranbleiben. Jetzt sind wir schon so weit gekommen, da will ich nicht einfach aufgeben. Und außerdem ist es eine willkommene Abwechslung bei allem, was gerade los ist.

Mein Vater und ich haben nicht mehr über das Buch gesprochen. Laney hat nicht mehr wegen dem, was sie mitgehört hat, nachgefragt. Aber es fühlt sich trotzdem so an, als befänden wir uns zu Hause in einem besonders fragilen Zustand – als könnte man mit einem falschen Schritt an einen Draht stoßen, der das Ganze zur Explosion bringt.

Es ist schön, am Samstag nach dem letzten Schultag

auszugehen. Wir sitzen nachmittags bei Bree im Wohnzimmer rum, lassen einen Film im Hintergrund laufen und genießen die Freiheit der Weihnachtsferien.

Da klingelt mein Handy.

Als ich aufs Display schaue, macht mein Herz einen Satz. Es ist Gemma Cranes Nummer.

Ich trete auf die Terrasse hinaus und schließe die Tür schnell hinter mir. »Hallo?«

»Spreche ich mit Sloane Finch?«

»Ja.«

»Hallo, Sloane. Es tut mir wirklich leid, dass ich mich erst jetzt zurückmelde, aber hier spricht Gemma Crane und ich rufe wegen deiner Fragen zu dem Gemälde von Laura Fuller an ...«

»Genau. *Der Traum*. Haben Sie es?«

»Ja, wir haben es«, sagt sie.

Ich atme aus.

Ich schicke Remy eine Nachricht und er kommt raus. Es ist kalt draußen und Regen liegt in der Luft, aber wir stehen trotzdem auf Brees Steg. »Bist du sicher? Absolut und vollkommen sicher?«

»Das ist es«, erkläre ich. »Sie hat gesagt, im Moment hinge es in der öffentlichen Galerie ihres Kunden, aber es soll in seine Stadtwohnung gebracht werden.«

»Das ist nicht gut, oder?«

»Wieso ist das nicht gut? Hast du nicht zugehört? Sie hat es. Sie haben es. Das richtige Bild.«

»Aber ist es zu verkaufen?«

Das ist das Problem, aber ich lasse mich nicht abschrecken. »Nicht … direkt. Sie hat gesagt, sie glaubt nicht, dass er verkaufen will, aber sie würde dem noch mal nachgehen.«

»Und … was machen wir jetzt?«

Darüber habe ich bereits nachgedacht. »Nächsten Monat habe ich mein Vorsingen an der Clark School. Wenn ich dort bin, gehe ich hin und rede mit ihr. Versuche es zurückzubekommen.«

»Glaubst du denn wirklich, dass sie verkaufen?«

»Natürlich. Sie müssen bloß die Geschichte hören. Wenn ich da hingehe und ihr alles erzähle … müssen sie es einfach zurückgeben.«

Remy wirkt nicht ganz so überzeugt.

»Warum bist du nicht aufgeregt?«, frage ich. »Das ist … das ist ein Durchbruch! Anstatt wieder nur herauszufinden, wo das Bild *gewesen* ist, haben wir jetzt tatsächlich den Ort gefunden, wo es gerade in diesem Moment wirklich *ist*! Was bedeutet, dass wir hinfahren und es holen können!«

»Ich denke einfach, du unterschätzt den Hinfahren-und-es-holen-Teil.«

»Aber jetzt sind wir doch schon so weit gekommen.«

»Ja, die Frage ist nur, ob es Gemmas Kunden interessiert, wie weit wir gekommen sind.«

»Worüber redet ihr?«

Ich sehe auf. Vera und Gabe kommen auf uns zu.

Als sie uns erreicht haben, werfe ich Remy einen Blick zu.

»Nichts«, sagt er und in den Augen der Zwillinge ist ganz klar zu lesen, dass sie das für Blödsinn halten. Ihre Übereinstimmung ist beeindruckend.

Also atme ich tief durch, denn jetzt ist es so weit. Es ist nicht so gut, wie es ihnen direkt zu überreichen, aber wir sind dem Gemälde näher denn je und ich bin zu aufgeregt, um es noch länger vor ihnen geheim zu halten. »Wir haben versucht, dieses Bild zu finden. Das, das verkauft wurde.«

Gabe blinzelt. »Das ... das habt ihr zwei die ganze Zeit über gemacht?«

»Ja.«

»Aber ... warum?«

»Für dich. Für euch beide. Ich weiß, wie viel es euch bedeutet, und es kam mir nicht richtig vor ... dass es bei irgendjemand anderem zu Hause hängt oder in irgendeinem Wartezimmer oder so. Es gehört zu euch.«

Gabe starrt mich immer noch an, die Lippen leicht geöffnet, in seinem Blick etwas wie Fassungslosigkeit, aber auch eine Art ... ich weiß gar nicht genau. Begeisterung, vielleicht.

»Wir haben hier angefangen, bei Meira, und dann kam es in eine Arztpraxis in Mobile, wo es dieser alte Mann gekauft hat ... es war fast wie ein Witz. Aber schließlich haben wir es aufgespürt und ich hole es jetzt zurück. Es ist in New York. Es sollte eine Überraschung sein. Aber ... so ist es auch okay, oder? Vielleicht könnten wir alle zusammen hinfahren. Mein Vater würde uns bestimmt Flugtickets besorgen, wenn du James aus *Were School* dazu bringst, ihm zu twittern oder so.«

Jetzt sehe ich zum ersten Mal Vera an und ihr Gesichtsausdruck ist das Gegenteil von Gabes.

»Sloane«, sagt sie, als unsere Blicke sich begegnen, und sie wirkt … traurig und eigenartig verzweifelt. »Scheiße. Hättest du mir das bloß erzählt.«

»Was ist?«

Vera schüttelt nur den Kopf. »Hättest du es mir bloß erzählt.«

»Was denn?« Gabe wendet sich an Vera.

Sie holt tief Luft, sieht aufs Wasser hinaus und sagt stockend: »Mandy hat das Bild nicht aus Versehen verkauft. Ich hab es auf den Stapel gelegt. Zu den anderen, die an Meira gehen sollten. Ich wusste … ich wusste, dass sie es mitnehmen würde. Ich … wollte, dass sie es mitnimmt.«

Gabe sagt nichts.

»Ich konnte es mir nicht ansehen.« Veras Augen glänzen, ihr Blick huscht zwischen uns beiden hin und her. »Ich mochte es nicht in meiner Nähe haben. Wo ich wusste … wo ich wusste …«

»Wo du was wusstest?«, fragt Gabe mit leiser Stimme.

»Nicht sauer sein.« Das ist an uns beide gerichtet, aber ich bin nicht sauer. Eher verwirrt, und ich weiß nicht, was ich sagen soll. Gabe allerdings schon.

»Du hast es gewusst. Wie viel es ihr bedeutet hat. Du wusstest es. Wie konntest du …?«

»Wir haben versagt«, sagt Vera. »Ja, das haben wir.

Und ich konnte es nicht mehr sehen. Ich konnte den Gedanken nicht ertragen, dass es da war, okay? Und du hast doch noch nicht mal bemerkt, dass es weg war. Du bist da sowieso nie reingegangen. Also ... hör bloß auf, mich so anzugucken.«

Das tut er auch. Er geht ein paar Schritte zur Seite, dann kommt er zurück. »Du bist so was von egoistisch – weißt du das?«

»Hey«, sage ich schließlich. »Komm schon. Das ist nicht fair.«

»Nicht fair«, sagt er zu Vera und zeigt dabei auf mich. »Siehst du, sie hat ›nicht fair‹ gesagt. Und nicht ›Das ist nicht wahr‹. Weil sie weiß, dass es wahr ist. Das wissen wir alle.«

»Sprich nicht für mich«, sage ich.

»Misch dich nicht in Sachen ein, die dich einen Scheiß angehen«, entgegnet er und das versetzt mir einen Stich. Es ist so anders als dieser sanfte, ungläubige Blick gerade eben.

»Puh«, sagt Remy, »vielleicht sollten wir uns alle einen Moment entspannen und ...«

»Es geht mich sehr wohl etwas an«, unterbreche ich ihn, obwohl ich weiß, dass das wahrscheinlich nicht stimmt. »Du hast dafür gesorgt, dass es mich etwas angeht.«

Das lässt Gabe mir nicht durchgehen. Er erkennt eine Unstimmigkeit auf eine Meile Entfernung. »Ach ja? Ich habe dich also gebeten, nach dem Bild zu suchen. Ich habe dich gebeten, zu Meira zu gehen. Ich habe dich an dem ersten Abend gebeten, dir Mason Pierce vorzunehmen. Ich stand da und habe dich um all das direkt gebeten. Ist das so? Wirklich?« Er starrt mich an, ohne mit der Wimper zu zucken, und ich … werde rot und furchtbar verlegen auf eine Art, die ich hasse.

»Sie ist nicht egoistisch«, sage ich bloß.

»Wie würdest du es dann nennen?« Er wendet sich an Vera. »Du interessierst dich bloß für deine Freundin, dafür, Fotos von dir zu machen, und was Fremde im Internet von dir denken. Für diese drei Sachen. Du beschäftigst dich nur noch damit und tust so, als wäre es egal, dass sie weg ist, als würde es dir gar nichts ausmachen, und das ist verdammt egoistisch, Vera.«

Ich bemerke es kaum, als Aubrey und Bree dazukommen. »Was ist los?«, fragt Bree im selben Moment, als Aubrey mit einem Blick auf Vera sagt: »Was habt ihr denn?«

Vera weint, dicke runde Tränen rollen ihr über die Wangen und das ertrage ich nicht. Es ist nicht einmal annähernd wahr, was Gabe da sagt – es ist, als würde er sie überhaupt nicht kennen –, und plötzlich ist es wie mit Mason in der Küche, nur dass die Rollen jetzt vertauscht sind. Alles ist durcheinander, andersrum. Gabe ist Mason und Vera ist Gabe und ich bin immer noch ich, die hoffnungslose, idiotische Beschützerin. Ich fühle wieder, wie dieser Schalter umgelegt wird, sich der Stromkreis in mir schließt, ich mache den Mund auf und die Worte strömen einfach heraus, wie so oft.

»Du willst über Egoismus reden?« Ich starre Gabe

an. »Ist dir eigentlich klar, wie schwer es ist, es mit dir auszuhalten, weil nichts – niemand – dir das Wasser reichen kann? Nichts macht dich glücklich – alles ist irgendwie ... so verdammt *unzureichend.* Und das ist wahnsinnig anstrengend. Du hast nicht das Monopol auf Trauer. Veras Mutter ist auch gestorben, weißt du?«

Es ist still. Aber eigentlich auch nicht. Man hört das Plätschern des Wassers am Steg, das Knarren des schaukelnden Bootes, und etwas weiter weg ein Auto, das die 30A entlangdröhnt. Aber zwischen uns ist es still. Gabe starrt auf die Planken unter unseren Füßen, Vera weint lautlos und ich stehe mit geballten Fäusten und rasendem Herzen da.

»Weißt du, was?«, sagt er schließlich. »Weißt du, was ich früher gedacht habe?«

Ich antworte nicht.

»Ich dachte, vielleicht hattest du noch nie gute Freunde, weil niemand dich zu schätzen wusste. Vielleicht haben die anderen einfach nicht kapiert, wie toll du bist. Aber jetzt ist es mir klar. Es liegt nicht an den anderen. Es liegt an dir. Du tust so, als wären die anderen dir wichtig, du ziehst diese Show ab, dass du da bist und zuhörst und ... uns zudeckst, aber das ist ... Blödsinn. Du tust so, als hättest du eine harte Schale, wärst aber insgeheim, innen drin, ganz weich, warm und verständnisvoll. Aber das ist die Lüge, Sloane, denn darunter bist du eiskalt. Und mir ist klar, warum du keine Freunde hattest. Ich verstehe es. Denn was macht man mit jemandem, der so ist? Wie nah kann man ihm kommen, bevor man bemerkt, dass da nichts ist, dem man nahekommen kann?«

Fast unweigerlich sehe ich Vera an. Ich sehe sie an, damit sie ihm sagen kann, dass er sich irrt. Aber sie weicht meinem Blick aus.

»Na, toll«, sage ich schließlich. »Ja. Denn das ist alles so genial. Freunde zu haben ist das Beste. Ihr habt das ja auch echt raus. Und es ist auch überhaupt nicht mies, dass ihr Geheimnisse voreinander habt oder hinter dem Rücken der anderen über sie redet.«

»Ich glaube, wir sind gerade alle etwas aufgeregt«, sagt Remy ruhig, wie immer die Stimme der Vernunft, aber die haben wir inzwischen weit hinter uns gelassen. »Vielleicht sollten wir wieder reingehen.«

»Ja, oder vielleicht solltest du Gabe fragen, warum Aubrey mit dir Schluss gemacht hat. Er wusste es nämlich die ganze Zeit über.«

»Sloane.« Das ist Bree, die immer noch mit Aubrey am Ende des Stegs steht. Jetzt wende ich mein grausames Licht ihnen zu, Saurons verdammtes Auge, das alles versengt, was ihm in den Weg kommt.

»Nur fürs Protokoll, es interessiert die anderen einen Scheiß, welche Promis dir im Internet geschrieben haben, Bree.«

Nicht gut, sagt Cecily in meinem Kopf. *Nicht gut nicht gut nicht gut.*

Und das wars. Mehr habe ich nicht. Bevor irgendjemand reagieren kann, erwachen meine Beine zum Leben und tragen mich davon. An allen vorbei, runter vom Steg, zwischen den Bäumen hindurch, ums Haus herum. Ich hole mein Fahrrad und strampele heftig und schnell die Straße entlang und raus auf die 30A.

Sam war unabhängig, fast schon an der Grenze zur Einsamkeit. Allerdings glaube ich nicht, dass sie wusste, was es bedeutete, einsam zu sein.

Doch. Doch, das wusste sie. Und es gefiel ihr. Allein bedeutete nicht automatisch einsam, aber manchmal schon, und selbst dann genoss sie es.

Mittagessen im Musikraum. Nachmittage lesend im Park. Einsamkeit war eine Art Sehnsucht, aber es war auch diese unglaubliche Freiheit. Auf niemanden angewiesen zu sein und niemand, der auf sie angewiesen war. Niemanden enttäuschen zu können und niemand, der sie enttäuschen konnte. Allein zu sein war gut, tröstlich und verlässlich. Vielleicht war mit Sam nicht alles in Ordnung, aber vielleicht waren es auch die anderen, die in Ordnung gebracht werden mussten.

Das würde mein Vater nie schreiben. Er kennt sie nicht so wie ich.

Das Wasser fliegt auf beiden Seiten an mir vorbei, der Wind rauscht mir in den Ohren und dann fällt mir der Abend im Kinderzimmer mit Gabe wieder ein, als ich ihm gesagt habe, er sei nicht allein. Als ich wollte, dass er mir glaubte. Wie war das möglich? Wie konnte ich mir für jemand anderen das Gegenteil von dem wünschen, was ich mir selbst wünschte?

Ich bin ein einziger Widerspruch. Der Himmel wird immer dunkler, was voll dem Klischee entspricht – aber vermutlich würde jedes Wetter irgendeinem Klischee entsprechen. Der wunderschöne Sonnenuntergang, der mein Leid verhöhnt. Die Gewitterwolken, die meine innere Aufgewühltheit widerspiegeln. Nichts ist neu, alles ist abgedroschen, am anderen Ende des Regenbogens wartet kein Gold auf dich, und es liegt mir einfach nicht, dass mir das noch irgendwas ausmacht.

Es fängt an zu regnen und mir entschlüpft ein Schluchzen – ich kann es nicht zurückhalten. Die Spitzen der höchsten Häuser von Opal tauchen in der Ferne über den Bäumen auf, als ich den Meeresarm hinter mir lasse, und genau in diesem Moment rutscht mein Rad weg, ich gerate ins Schlingern, knalle gegen die Leitplanke und die Erde steht plötzlich senkrecht.

Kapitel 44

Ich falle nicht in Ohnmacht. Das wäre ja auch zu schön gewesen. In Büchern und Filmen fallen die Leute praktischerweise immer in Ohnmacht. Besonders gegen die Bücher aus der *Nancy Drew*-Reihe habe ich was einzuwenden, weil Nancy mehr Kopfverletzungen erleidet als die gesamte National Football League zusammen, aber nicht ein einziges Mal ein CT machen lässt.

Ich liege im Kies auf dem Damm, der von der Straße runter zum Wasser führt. Aus den Augenwinkeln kann ich mein Fahrrad sehen, dessen hinteres Schutzblech total verbogen ist, während sich das Rad, das in die Luft ragt, immer noch dreht. Das Handy ist mir aus der Tasche gefallen. Ich entdecke es ein Stück den Damm runter. Das Display ist kaputt.

Ich setze mich vorsichtig auf. Meine ganze linke Seite schmerzt. Es dauert eine Weile, aber irgendwann habe ich mich aufgerappelt und hebe mein Handy auf. Es leuchtet nicht.

Bis nach Hause sind es noch fast fünf Kilometer und es regnet. Vielleicht habe ich das verdient. Also tue ich das Einzige, was ich tun kann. Ich lasse das Fahrrad liegen und mache mich zu Fuß auf den Nachhauseweg.

»Wenn du Sarah wirklich liebst«, sagte Ruthie und sah mit großen braunen Augen vertrauensvoll zu ihrem Vater auf, »wie konntest du dann so etwas sagen?«

Jack schlang die Arme um seine Tochter und legte sein Kinn einen Augenblick in ihre Halsbeuge. So konnte es nicht immer bleiben; das wusste er. Sie wäre nicht ewig ein kleines Mädchen und es deutete sich bereits eine Zeit an, in der er am Rand stehen und zusehen würde, wie jemand anderes sie im Arm hielte. Wie jemand anderes sie trösten und bei ihr Trost finden würde.

»Ich habe es nicht so gemeint24«, sagte er nach einer ganzen Weile. »Manchmal ... manchmal sagen Leute, wenn sie wütend sind, Dinge, die sie nicht meinen.«

»Warst du wütend auf Sarah?«

»Ja.« Kurze Pause. »Nein.«

Er drehte Ruthie in seinen Armen. Gemeinsam sahen sie aufs Wasser hinaus.

»Ich war wütend auf mich selbst«, sagte er. Die schmerzliche Wahrheit.

»Was liest du da?«, fragt Laney an meiner Zimmertür.

Ich halte das Buch hoch, damit sie den Umschlag sehen kann.

»Der Film hat mir gefallen«, sagt sie. »Abgesehen von dem toten Hund.«

»Ein toter Hund muss vorkommen.« Ich knicke die Ecke der Seite um. »Sonst ist es kein richtiger Roman.«

Laney betritt mein Zimmer. »Welches Kuscheltier willst du?«

Ich habe nur zwei, die auf dem Regal über meinem Schreibtisch sitzen. »Ich brauche keins.«

Sie sieht mich nur an.

»Teddy«, sage ich. Sie durchquert das Zimmer und holt den Bären runter.

»Du könntest ihm einen etwas originelleren Namen geben«, sagt sie, während sie Teddy neben mir unter die Decke schiebt und sich dann ans Fußende meines Bettes legt. Sie stützt den Kopf auf den Armen ab und sieht mich erwartungsvoll an.

»Was ist?«

»Ich warte nur.«

»Worauf?«

»Darauf, dass du mir sagst, warum du traurig bist.«

Ich weiß gar nicht, wo ich anfangen soll. *Traurig* ist bloß die Spitze des Eisbergs.

Ich habe meinen Eltern nichts von dem Streit erzählt, als ich am Spätnachmittag nach Hause kam. Ich kam klatschnass, mir den Arm haltend und weinend zur Tür herein, und anstatt zu sagen: »Ich habe die Clique meiner Freunde gesprengt«, heulte ich bloß: »Ich bin vom Fahrrad gefallen«, da es das vordringlichere und lösbarere der beiden Probleme war.

Sie fuhren mit mir in die Notaufnahme und ich wurde bandagiert, verbunden und mit einem Rezept für Schmerztabletten nach Hause geschickt, wo ich mich ausruhen sollte.

Und jetzt liege ich hier im Bett, Laneys große Augen fragend auf mich gerichtet.

»Ich bin vom Fahrrad gefallen«, sage ich.

Das nimmt mir Laney nicht einen Augenblick ab. »Du bist unglücklich«, erklärt sie. »Und zwar nicht bloß Fahrrad-kaputt-unglücklich, sondern richtig unglücklich.« Sie sieht mich blinzelnd an. »Sag jetzt nicht, dass das nicht stimmt. Sag mir einfach bloß, warum.«

»Meine Freunde sind sauer auf mich.«

»Warum?«

»Weil ich gemein zu ihnen war.«

»Dann entschuldige dich.«

»Ich ... ich glaube nicht, dass sie mir verzeihen werden.«

»Bitte sie darum«, sagt sie und schnaubt dann. »Obwohl – besser nicht. Das liegt dir einfach nicht.«

»Was würdest du machen?«, frage ich, obwohl ich beinahe doppelt so alt bin wie sie und es andersrum sein sollte. Ich sollte diejenige sein, die ihr Ratschläge erteilt. Vielleicht wenn sie in meinem Alter ist und ich erwachsen bin. Aber ich habe das Gefühl, dass Laney selbst dann noch die Weisere von uns beiden sein wird.

»Ich würde mich entschuldigen«, sagt sie einfach. »Richtig entschuldigen. Das haben wir in der Schule gelernt. Nicht so: ›Tut mir leid, dass deine Gefühle verletzt wurden‹, weil das eine unechte Entschuldigung ist. Sag: ›Es tut mir leid, dass *ich* deine Gefühle verletzt habe‹, denn das ist ernst gemeint. Mrs Hutchens nennt es: ›Verantwortung übernehmen.‹«

»Mrs Hutchens klingt ziemlich klug.«

»Das ist sie auch.« Laney pikt mir ins Bein. »Und ich auch.«

»Na ja, das wusste ich schließlich schon, nicht?«

Laney krabbelt im Bett nach oben neben mich. »Lies mir doch was vor«, sagt sie und legt den Kopf neben meinen aufs Kissen. Ich küsse sie auf die Schläfe. Dann schlage ich das Buch wieder auf und fange an zu lesen.

Kapitel 45

Laney schläft an diesem Abend in meinem Zimmer ein. Ich mache mir nicht die Mühe, sie in ihr eigenes Bett zu tragen, bin aber selbst noch nicht müde, also decke ich sie zu, schalte das Licht aus und gehe nach unten. Meine Mutter hat im Wohnzimmer leise den Fernseher laufen. Ich setze mich raus auf die Veranda und überlege, ob ich *Sand an unserem Strand* zu Ende lesen soll, aber ich bringe es nicht über mich, das Buch wieder aufzuschlagen. Laney ist direkt vor der Stelle eingeschlafen, die wir am wenigsten mögen – dem Tod des Welpen Avery.

Also sehe ich nur hinaus zu den Bäumen auf der anderen Straßenseite, hinter denen sich das kleine Haus duckt. Nach einer Weile kommt mein Vater raus.

Er nimmt das Buch vom Stuhl neben mir und wirft einen Blick auf den Umschlag. Es ist die Filmausgabe mit Dex Finnegan und einer wunderschönen Schauspielerin auf dem Cover, Stirn an Stirn, sanft von hinten angestrahlt.

»Kann ich dich was fragen?«, sage ich.

»Du kannst mich alles fragen, Sloane.«

»Warum musste Avery sterben?« Ich sehe zu ihm auf. »Und sag jetzt nicht: Ironie des Schicksals.«

Mein Vater atmet tief durch. »Nun, ich nehme an, Avery musste sterben, weil Sarah nicht gestorben ist.«

»Der Tod muss also in irgendeiner Form eine Rolle spielen. In einem Everett-Finch-Roman kann man nicht ungeschoren davonkommen. Einer muss ins Gras beißen.«

»Nein.« Er hält kurz inne. »Nein.« Es wirkt, als wolle er noch etwas sagen, aber er setzt sich nur neben mich.

»Also warum dann? Warum konnten sie nicht beide überleben?«

Er lehnt sich auf seinem Stuhl zurück. »Ich glaube, ich habe versucht, die Vorstellung zum Ausdruck zu bringen, dass etwas Perfektes zu Ende gehen und etwas Kaputtes weiterbestehen kann. Es gibt keine Gewissheiten. Überhaupt keine.«

»Sarah ist nicht kaputt«, murmele ich. »Krank zu sein heißt nicht, dass man kaputt ist.«

»Das weiß ich«, sagt er. »Aber verstehst du, was ich meine?«

Ich nicke.

»Ich hätte es besser gefunden, wenn der Hund nicht gestorben wäre«, sage ich. »Manchmal ... manchmal wäre es den Leuten vielleicht lieber, dass der Hund überlebt, als irgendeine tiefsinnige Botschaft übermittelt zu bekommen.«

Jetzt nickt er. »Die meisten Fanfictions haben ein Happy End. Wusstest du das? Das fasziniert mich. Es können die düstersten, trostlosesten und traurigsten Sachen für Preise nominiert werden und vielleicht sind es auch die besten, aber tief in meinem Inneren scheint mir, dass etwas an dieser mutmaßlichen Qualität nicht dem Gefühl das Wasser reichen kann, das man verspürt, wenn am Ende alles gut ausgeht. Man spürt dieses Klicken in der Brust, hat den Eindruck, etwas in dir findet seinen Platz. Das ist mir tausend Tragödien wert. Das … das ist etwas, das ich erst vor Kurzem gelernt habe.«

Er sieht zu mir herüber.

»Diese Geschichte bedeutet mir viel. Die neue, weißt du? Ich brauche sie. Mehr als ich je …« Er schüttelt den Kopf. »Ich habe in letzter Zeit so einiges durchgemacht. Ich weiß nicht, ob du das bemerkt hast.« Er sagt das ohne eine Spur von Ironie. Es ist kein Witz. So denkt mein Vater. Dass sein Leiden ihm allein gehört, dass er heldenhaft gelassen ist. »Aber das ist es jetzt. Das bringt den Umschwung.«

Ich muss wieder daran denken, wie ich meine Eltern im Flur stehen sah, ganz nah beieinander, nicht aus Liebe, sondern aus reiner Frustration. *Wenn du ein Schriftsteller bist, der nicht schreibt, was bist du dann?*

Ein Mensch. Ein gesetzestreuer Bürger. Ein hervorragender Koch, aber ein fürchterlicher Autofahrer, und, nicht zu vergessen, dreimaliger Gewinner des Chili-Kochwettbewerbs im Rahmen des Schulfestes an der

Bishop-Dubourg-Highschool. Ein Jickey-Shipper. Ein Vater. Sloanes und Laneys Dad.

Er schweigt. Schließlich sagt er: »Was war heute los? Abgesehen von dem Sturz. Würdest du ... es mir sagen, wenn noch etwas anderes war?«

»Nein.«

»Weil du sauer auf mich bist? Wegen des Buches?«

»Wirst du es veröffentlichen?«

Er antwortet nicht, was seine Art ist, Ja zu sagen.

Ich schließe die Augen. Ich weiß nicht, was ich sagen soll. Wie ich es sagen soll. Ich habe ihn so gern, aber ich weiß nicht, wie ich ihn erreichen soll. Wie Gabe auf dem Steg, dessen Augen plötzlich hinter einem Vorhang verschwunden sind. Wie Vera, die lautlos geweint hat. Nah genug, um sie zu berühren, aber ich konnte sie nicht *erreichen*, keinen von ihnen, und vielleicht liegt der Abstand überhaupt nicht an ihnen. Vielleicht liegt es an mir. Ich muss an Ella aus der Grundschule denken, an unser Abschiedsritual, das sich irgendwann verflüchtigte, so schleichend, dass ich gar nicht mal sagen könnte, wann. Wir ... hörten einfach auf damit. Und dann hörten wir auf, uns zu treffen. Ich hatte immer gedacht, sie hätte sich von mir entfernt. Aber was, wenn ich es gewesen war? Was, wenn ich diejenige war, die für den Abstand verantwortlich war.

»Ich bin nicht sauer auf dich«, sage ich nach einer Weile, denn was soll ich sonst schon sagen?

Er nickt. »Du weißt, wie sehr ich dich liebe. Oder?«

»Ja.« Es klingt rau.

»Gut.« Er steht auf und legt das Buch neben mich. Beugt sich vor und gibt mir einen Kuss auf den Kopf. Dann geht er wieder rein.

Kapitel 46

Am nächsten Tag lese ich eine Menge Fanfiction.

Ich stürze mich unwillkürlich auf ein bestimmtes Subgenre: AUs mit Seelenverwandten. Mein Vater hat was gegen sie: *Es nimmt ihnen die Autonomie. Es mindert die Wucht ihrer Entscheidung füreinander, weil sie nie wirklich eine Wahl hatten.* Ich bin da anderer Meinung. Ich will diesen automatischen Blitzschlag oder die Neuordnung der Welt, sobald sie sich zum ersten Mal sehen oder wenn sie in dem anderen das passende Gegenstück erkennen, feststellen, dass sie füreinander bestimmt sind. Ich will diese Garantie. Die Straße mag steinig sein, aber letzten Endes wird niemand seine Meinung ändern. Niemand wird irgendetwas unwiederbringlich zerstören. Das geht gar nicht. Es ist in ihrer DNA so angelegt.

Ich lese Fanfiction. Ich liege herum. Und ich versuche mich mit der Tatsache anzufreunden, dass ich all meine Freundschaften mit einem spektakulären Handstreich erfolgreich ruiniert habe.

Laneys Rat befolge ich nicht. Ich kann nicht. Ich weiß einfach nicht, wie, wovon es mir nur noch schlechter geht. Vielleicht bin ich nicht in der Lage, Verantwortung zu übernehmen.

Am späten Nachmittag klopft es an der Tür. Laney macht auf, weil ich in einem Nest aus Decken auf dem Sofa liege.

»Ist Sloane da?«, höre ich Vera fragen und dabei tritt sie bereits um Laney herum zur Tür herein. Sie sieht mich auf dem Sofa liegen und ihre Augen werden groß und beginnen zu glänzen. »Du hast mir nicht zurückgeschrieben.«

»Was machst du hier?«

»Du hast mir nicht zurückgeschrieben«, wiederholt sie. »Du bist nicht ans Handy gegangen und *dann habe ich dein verdammtes Fahrrad entdeckt.*«

Sie stürzt auf mich zu und umarmt mich fest, allerdings vor allem meine rechte Seite. »Mensch, Sloane«, sagt sie in mein Haar. »Du hättest tot sein können.«

»Es tut mir leid. Ich hätte … mein Handy hat den Geist aufgegeben und ich … ich …« Ich schüttele den Kopf.

»Was?«

»Ich wusste nicht … ob ihr überhaupt noch mit mir reden wollt.«

»Es gibt keine Welt, in der ich nicht mit dir reden wollen würde.«

»Eine Serienmörderwelt?«

»Da wären wir beide Serienmörder. Wir würden uns bei der Arbeit kennenlernen und uns zusammentun.«

Sie sagt das mit einer solchen Überzeugung und sieht mich mit dieser uneingeschränkten Loyalität und Tränen in den Augen an, dass etwas in mir aufbricht.

Ich lehne mich an sie. Berge mein Gesicht an ihrer Schulter, damit sie vielleicht nicht merkt, dass ich weine.

»Es tut mir leid«, sage ich gedämpft und könnte ewig so weitermachen. *Ich bin so schrecklich. Die Hälfte der Zeit weiß ich gar nicht, was ich tue. Die meiste Zeit weiß ich gar nicht, was ich sage. Ohne mich wart ihr alle besser dran, aber ich kann nicht wieder dahin zurück, wie es ohne euch war.*

Und das ist eigentlich der Kern des Ganzen. Sobald sich der Staub gelegt hat, sobald ich mich aus Versehen in einen Haufen Kies manövriert habe, habe ich erkannt, worum es eigentlich geht: Es war wunderbar, mich davon zu überzeugen, dass ich sehr gut allein zurechtkäme. Aber das war gelogen. Ich brauche Vera. Sie ist meine beste Freundin.

»Schon okay«, sagt sie und verändert ihre Position, um den Arm um mich zu legen.

»Nein, ist es nicht«, murmele ich. »Ich habe die Clique gesprengt.«

»Hast du nicht.«

Doch. Oder zumindest habe ich mein Verhältnis zu ihnen gesprengt. Es war fast schon beeindruckend. Es muss doch irgendeinen Preis dafür geben, so viele Leute, die einem wichtig sind, gleichzeitig vor den Kopf zu stoßen.

»Mir tut es auch leid«, sagt sie.

»Was denn?«

»Ich habe einfach nur dagestanden. Ich hätte etwas sagen sollen, habe es aber nicht getan.«

Ich löse mich von ihr und wische mir mit dem Ärmel über die Augen. »Wie konnte er das alles nur zu dir sagen?«

»Bei Geschwistern ist das was anderes.«

»Ich habe auch eine Schwester.«

»Aber Laney ist viel jünger als du. Das ist was anderes.«

Ich glaube nicht. Ich weiß immer noch, wie ich ein kleines Kind am Ufer war, das allein durch die flachen Wellen sprang. Und mich nach Mom und Dad unter dem Sonnenschirm umsah, zwei Paar Sonnenbrillen, zwei Paar aufmerksame Augen – obwohl ich immer nur annahm, dass ihre Augen auf mich gerichtet waren. Vielleicht sahen sie sich auch gegenseitig an.

Dann kam Laney und plötzlich hatte ich eine Freundin am Ufer, eine winzige Faust, die ich umklammern konnte, wenn die sanften Wellen sich über unseren Füßen brachen. *Lass sie bloß nicht los*, sagte meine Mutter immer, als Laney noch ein Kleinkind war – *Lass ihre Hand nicht los* –, aber einmal tat ich es, nicht mit Absicht, aber immer mal wieder überkommt mich das noch, die Überraschung und die Angst, als ich eine dieser Wellen über ihr zusammenschlagen sah. Meine Mutter, die zum Wasser gerannt kam und sie hochhob, Laney, die spuckte und dann weinte. *Ich habe dir doch gesagt, du sollst sie nicht loslassen!*, rief meine Mutter, aber daraus sprach eher Angst als Wut und ich wusste nicht, an wen ihre Worte gerichtet waren. Laney übergab sich neben unserem Sonnenschirm im Sand und meine Mutter befahl mir, das Erbrochene mit einer Plastikschaufel zu vergraben.

Manchmal muss ich noch daran zurückdenken: wie wir in die Welle gesprungen waren, wie mir Laneys rutschige Hand entglitt. Sie selbst erinnert sich gar nicht mehr daran. Es kommt mir seltsam vor, dass das überhaupt möglich ist, dass etwas, das für mich eine so große Sache war – eine Riesensache –, in ihrer Erinnerung überhaupt nicht existiert. Ich frage mich, ob es meinen Eltern genauso geht, mit all den Dingen, die ihnen passiert sind, bevor wir da waren.

Aber Vera und Gabe waren schon immer zusammen. In der Gebärmutter miteinander verbunden, gleichzeitig hinaus ins Leben entlassen. Vera hat recht – ich weiß nicht, wie das ist. Jemanden zu haben, mit dem man so viel teilt, eine solche Nähe. Vielleicht versteht man sich dann besser. Selbst in schlechten Zeiten. Weiß, wo man am härtesten trifft. Was am meisten wehtut. Aber vielleicht auch, wie man es wieder in Ordnung bringt.

»Ich weiß nicht, was ich zu ihm sagen soll«, sage ich. »Ich bin nicht seine Schwester.«

Veras Blick huscht zur Haustür, als wüsste sie es bereits, und als Gabe einen Augenblick später hereinplatzt, lächelt sie bloß.

»Scheiße, Mann«, sagt er außer Atem. Er wedelt mit seinem Handy. »Du kannst mir nicht einfach eine Nachricht schreiben, dass Sloane was Schlimmes passiert ist, und das dann nicht näher erklären.«

»Es geht ihr gut«, sagt Vera, obwohl ich mir sicher bin, dass ich im Moment nicht besonders gut aussehe. Lädiert, verschwollen und rotäugig. Vielleicht bloß halb gut.

Er sieht mich abschätzend an. Ich hebe meine Hand. »Verstauchtes Handgelenk. Ansonsten unversehrt.«

»Was ist passiert?«

»Sie ist gegen die Leitplanke geknallt und durch die Luft geflogen«, sagt Laney, die den Kopf zur Tür reinsteckt. »Papa hat sie ins Krankenhaus gebracht.«

»Du sollst nicht lauschen«, sage ich.

»Okay.« Sie betritt das Zimmer und setzt sich in den Lehnstuhl meines Vaters.

Vera ist deutlich amüsiert, aber als ich Gabe ansehe, ist sein Gesichtsausdruck ernst.

»Ist alles in Ordnung?«

»Laney, komm, wir holen was zu futtern«, sagt Vera.

»Ich habe keinen Hunger.«

»Ich aber. Warum zeigst du mir nicht, was ihr dahabt?«

Laney sieht aus, als wüsste sie genau, was Vera im Schilde führt, aber sie fügt sich. »Wir haben Kekse«, sagt sie und steht auf.

»Ich liebe Kekse.« Vera zwinkert mir zu, dann folgt sie Laney in die Küche.

»Ich dachte, du wärst sauer«, sagt Gabe, als sie weg sind, und schüttelt mit glänzenden Augen den Kopf.

»Wir … Vera hat dir eine Nachricht geschickt und ich dachte, du antwortest nicht, weil du sauer bist, nicht, weil du im Krankenhaus bist, verdammt noch mal.«

»Ich bin vom Fahrrad gefallen. Es war nichts Ernstes.«

»Laney hat gerade gesagt, du wärst gegen eine Leitplanke geknallt und durch die Luft geflogen!«

»Laney neigt zu heftigen Übertreibungen.«

»Du hast eine Schiene! Am Handgelenk!«

»Das ist nur zur Sicherheit. Ich muss sie auch nicht lange tragen.«

Wenn ich Gabes Gesichtsausdruck in diesem Moment hätte einordnen müssen, hätte ich gesagt, es wäre eine Mischung aus Angst und Genervtheit. Aber da ist auch … immer noch eine Art Begeisterung, glaube ich. Oder vielleicht ist das auch bloß Wunschdenken.

»Warum redest du überhaupt mit mir?«, frage ich.

Und jetzt wirkt er … verletzt?

»Nein … so meinte ich das nicht. Ich meine bloß … ich habe mich dir gegenüber benommen wie der weltgrößte Dödel.«

»Ich dachte, je größer, desto besser.«

»Ich habe mich dir gegenüber benommen wie der weltkleinste Dödel.«

Er schüttelt den Kopf. »Ich war ein noch kleinerer Dödel. Ein Minipenis.«

Ich kann nicht umhin zu lächeln. »Ja, nein. Alles, was ich gesagt habe …« Ich schüttele den Kopf. »Es tut mir leid.«

»Mir auch.«

Ich will sagen, dass ich es nicht so gemeint habe, aber ich finde, das ist eine Ausrede. In dem Moment habe ich es so gemeint; da wollte ich ihn verletzen. Und es war egoistisch und gemein. Also sage ich Gabe einfach die Wahrheit. »Es stimmt nicht, was ich gesagt habe. Das weißt du doch, oder?«

Er sieht mich bloß an und will gerade antworten, als …

»Wollt ihr auch Kekse?«, fragt Laney und hinter ihr taucht Vera auf und bildet mit den Lippen ein lautloses *Sorry*.

»Klar«, sage ich. Laney bringt mir die Packung und der Moment ist vorbei.

Kapitel 47

Erst spät am Abend mache ich mir die Mühe, mein Handy einzustöpseln. Es leuchtet tatsächlich auf, das Hintergrundbild ist zwar zersplittert, aber noch da. Augenblicklich fängt das Telefon an, unentwegt zu brummen, so viele Nachrichten sind eingegangen, eine ganze Reihe hintereinander von Vera, kurz nachdem ich bei Bree weggestürmt war.

kommst du zurück, damit wir reden können?
Tut mir leid, dass ich einfach nur dagestanden habe wie ein Idiot
Gabe hat das nicht so gemeint, was er gesagt hat
bitte melde dich

Ein Anruf in Abwesenheit später am Nachmittag. Und eine Sprachnachricht am Abend:

»Hey, also gut, ich weiß, dass du nicht antwortest und vielleicht bist du sauer … Okay, ich weiß, dass du sauer bist. Aber

können wir nicht einfach reden? Es tut mir leid ... das mit dem Bild und Gabe und allem tut mir leid. Ihm tut es auch leid. Meldest du dich bitte?«

Dann noch eine Nachricht von diesem Nachmittag: Scheiße, jetzt komm ich rüber.

Ich starre die Nachrichten eine Weile an. Vera ist eine viel bessere Freundin als ich. Sie geht mit gutem Beispiel voran.

Also sitze ich da und starre auf mein Display, und dann verschicke ich selbst ein paar Nachrichten.

Kurz darauf antwortet Bree:

Alles gut.

Manchmal überkommt es wahrscheinlich jeden mal

lololol

Von Remy und Aubrey höre ich allerdings nichts. Ich überlege, ob ich noch mal Entschuldigungsnachrichten rausschicken soll, komme dann aber zu dem Ergebnis, dass man beim Entschuldigen wahrscheinlich nicht zu aggressiv vorgehen sollte. Gabe hat vorhin erwähnt, dass Remy und er geredet hätten und dass die Sache zwischen ihnen geklärt sei ... aber vielleicht ist sie zwischen uns beiden noch nicht geklärt.

Dann kommen die Feiertage und es ist leicht, sich von Familienkram ablenken zu lassen – Einkäufe, Traditionen und so weiter. Vera, die die ganze Zeit mit Tash rumhängt, solange sie zu Hause ist, sehe ich kaum. Ohne Vera und da *Dodge's Market* über die Feiertage geschlossen hat, sehe ich auch Gabe nicht. Ich bekomme auch keine Nachrichten von ihm. Seit wir hergezogen sind, war mein Postfach noch nie so still.

Aber dann, ein paar Tage vor Silvester, klopft es an der Tür. Zu meiner Überraschung ist es Remy.

»Hey«, sage ich statt *Was machst du denn hier?* – aber ich nehme an, diese Frage schwingt automatisch in der Begrüßung mit.

»Heute startet die fünfte Staffel von *Were School*«, entgegnet er.

Natürlich. Mein Vater hat das in der letzten Woche auch nur ungefähr ein Dutzend Mal erwähnt.

»Bist du … hast du meine Nachricht bekommen?«

»Ja«, sagt er. »Tut mir leid, dass ich nicht geantwortet habe. Ich habe nur …« Er schüttelt den Kopf. »Ich habe nachgedacht. Und mir ist klar geworden, dass ich dich nicht hätte bitten sollen, dich um die Sache mit Aubrey zu kümmern. Weil du recht hattest. Da ist nichts mehr und ich muss es loslassen.«

»Habt ihr geredet?«

Er nickt.

Ich würde gerne fragen, ob alles in Ordnung ist. Aber ich bin nicht sicher, ob mich das was angeht. Also nicke ich bloß zurück.

»*Were School?*«, fragt er und ich verspüre den unglaublichen Drang, ihn zu umarmen, aber stattdessen halte ich ihm nur eine Hand für ein High five entgegen.

»Aber hallo.«

Frank veranstaltet eine Silvesterparty, aber ich gehe nicht hin. Ich bleibe zu Hause und wir gucken den Countdown im Fernsehen.

Vera postet ein Foto von sich und Tash mit glänzenden Partyhütchen aus Pappe, wie sie sich küssen, und dann noch eins, das offenbar direkt danach aufgenommen wurde, wo sie beide Grimassen schneiden.

Bevor ich antworten kann, schickt sie mir ein weiteres Foto. Es ist einfach bloß eine Seitenansicht von Gabe, der sich abgewandt hat.

Miesepeter weigert sich, einen Hut aufzusetzen, schreibt sie.

Ich weiß nicht, was ich darauf antworten soll, aber ein paar Minuten später brummt mein Handy erneut.

Ich glaube, du fehlst ihm.

Ich bin doch hier, schreibe ich bloß.

Genau, und wir sind hier. Deshalb das Fehlen.

Jetzt läuft »New York, New York« im Fernsehen. Laney ist an meine Mutter gelehnt auf dem Sofa eingeschlafen.

Ich schaue einen Moment auf Gabes Namen in meinem Handy. Dann tippe ich noch eine Nachricht. Frohes neues Jahr.

Hast du ihm gerade geschrieben? Er hat gelächelt.

Woher weißt du, dass die beiden Sachen zusammenhängen?, entgegne ich.

Ich glaubs nicht, du hast ihm wirklich geschrieben. Jetzt antwortet er.

Vera, ich brauche keinen Liveticker, schreibe ich.

Ich glaube, er hat gerade auf Senden geklickt.

Ich muss unwillkürlich lächeln, als die Nachricht von Gabe eintrifft: Frohes neues Jahr.

Und dann eine von Vera: Was hat er geschrieben? War es lahm? War es bloß ›Frohes neues Jahr‹?

Warum interessiert dich das so?, frage ich.

Tut es eben.

Los, gib deiner Freundin einen Kuss, sage ich.

Mit Vergnügen, erwidert sie, dann schickt sie mir ein Foto, wie sie Tash einen Kuss aufdrückt.

Kapitel 48

Und dann steht das Vorsingen vor der Tür.

Meine Eltern bringen mich zum Flughafen und sehen mir nach, als ich durch die Sicherheitskontrolle gehe. Ich winke ihnen über die Schulter zu und mache mich auf den Weg zum Gate.

Ich werde über Atlanta nach New York fliegen und dort bei meiner Tante Brenda wohnen. Das ist Dads Schwester. Tante Brenda arbeitet im Stadtzentrum für eine Versicherung und wohnt in der East Side. Sie hat keine Kinder, ist geschieden und trifft sich seit ein paar Jahren regelmäßig mit einem Kollegen, den sie als ihren *beau* bezeichnet. Jedes Mal, wenn ich sie sehe, fragt sie mich, ob ich selber irgendeinen neuen *beau* hätte.

Ich warte am Gate und mir ist so langweilig, dass ich ernsthaft darüber nachdenke, einen Heartmark-Account anzulegen, nur damit ich mit Vera winkydinken kann oder wie immer das heißt. Da fragt eine Stimme: »Sitzt hier jemand?«

Ich hebe ruckartig den Kopf.

Vera und Gabe grinsen mich an. Doppelte Zwillingsmagie.

»Was macht ihr denn hier?« Sie haben Rucksäcke auf und Vera hat eins dieser dicken Nackenkissen dabei.

»Wonach siehts denn aus?« Sie setzt sich neben mich. »Wir begleiten dich.«

»Wie das?«

»Na ja, wir hatten eigentlich vor, das Flugzeug zu nehmen, das gleich kommt«, sagt Gabe.

Ich verdrehe die Augen. »Nein, aber ich meine, wie denn?«

»Wir arbeiten«, sagt Vera. »Wir haben uns Tickets gekauft. Dein Vater hat uns gesagt, welchen Flug du nehmen würdest. Und er hat ein Hotelzimmer für uns reserviert, weil es offenbar ›unzumutbar‹ wäre, Brenda drei Jugendliche zu schicken. Er hat sie schon angerufen, um sie über die Planänderung zu informieren. Und er hat mir gesagt, ich soll dir sagen« – sie sieht zur Decke hinauf, wie um sich genau zu erinnern –, »›Keine Dummheiten. Na ja, vielleicht ein paar kleine. Aber benutzt euren gesunden Menschenverstand, wenn es um Dummheiten geht.‹«

Das sind ziemlich viele Informationen auf einmal und ich bringe nichts weiter heraus als: »Ihr kommt mit«, obwohl das ja bereits klargestellt wurde.

»Ich glaube, dein Vater wollte, dass sein Buch ein gutes Ende kriegt«, sagt Vera breit grinsend.

Am Freitag habe ich das Vorsingen an der Clark School.

Es ist eine hübsche kleine Musikhochschule – man kann kaum von einem Campus sprechen, es sind gerade mal ein paar zusammenhängende Gebäude in der Upper East Side. Sie strahlt Gemütlichkeit aus. Lebendigkeit. Und sie hat zweifellos etwas ... Künstlerisches an sich.

Nachdem ich mich den Vormittag über dort umgesehen, mich mit einem Stipendienberater getroffen und mit einigen Lehrkräften des Fachbereichs Gesang gesprochen habe, warte ich im Gang darauf, dass der Koordinator des Vorsingens mich aufruft. Ich stehe da, die Noten an die Brust gedrückt, und betrachte ein großes Schwarzes Brett voller Stundenpläne und Ankündigungen von Vorträgen und Meisterkursen. Im Raum nebenan probt ein Duo und ich höre ihre Tonleitern – Geige und Klavier, rauf und runter. Sie spielen sich warm und beginnen dann mit einem Kammerkonzert.

Es kommt mir alles so vor ... wie eine wunderbare kleine Musikblase, warm und einladend, und ganz plötzlich wird mir bewusst, was auf dem Spiel steht.

Ich gebe mir Mühe, mich nicht davon beeinflussen zu lassen. Wirklich. Ich bin unparteiisch, sozusagen die Schweiz des Musikhochschul-Vorsingens, weil es mir egal ist, wie es ausgeht. Völlig egal.

Ich wische mir die Hände an der Hose ab. Sie sind plötzlich verschwitzt.

Der Koordinator kommt mich holen, nimmt meine Noten entgegen und führt mich in den Raum.

Er ist nicht übermäßig groß, nur ein Studio mit einem Flügel, an dem der Begleiter sitzt. An der Wand neben der Tür sitzen fünf Professoren. Unter ihnen eine Frau mit kurzen Haaren und einer Brille mit Metallgestell, die ich heute Morgen kennengelernt habe. Sie lächelt mich an und gibt mir mit einer Handbewegung zu verstehen, dass ich mich neben den Begleiter stellen soll. Und dann beginnt das Vorsingen.

Es lässt sich nicht gut an.

Der Begleiter muss noch mal anfangen. Wir kommen kaum sechs Takte weit. Weil ich Probleme mit dem Tempo habe, ich bin zu schnell ...

»Versuchs einfach noch mal«, sagt die Frau mit der Brille freundlich.

Aber das hat mich durcheinandergebracht. Ich bin ganz durcheinander.

Ich singe das Stück etwa bis zur Mitte. Dann unterbrechen sie mich und bitten mich, zum nächsten Stück überzugehen. Mir zittern inzwischen die Hände, meine Kehle ist wie zugeschnürt – die Worte fühlen sich in meinem Mund an wie Watte ...

Aber ich verschränke meine zitternden Hände und lächele, als ich fertig bin; und die Seite mit den Übungen zum Vom-Blatt-Singen, die mir gereicht wird, wackelt nur ein winziges bisschen, als ich mich hindurchkämpfe. Es gelingt mir zu antworten, als ich gefragt werde, was meine Ziele als Musikerin sind, was ich in meinem Grundstudium erreichen will – obwohl ich um nichts in der Welt in der Lage wäre zu wiederholen, was ich gesagt habe. Ich würde mich vermutlich an kein einziges Wort erinnern.

Sie danken mir, als wir fertig sind, und ich danke ihnen und verlasse das kleine Studio – das winzige, perfekte Juwel eines Studios –, die Noten an die Brust gepresst, und will bloß weg hier, weit, weit weg …

Gabe wartet unten in der Eingangshalle auf einer Bank, umgeben von vier oder fünf Einkaufstüten, die sicher Vera gehören, aber sie selbst ist nirgends zu sehen. Als er mich erblickt, steht er auf.

»Wie ist es gelaufen?«, fragt er.

»Ich muss aufs Klo«, platze ich heraus.

Ich verschwinde in der Toilette, die von der Eingangshalle abgeht, doch sobald ich durch die Tür trete, denke ich, das war vielleicht ein Fehler – Vera könnte hier drin sein –, aber Gott sei Dank ist der Raum leer. Also warte ich einen Moment, der lang genug ist, um mich wieder zu sammeln, aber gleichzeitig kurz genug hinsichtlich der gesellschaftlich akzeptierten Zeit, die man auf einer Toilette verbringt. Ein paar heiße, brennende Tränen, ein paarmal tief durchatmen. Ich wasche mir das Gesicht, dann tauche ich wieder auf.

Gabe lehnt an der Wand gegenüber der Tür. Er richtet sich auf und greift nach den Einkaufstüten.

Ich verziehe mich beinahe wieder in die Toilette, aber er hält mich mit einem Schritt nach vorn zurück.

»Was war los?«

»Ich weiß es nicht«, sage ich, weil es der Wahrheit entspricht. Wie konnte ich es nur so vermasseln?

Nach all den Proben, all den Malen, die ich es mühelos geschafft habe, ohne auch nur darüber nachzudenken – rein, schön, klar, *automatisch* –, warum habe ich ausgerechnet jetzt versagt, wo es darauf ankam? Denn es kommt darauf an. Ich schaue auf das Plakat an der Wand hinter Gabes Kopf, das Szenen der Opernaufführung dieses Semesters zeigt: ein umwerfendes Mädchen in einem Kleid im Stil des achtzehnten Jahrhunderts, mit kunstvollen Gesten und geziertem Gesichtsausdruck.

Es kommt darauf an.

»Wo ist Vera?«

»Sie ist noch mal in den letzten Laden zurückgegangen. Hat sich mit der Größe vertan oder so. Bist du ... Willst du dich hinsetzen?«

Ich will, dass er mich nicht länger so ansieht. So offensichtlich besorgt. Und ich will die Worte zurückhalten, die in mir aufsteigen, aber ich kann nicht.

»Vielleicht hattest du recht«, sage ich.

»Womit?«

Ich meine, niemand liebt jemanden so sehr. Stimmts? Niemand ... fühlt das so.

Die Leute fühlen das sehr wohl so. Mein Gott, Sloane, natürlich tun sie das.

Ich blinzele gegen die Tränen an, die sich in meinen Augen sammeln.

»Vielleicht bin ich wirklich kalt. Wie du bei Bree meintest: dass ich darunter ... vielleicht bin ich ...« Die Worte bleiben mir im Hals stecken.

Gabe schneidet eine Grimasse. »Sloane, ich habe mich wie der letzte Arsch benommen …«

»Nein, vielleicht bin ich das wirklich. Aber vielleicht ist darunter noch eine weitere Schicht, wie bei einem … Parfait oder wie die Schokolade unten in der Eiswaffel. Vielleicht ist das die Tatsache … dass ich nicht weiß, wie mir etwas wichtig sein kann, ohne dass es mir zu wichtig ist. Und das könnte etwas Gutes sein, okay, aber was, wenn nicht? Was, wenn dich das von anderen Dingen abschneidet? Was, wenn du Angst hast …« Dich auf das, was du liebst, einzulassen. Zum Nachteil von allem anderen. *Es hat mir Angst gemacht,* hat Aubrey beim Winterball gesagt, und das kann ich jetzt verstehen.

Gabe sagt nichts. Er ist derselbe Junge, der Mason Pierce auf der Party in Grund und Boden gestarrt hat. Auch wenn die Situation hier eine ganz andere ist, weiß ich, dass sich genau diese Geduld auch gegen mich richten kann. Ich weiß, dass er lang genug warten kann.

Aber die Feuchtigkeit in meinen Augen hat ihre Höchstgrenze erreicht – ein Blinzeln oder sogar noch weniger wird dazu führen, dass sie überlaufen, und ich will nicht, dass Gabe das sieht.

»Würdest du dich bitte umdrehen?«

Er sieht mich noch einen Augenblick an. Aber er fragt nicht, warum. Er dreht sich einfach nur zu dem Mädchen auf dem Plakat um, das immer noch mitten in ihrem Gesang erstarrt ist.

Ich drücke mir die Hände auf die Augen. »Es ist nicht so toll gelaufen«, sage ich nach einer Weile.

Er lacht – nicht unfreundlich, nur ein sanftes Schnauben. »Das hatte ich mir fast gedacht.«

»Sags Vera nicht.«

»Warum nicht?«

»Ich versuche meine Probleme zwischen euch aufzuteilen. Vera kriegt die privaten und du die beruflichen.«

Er antwortet nicht, aber ich stelle mir vor, wie er die Stirn runzelt.

»Ich will einfach keine große Sache draus machen«, sage ich.

»Du kannst ruhig eine große Sache draus machen. Das darfst du.«

Ich schüttele den Kopf, obwohl er mich nicht sehen kann.

»Es wird noch weitere Vorsingen geben«, sagt er leise.

»Vielleicht.«

»Bestimmt.«

»Woher weißt du das?«

»Ich weiß es einfach.«

Es ist fast zu viel. Dieser blinde Glaube an meine Fähigkeiten. Eine neue Tränenwelle droht. Aber zum Glück piept in diesem Moment Gabes Handy und kurz darauf summt meins in meiner Jackentasche.

Es ist Vera: Wo seid ihr denn???

Ich werfe einen Blick um die Ecke. Vera steht vor dem Eingang, die Augen auf ihr Handy gerichtet.

»Sollen wir?«, frage ich Gabe und wische mir ein letztes Mal über die Augen.

»Bist du sicher, dass du …«

»Ja. Gehen wir.«

Vera trägt flauschige Ohrenwärmer und hat einen Riesenschal um den Hals geschlungen, in der Hand hält sie noch eine Einkaufstüte.

»Wart ihr shoppen?«, frage ich, während ich mir meinen eigenen Schal um den Hals wickele.

»Wie wars? Wie gehts dir?«, fragt Vera und fasst mich am Arm.

»Ja«, antwortet Gabe. »Wir waren in ein paar Läden.«

»Gabe, es interessiert niemanden, wo wir waren«, erklärt Vera, als wir das Gebäude verlassen.

»Es interessiert mich sogar ungemein«, sage ich. »Ich hätte gern eine Liste dieser Läden in alphabetischer Reihenfolge. Zusammen mit den Gegenständen, die in jedem Laden anprobiert wurden.«

»Sloane, du machst mich wahnsinnig.« Vera hängt sich an meinen Arm, während wir die Straße hinuntergehen. »Sag mir, wie's gelaufen ist.«

»Es ist gut gelaufen.« Es kommt ganz unbewegt heraus.

»Natürlich ist es gut gelaufen. Ich wusste, dass es gut laufen würde. Hab ich's nicht gesagt?«

»Nur ungefähr zwölf- oder dreizehnhundertmal«, sagt Gabe. »Gehört GAP unter *G* für *Gap*, oder *T* für *the* Gap?«

»G«, sage ich. »Gap Komma the.«

»Manchmal würde ich euch beiden am liebsten eine reinhauen«, sagt Vera, kann sich aber ein Lächeln nicht verkneifen.

Kapitel 49

Wir besuchen Gemma Crane. Ihre Galerie – oder die ihres Kunden – liegt in Chelsea. Es ist ein großer weißer Raum mit hoher Decke und glänzendem Holzboden. Auf einer Seite ist er von hohen Mansardenfenstern gesäumt und in der Mitte steht eine große Trennwand.

Und es gibt natürlich Kunst. Eine Serie abstrakter schwarz-weißer Scherenschnitte. Die große Statue eines Mädchens mit einem geblümten Kleid in der Pose des *Denkers*. Eine riesige Fotografie – bestimmt zwei mal zwei Meter groß –, eine Nahaufnahme in Farbe von zwei sich berührenden Zungen. Sie sind ausgestreckt, kommen eindeutig aus zwei Mündern, aber die Münder selbst sind wegretuschiert worden, sodass die Zungen allein stehen, unabhängig von ihren Besitzern.

»Ziemlich bunte Mischung«, sage ich und Gabe schnaubt. Vera macht ein Foto von den Zungen, das bestimmt entweder bei Tash oder im Internet landen wird, oder bei beiden.

Gabe sieht mich von der Seite her an, während Vera auf ihrem Handy herumtippt. Seit wir die Clark School verlassen haben, wirft er mir diese Blicke zu, was gleichzeitig nervig und liebenswert ist. Einerseits möchte ich ihm sagen, dass ich nicht gleich zusammenbrechen werde, andererseits möchte ich nie wieder darüber reden.

»Okay, jetzt müssen wir aussuchen, welches Werk wir wären, wenn wir ein Kunstwerk wären«, sagt Vera, nachdem sie das Foto verbreitet hat. Sie steckt das Handy in die Tasche und dreht eine Runde durch den Raum.

»Du«, sage ich und zeige auf das *Denker*-Mädchen. Vera verzieht das Gesicht und sieht zu Gabe hinüber.

»Du«, stimmt er mir zu.

Vera denkt einen Moment drüber nach, dann nickt sie. »Okay. Ich kann es erkennen.«

Dann suchen wir nach mir. »Das da«, sagt Vera. Es hängt auf der anderen Seite der Trennwand. Eine Serie aus vier Leinwänden in einer Reihe mit gleichen Abständen. Jede hat einen Blauton, der immer heller wird. Eine einzelne weiße Kreidelinie zieht sich darüber. Es ist keine gerade Linie: Sie steigt ein wenig an, fällt ab, schwankt und endet genau in der Mitte der letzten Leinwand, die so hellblau ist, dass sich die Linie kaum davor abzeichnet.

»Das bist du«, sagt Vera.

»Eine schwankende Linie.«

»Sie schwankt gar nicht«, sagt Gabe. »Sie zieht sich von Leinwand zu Leinwand. Selbst wenn man sie kaum sehen kann, weiß man, dass sie immer noch da ist.«

Vera nickt. »Das ist perfekt.«

Wir betrachten die Leinwände.

»Ich weiß nicht, ich glaube, ich bin die Zungen«, sage ich.

Vera lacht, dann führt sie uns zu einem Stuhl neben dem Ausgang. »Das hier ist Gabe.«

»Das ist keine Kunst«, sagt er. »Das ist ein Plastikklappstuhl. Wahrscheinlich sitzt hier ein Aufseher.«

Vera drückt seinen Arm. »Du hilfst Leuten.«

»So wie dieser bescheidene Klappstuhl Leuten hilft, ihre Fußschmerzen zu lindern«, füge ich hinzu.

»Das ist trotzdem ungerecht. Warum dürft ihr Kunst sein und ich muss ein Stuhl sein, der keine Kunst ist?«

»Alles kann Kunst sein«, sagt Vera.

Das Klappern von Absätzen auf dem Holzboden unterbricht uns. Ich drehe mich um und eine junge Frau kommt auf uns zu. Sie ist »schick gekleidet«, wie Tante Brenda sagen würde, und sehr hübsch. Ich überlege kurz, ob sie wohl viele *beaux* hat.

»Kann ich euch helfen?«

»Ja, ist dieser Stuhl hier insgeheim auch Kunst?«, fragt Gabe.

Die Frau lächelt nicht, aber ihre Augen blitzen. »Nein, tut mir leid.«

»Seht ihr?«, sagt Gabe entrüstet zu uns.

»Kann ich sonst noch etwas für euch tun?«, fragt die Frau.

Vera und Gabe sehen mich an und mir wird bewusst, dass ich die Verantwortung für diese Expedition trage.

»Äh, wir sind hier, um mit Gemma Crane zu sprechen – sind Sie das?«

»Ja, das bin ich. Womit kann ich dienen?«

Ich fühlte mich wohl, fühlte mich verantwortlich, als wir dem Bild hinterhergejagt sind. Bei Dr. Mark. In der Wildnis von Alabama. Aber jetzt plötzlich, hier mitten in dieser Galerie, fühle ich mich wie ... siebzehn. »Ich bin Sloane Finch«, sage ich. »Wir haben telefoniert.« Gemma blinzelt nur. »Wegen des Gemäldes von Laura Fuller.«

»Ja«, sagt sie, als es ihr langsam dämmert. »Ja, stimmt.«

»Ist es hier?«

Sie schürzt die Lippen. »Ich ... nein, tut mir leid. Ich hatte ja schon am Telefon erwähnt, dass ...«

»Dass es weggebracht werden sollte, ja, aber wir hatten gehofft, dass wir einen Blick darauf werfen könnten. Und wir ...« Wir sind so nah dran. Es ist fast zum Greifen nah. Ich muss einfach bloß die Hand danach ausstrecken. »Wir möchten es kaufen«, sage ich.

»Wie ich schon gesagt habe, glaube ich nicht, dass mein Kunde an einem Verkauf interessiert ist ...«

»Das Werk hat aber große Bedeutung für Vera und Gabe. Laura Fuller ist ihre Mutter. Sie ... sie ist gestorben. Dies war eins ihrer letzten Gemälde.«

»Oh«, sagt sie und sieht uns einen Moment an. Ich nehme an, sie wird noch etwas hinzufügen, aber sie wiederholt nur noch einmal leiser: »Oh.«

»Es hätte gar nicht verkauft werden sollen – das war ein Missverständnis«, fahre ich fort. »Wir würden es gerne wiederbeschaffen.«

Gemma runzelt die Stirn und sieht nach links, wo unglücklicherweise ausgerechnet das Bild mit den Zungen hängt. Dann verschränkt sie die Hände. »Es tut mir wirklich leid. Ich glaube nicht ...« Ich kann erkennen, dass sie versucht, einen neutralen Gesichtsausdruck aufzusetzen, professionell zu bleiben. Ich weiß es zu schätzen, dass sie uns respektiert – uns nicht einfach ins Gesicht lacht, was sie durchaus tun könnte –, aber ihr Ausdruck sagt es schon, bevor die Worte ihre Lippen verlassen. »Selbst wenn mein Arbeitgeber an einem Verkauf interessiert wäre, bin ich mir nicht sicher, ob es nicht euren finanziellen Rahmen sprengen würde.«

»Hören Sie, ich weiß, für wie viel Sie es Mr Quarrells abgekauft haben. Dasselbe kann ich auch anbieten«, sage ich.

Gabe macht den Mund auf, um etwas zu sagen, aber Vera ist schneller.

»Sloane ...«

»Ich kann Ihnen einen Scheck ausstellen.« Das, was ich bei *Dodge's Market* verdient habe, mein Geburtstags- und Weihnachtsgeld der letzten fünf Jahre oder so. Ich könnte es zusammenkriegen. Und das würde ich auch. Ohne zu zögern.

»Ich weiß nicht, ob mein Kunde bereit ist, sich jetzt gleich davon zu trennen«, sagt Gemma äußerst diplomatisch.

»Könnten Sie es zumindest in Erfahrung bringen?«

Sie mustert uns einen Moment, bevor sie nickt, dann klappern die Absätze wieder davon.

Ich weiche sorgfältig Veras und Gabes Blick aus. Stattdessen konzentriere ich mich auf ein Kunstwerk uns gegenüber, das fotorealistische Gemälde eines Hydranten.

»Das da ist Remy«, sage ich.

Nach einer Weile kehrt Gemma zurück.

»Ich habe ihn leider nicht erreicht, aber ich habe seiner Assistentin eine Nachricht hinterlassen«, sagt sie.

»Er hat eine *Assistentin*«, flüstert Vera mir zu.

»Ich kann nicht sagen, wann er sich melden wird«, fährt Gemma fort, »aber dann kann ich euch auf jeden Fall anrufen.«

»Meinen Sie, das wäre noch heute oder morgen?«

»Das kann ich nicht sagen.« Eine Pause. »Es gibt allerdings in dieser Gegend einiges zu sehen. Wart ihr schon im High Line Park?«

Ich ja, aber jetzt sind wir extra hergekommen, also können Vera und Gabe ihn sich auch ansehen.

Wir bedanken uns bei Gemma und sie verspricht uns, sich zu melden, sobald sie mehr weiß. Als wir das rote Backsteingebäude verlassen, bin ich mir nicht sicher, ob ich je wieder etwas von ihr hören werde.

»Aber sie war auf jeden Fall nett«, sagt Vera und hakt sich bei mir unter. »Stimmts?«

Ich gebe ein zustimmendes *Hmmm* von mir und wir gehen die Straße entlang.

Wir spazieren zum High Line Park und laufen bis zur Vierzehnten Straße. Dort stehen wir am Geländer und schauen über das Patchworkmuster aus Gebäuden unter uns hinweg und noch weiter bis zum West Side Highway, zu den Pieren und dem Fluss.

»Was ist das da?«, fragt Vera und zeigt auf einige Pfähle, die aus dem Wasser ragen.

»Keine Ahnung«, sage ich. Sie wirft mir einen Blick zu. »Ich bin kein Reiseführer.«

»Dieser aufdringliche Typ mit dem Schild für die Sightseeing-Tour hätte es wahrscheinlich gewusst«, murmelt Gabe. »Wir hätten ihm folgen sollen.«

Wir gehen noch ein Stück, entfernen uns vom High Line Park und erforschen die Viertel der Umgebung. Als wir gerade eine baumbestandene Straße entlangwandern – die Bäume haben längst ihre Blätter abgeworfen und zeichnen sich kontrastreich vor dem Winterhimmel ab –, klingelt mein Handy.

Ich entferne mich ein Stück von Vera und Gabe, bevor ich rangehe.

»Es ist mir gelungen, meinen Kunden zu kontaktieren«, sagt Gemma nach der Begrüßung. »Leider will er ...« Sie hält kurz inne. »Tut mir leid, aber er ist zurzeit nicht an einem Verkauf interessiert.«

»Aber haben Sie ihm die Zusammenhänge erklärt? Haben Sie ihm das mit ihrer Mutter gesagt?«

»Ja«, sagt Gemma.

»Haben Sie ihm mein Angebot genannt? Ich würde ihm das geben, was er dafür bezahlt hat.«

»Er hat gesagt, wenn er verkaufen würde ... würde er viel mehr dafür verlangen.«

»Wie viel mehr?«

Gemma nennt eine Zahl, die klingt wie »fünfzigtausend«, aber das muss ein Irrtum sein.

»Wie bitte?«

Sie wiederholt es noch mal und es klingt genauso.

»Fünfzig«, sage ich. »Fünf-null.«

»Genau.«

»Das ist fast zehnmal so viel, wie er dafür bezahlt hat.«

»Er hält es für ein wirklich bemerkenswertes Werk.«

»Dann sollte er es in ein Scheißmuseum hängen und nicht in sein Privathaus.«

»Es tut mir leid«, sagt Gemma und inmitten meiner Wut verspüre ich einen Stich, weil ich weiß, dass ich mich gerade verhalte wie die Leute, die an der Bistrotheke wütend auf uns werden, weil wir nicht die gleichen Sandwiches haben wie am Vortag. Es ist nicht Gemmas Schuld. Sie ist nur die Überbringerin der Botschaft.

»Schon okay«, sage ich, obwohl es das nicht ist. »Danke … danke trotzdem.«

»Gern geschehen«, sagt sie und legt auf.

Ich sehe zu Vera und Gabe rüber. Vera ist mit ihrem Handy beschäftigt, aber Gabe begegnet meinem Blick und zieht Vera am Ärmel hinter sich her zu mir.

»Was hat sie gesagt?«

Ich schüttele den Kopf, während eine Mischung aus Verlegenheit und Panik in mir aufsteigt, weil ich möglicherweise weinen muss. Stattdessen starre ich die Straße entlang und meine Stimme klingt schroff, als wäre ich irgendwie sauer auf Gabe. »Sie wollen eine lächerlich hohe Summe dafür haben.«

»Wie viel?«

Vera klappt der Mund auf, als ich es ihnen sage. Aber Gabe – Gabe lacht bloß laut auf.

»Tut mir leid«, sagt er, als er meinen Gesichtsausdruck bemerkt, und dann grinst er irgendwie. Es ergibt keinen Sinn. »Tut mir leid. Es ist nur, wenn du unserer Mutter gesagt hättest, dass eines Tages mal jemand fünfzigtausend Dollar für eins ihrer Gemälde verlangen würde, wäre sie ausgeflippt.«

»Ich kann es nicht glauben«, sagt Vera.

»Aber es ist so willkürlich«, entgegne ich. »Er verlangt das bloß, weil er nicht will, dass wir es kriegen. Es bedeutet ihm nichts. Ich verstehe nicht ... ich ...«

Ich blicke die Straße entlang und es ist still. Na ja, wir sind still. Die Stadt um uns herum geht unaufhörlich ihren Gang. Außerhalb dieser Straße sind Taxen, Fahrräder, Ampeln und Menschen, so viele Menschen, dass man sich gar nicht für alle interessieren kann.

Ich bin einfach nur wahnsinnig enttäuscht. Abgrundtief enttäuscht, eine Enttäuschung, wie ich sie noch nie verspürt habe. Das sagt etwas darüber aus, wie wunderbar mein Leben eigentlich ist, aber ich bin nicht in der Lage, das Glas halb voll zu sehen – ich bin in dem leeren Ende-der-Fahnenstange-, Ende-der-Reise-Zustand kompletten Scheiterns.

»Sloane, was ist los?«, fragt Vera.

Ich schüttele nur den Kopf.

Wir gehen zum Rockefeller Center. Vera will die Eisbahn sehen, und auch wenn ich absolut kein Interesse daran habe, kann ich es ihr nicht verwehren.

Während die beiden den Schlittschuhläufern zusehen, gehe ich rein, angeblich, weil ich aufs Klo muss, aber das stimmt nicht. Stattdessen stehe ich in der glänzenden schwarz-goldenen Eingangshalle und rufe Frank Sanger an.

»Bitte sprich mit mir frank und frei, Frank«, sage ich statt einer Begrüßung.

»Hallo ebenfalls, Hübsche.«

»Frank.«

»Was gibts?«

Ich habe einen mindestens pflaumengroßen Kloß im Hals. »Wir sollten es doch zurückkriegen«, sage ich und versuche, den Kloß runterzuschlucken, versuche nicht zu jämmerlich zu klingen, aber so kommt es raus – weinerlich, frustriert und ein wenig verletzt. »Das sollte passieren – er sollte Ja sagen, weil wir es zurückkriegen sollten.«

»Hey.« Franks Stimme klingt sanft und ich komme mir lächerlich und kindisch vor und kann nicht umhin, das Handy fester zu umfassen, als wäre es seine Hand, als wäre er hier. »Was ist passiert?«

Ich erzähle ihm stockend, am Boden zerstört, halb weinend, dass ich versagt habe. Wir sind so weit gekommen und ich habe versagt.

»Ich weiß schon, dass ich albern bin«, sage ich, nachdem ich ihm alles erzählt habe. »Es soll ja auch gar nicht um mich gehen, aber ich … ich wollte das einfach unbedingt für sie hinkriegen. Ich dachte, ich könnte es. Ich weiß, dass nichts die Lücke füllen kann, die ihre Mutter hinterlassen hat, aber ich dachte, vielleicht … vielleicht würde das dafür sorgen, dass es nicht mehr so wehtut, wenn wir … wenn wir ein kleines Stück von ihr zurückbekämen. Niemand verdient, was die beiden durchgemacht haben, aber sie verdienen es erst recht nicht, sie sind die besten Menschen, die ich kenne, und ich habe einfach gedacht … ich wollte einfach … versuchen, es besser zu machen.« Ich schlucke. »Und was soll ich jetzt machen? Was soll ich ihnen sagen?«

»Willst du es wirklich wissen?«

»Ja.«

»Willst du, dass ich frank und frei bin?«

»Ja.«

»Warum sagst du ihnen dann nicht einfach, dass du sie gernhast?«

»Wie bitte?«

»Genau darum tust du das alles doch, oder? Weil du sie gernhast. Ich meine … so ist es doch, oder?«

Ich sage nichts, aber Frank weiß es auch so.

»Also brauchst du das Ding vielleicht gar nicht. Das Gemälde … es ist bloß ein Ding. Vielleicht kannst du es auch ohne das Bild ausdrücken.«

Ich schüttele den Kopf. »Du verstehst das nicht. Was es für sie bedeutet.«

»Ganz ehrlich, Sloinbee? Ich glaube, es bedeutet dir viel mehr.«

Wir schweigen.

»Da ruft mich jemand an«, sagt Frank nach einer Weile.

»Wirklich?«

»Nein. Ich wusste nur nicht, wie ich das Gespräch beenden soll.«

Ich lache auf. »Kalte Maisgrütze.«

»Was ist das denn jetzt?«

Ich schüttele den Kopf, auch wenn er es nicht sehen kann. »Tschüss, Frank.«

»Bleib, wie du bist, Zuckerschnute.«

Ich habe keine Zeit, Frank zu sagen, wie sehr ich ihn schätze. Wie viel er mir bedeutet. Er hat bereits aufgelegt.

Kapitel 50

»Aber sie ist echt hübsch«, sagt Vera an diesem Abend im Hotel.

»Wer?«

»Gemma. Sie könnte Model sein. Ich werde sie mal googeln.«

Ich gebe ein geistesabwesendes *Hmm* von mir. Gabe liegt auf dem anderen Bett und zappt durch die Programme. Unser Flug geht morgen Nachmittag, wir haben kein Gemälde und ich weiß nicht, was ich machen soll.

»Heilige Scheiße«, sagt Vera plötzlich und setzt sich auf.

»Was ist denn?«

»Heilige Megascheiße«, sagt sie, womit sie perfekt Frank nachahmt, dann hält sie mir das Handy unter die Nase.

Dort auf dem Display ist ein Paparazzifoto von Gemma und keinem Geringeren als Dex Finnegan zu sehen, die gemeinsam ein Gebäude verlassen. Er hält ihr die Tür auf, blickt aber in die Kamera. Ihr Kopf ist weggedreht. Sie hat einen Mantel über dem Arm und tritt vorsichtig auf wackeligen Absätzen hinaus auf den Bürgersteig.

»Scroll weiter«, sagt sie und es kommen noch mehr Fotos von Dex und Gemma, wie sie vor einer Bar stehen oder einen Club verlassen. Er bedenkt die Kamera manchmal mit einem leichten Lächeln, nur ihr Gesicht ist immer zumindest teilweise abgewandt. Aber es ist eindeutig – es ist Gemma Crane.

»O mein Gott«, sagt Vera und hüpft auf dem Bett auf und ab. »O mein Gott.«

»Was guckt ihr euch denn da an?«, fragt Gabe mit schläfriger Stimme. Es ist erst neun, aber das kommt wahrscheinlich vom vielen Rumlaufen. New York schafft einen.

»Weißt du, was das bedeutet?«, fragt Vera.

»Gemma und Dex Finnegan treibens miteinander? Das ergibt Sinn. Vom Standpunkt der Evolution aus betrachtet. Sie hat jemanden gefunden, der genauso attraktiv ist wie sie, und er auch.«

»Dex Finnegan hat vor ein paar Monaten in Alabama einen Film über den Amerikanischen Bürgerkrieg gedreht. Das weiß ich noch, weil Bree und Jenny zu den Dreharbeiten fahren wollten.«

»Also deshalb war sie dort. Da hat sie das Bild gekauft.«

»Vielleicht ist er der geheimnisvolle Kunstsammler!«

»Aber das würde ja bedeuten, dass sie für ihn arbeitet.«

»Na und? Solche Sachen passieren. Paare können zusammenarbeiten. Vielleicht haben sie sich so überhaupt erst kennengelernt! Er hat sie beauftragt, Kunst für ihn zu sammeln« – sie senkt theatralisch die Stimme –, »aber stattdessen ... sammelte sie ... *sein Herz*.«

»O Gott, du klingst schon wie mein Vater.«

Sie reißt die Augen auf. »Wir müssen ihn treffen.«

»Meinen Vater?«

»Dex!«

»Und wo bitte treffen wir Dex Finnegan?«

»Im Theater! Frank hat gesagt, er würde zurzeit am Broadway auftreten! Wir müssen versuchen, ihn am Bühneneingang abzufangen!« Sie stellt sich aufs Bett und springt dann hinüber zu Gabe. Ich bin mir ziemlich sicher, dass er inzwischen eingeschlafen ist. »Gabe! Wach auf, steh auf, wir gehen aus.«

Und das tun wir. Schließlich ist Vera eine Naturgewalt.

Ich glaube nicht ernsthaft daran, dass das hier funktionieren oder helfen wird, aber wir fahren zum Al Hirschfeld Theatre und sind früh genug da, um uns nach vorne durchzudrängen bis direkt hinter die Absperrung am Bühneneingang.

Als die ersten Schauspieler auftauchen, kreischt die versammelte Menge, aber es sind nur die Nebendarsteller. Das Stück ist schon eine ganze Weile zu Ende, als endlich Dex Finnegan erscheint.

Er setzt ein breites Lächeln auf und fängt an, Programmhefte zu signieren. Wir stehen etwas weiter unten, aber ich spreche ihn an, als er nah genug ist. »Dex?«

Er lächelt mich an, freundlich, aber ohne mich zu erkennen, und streckt die Hand nach der Zeitschrift mit seinem Porträt auf dem Titel aus, die Vera auf dem Weg hierher gekauft hat.

»Sie erinnern sich wahrscheinlich nicht an mich, aber ich bin Sloane Finch ... die Tochter von Everett Finch?«

Er hebt den Blick, während er schreibt, und dann leuchtet sein Gesicht auf. »Oh, wow, Sloane, natürlich.« Er umschlingt mich kurz mit einem Arm, während er Vera die Zeitschrift zurückgibt. »Meine Güte. Du bist ja erwachsen geworden. Wie gehts deinem Vater?« Er greift nach dem Programmheft des Mädchens neben uns.

»Ihm gehts gut«, sage ich, während Dex sich vor den Sucher der Kamera des Mädchens beugt und lächelt. »Danke«, sagt das Mädchen, als es das Foto gemacht hat. Ihre Hände zittern leicht, als sie Dex das Programmheft wieder abnimmt.

»Hey, ich danke *dir*. Ich hoffe, das Stück hat dir gefallen.«

Der Nächste drängt sich links neben uns rein, also fahre ich schnell fort: »Hören Sie, ich weiß, das ist viel verlangt, aber wir hatten gehofft, wir könnten uns kurz mit Ihnen unterhalten. Es ...« Beinahe füge ich noch hinzu: *geht um etwas Wichtiges*, aber dann wird mir bewusst, dass es Dex Finnegan angesichts des großen Ganzen wahrscheinlich nicht übermäßig wichtig ist, dass wir ein Bild zurückkriegen wollen.

Aber er nickt nur und sagt: »Natürlich«, dann signiert er ein weiteres Programmheft, beugt sich für ein weiteres Foto vor. »Hört zu, geht ein paar Blocks weiter. Sagen wir mal … Ecke Fünfzigste und Zehnte. Da treffen wir uns.«

»Wirklich?«, fragt Gabe, das Erste, was er sagt, seit der Bühneneingang aufgegangen ist.

»Natürlich. Everetts Freunde …«, hebt Dex an, beendet den Satz aber nicht, als eine Frau in unserer Nähe ihm sagt, wie sehr er ihr in dem Stück gefallen hat.

Wir gehen die Straße entlang und warten vor einem Elektro-Discounter – so einem mit hell beleuchteten Schaufensterauslagen aus durchsichtigem Plastik, in denen iPads der ersten Generation und ältere Kameras liegen.

Zwanzig Minuten später kenne ich die Auslage fast auswendig (IPHONE 32 GB, $1!!!!!!) und Vera meldet sich wieder zu Wort. »Glaubst du, das war ernst gemeint?«, fragt sie, stampft mit den Füßen auf und rückt näher an mich heran, um warm zu werden.

»Ich habe keine Ahnung. Ich habe ihn erst zweimal getroffen.«

»Du hast gesagt, er wäre an Thanksgiving bei euch gewesen!«

»Ja, aber nur weil jemand die Pecan Pie deiner Mutter mag, heißt das ja nicht, dass er sein Wort hält, oder?«

»Er wird kommen«, sagt Gabe bestimmt.

Ich werfe ihm einen Blick zu. »Woher weißt du das?«

»Er würde nicht ein paar Jugendliche einfach sich selbst überlassen.«

»Wir sind nicht uns selbst überlassen. Das war eine freiwillige Aktion hier.«

»Ja, aber das weiß er nicht. Er wird kommen«, sagt Gabe. Und er hat recht – zehn Minuten später rollt ein schwarzer SUV mit getönten Scheiben vor und die hintere Tür geht auf.

»Tut mir leid«, sagt Dex. »Tut mir echt leid, ich hätte euch vorwarnen sollen. Ich versuche mir immer für alle am Bühnenausgang Zeit zu nehmen. Das dauert manchmal eine Weile. Los, kommt, es ist kalt, steigt ein. Es tut mir wirklich leid.«

»Ist das Ihr Ernst?«, fragt Vera, während sie ins Auto klettert. »Sie tun uns doch den Gefallen.«

»Ja, was gibts denn? Soll ich euch irgendwo hinfahren? Wir können unterwegs reden. Oder wir könnten ... hm, wo könnten wir hingehen, ohne dass es komisch wirkt?«

»Wieso komisch?«, frage ich.

»›Dex Finnegan nimmt Schüler mit zu wilder Party‹?«, murmelt Gabe neben mir und ich würde ihm am liebsten eine reinhauen. Aber Dex grinst nur.

»Genau.« Der Wagen hat sich bereits wieder in den Verkehr eingefädelt und fährt Richtung Norden. Dex überlegt einen Moment, dann schnippt er mit den Fingern. »Ich habs.«

»*Papaya Town?*« Ich war bereits bei *Gray's Papaya* in der West Side und bei *Papaya King* in der East Side. Hotdogs, die man begleitet von einem giftig orangefarbenen Fruchtgetränk an einer Theke stehend isst, sind in New York fast schon ein Grundnahrungsmittel.

Aber von *Papaya Town* habe ich noch nie gehört.

Dex zeigt auf das Schild. »Das ist es. Dies ist der Gipfel des New Yorker Hotdog-Genusses.«

»Die No-Name-Variante von *Gray's Papaya*?«, frage ich.

»*Papaya Town* war vorher da. Vergleich das bloß nicht mit diesen Fälschungen. Das hier ist das einzig Wahre.«

»Werden Sie für Ihre Unterstützung bezahlt?«

»Nein. Ich mache das aus reiner Begeisterung.«

»Also, was gibts?«

Wir haben Hotdogs, Papayasaft und erstklassige Stehplätze an der Theke neben dem Fenster ergattert. »Wir wollten mit Ihnen über ein Gemälde reden«, sage ich, während ich versuche, ein wenig Senf wieder einzufangen, der mir übers Handgelenk tropft.

»Ein Gemälde?«

»Ja. Wir haben Gemma Crane getroffen und der Preis, der dafür festgesetzt wurde, ist lächerlich hoch, aber wir hatten gedacht ...«

»Moment mal, was?«

Wir holen noch etwas weiter aus, und als wir ihm alles Nötige erzählt haben, sieht uns Dex bloß blinzelnd an.

»Gemma hat gesagt … warum sollte sie …?«

»Na ja, sie hat nicht explizit von Ihnen gesprochen, aber wir haben die Fotos von Ihnen beiden gesehen und wir wissen, dass sie in Alabama war, als Sie diesen Kriegsfilm gedreht haben, also haben wir einfach unsere … Schlüsse daraus gezogen.« Ich halte kurz inne. »Haben wir … falsche Schlüsse gezogen?«

»Irgendwie schon«, sagt er und beißt ein Stück von seinem Hotdog ab. Erst als er es mit einem Schluck Papayasaft runtergespült hat, spricht er weiter. »Sie ist auf jeden Fall nicht meine Kunsthändlerin.«

»Moment mal, wirklich nicht?«, fragt Vera.

»Wir waren allerdings zusammen«, sagt er. »Aber sie mochte die Aufmerksamkeit nicht … dieses dauernd unter Beobachtung stehen, wisst ihr. Das wollte sie nicht. Wahrscheinlich hat sie deshalb …« Er trinkt noch einen Schluck, einen großen, und ich habe das Gefühl, dass er das nicht näher ausführen will. »Sie ist also nicht meine Kunsthändlerin. Aber sie arbeitet für jemanden, den ich kenne. Einen Produzenten. Jack Fine.«

Ich sehe Vera an und dann Gabe und unwillkürlich verspüre ich einen winzigen Anflug von Hoffnung.

»Also, erzählt mir von diesem Gemälde«, sagt Dex.

Kapitel 51

»Mehr konnte ich nicht für euch tun«, sagt Dex am nächsten Morgen am Telefon.

»Das ist wunderbar, vielen Dank«, entgegne ich.

»Gern geschehen. Grüß deinen Vater von mir. Sag ihm, er soll mal wieder ein neues Buch schreiben, damit wir was zusammen machen können.«

»Mach ich.«

»Ich liebe Dex Finnegan«, sagt Vera, nachdem ich aufgelegt habe. »Frank soll ihn heiraten, damit er für immer Teil unseres Lebens ist.«

Wir stehen vor der Adresse, die Dex mir geschickt hat, ein Gebäude am Madison Square Park. Es regnet – ganz leicht, eher wie Nebel – und die nasse Rinde der Bäume zeichnet sich vor dem blassgrauen Himmel ab. Veras Haare kräuseln sich leicht, genau wie Gabes, wie kleine Ranken um ihre Stirn. Ich betaste meine eigenen Haare, um zu sehen, was sie machen, und dabei sehe ich Gemma Crane auf uns zukommen.

Sie trägt einen schwarzen Schirm und einen modischen Trenchcoat und lächelt beim Näherkommen.

»Ihr seid ziemlich gut vernetzt.«

»Danke, dass Sie das möglich machen«, sage ich.

»Dankt Dex. Er hat Mr Fine angerufen.« Sie scheucht uns in das Gebäude. Ein Portier sitzt an der Rezeption. Gemma spricht kurz mit ihm und geht dann zum Aufzug. Wir treten ein und sie drückt auf den Knopf mit der Aufschrift PH.

Vera sieht mich mit weit aufgerissenen Augen an. Ich beiße mir auf die Lippen, um mir das Lächeln zu verkneifen.

Als sich die Aufzugtür öffnet, blicken wir direkt in das Apartment. Ich habe schon von solchen Wohnungen gehört, sie aber nie in Wirklichkeit gesehen. Die Türen gleiten ganz auf und wir betreten Jack Fines Penthouse.

Es ist weitgehend modern eingerichtet, aber auf warme Art mit kräftigen Farben und klaren Linien. Überall sind Kunstwerke – was zu erwarten war. Direkt neben dem Aufzug hängt ein gerahmtes Gemälde. Vera tritt näher, um es sich anzusehen, und reißt die Augen auf.

»Ist der echt? Ein Picasso? Ein echter?« Sie geht näher ran und mustert aus zusammengekniffenen Augen die verwischte Signatur am unteren Rand.

»Nein, ich bin mir ziemlich sicher, dass dieser Typ Kunstdrucke sammelt«, sagt Gabe.

»Na ja, man weiß ja nie«, entgegnet Vera abwehrend. »Manche Leute halten die Drucke für genauso gut.«

»Wenn die Drucke genauso gut wären, wären wir jetzt nicht hier, oder?«

»Mom hat nie Drucke gemacht«, erwidert sie.

Gemma führt uns in einen großen Raum, der auf einer Seite von bodentiefen Fenstern gesäumt wird und einen grandiosen Panoramablick bietet.

Wie magisch angezogen gehen wir alle auf die Fensterfront zu und blicken auf die Stadt unter uns hinab.

Aber dann räuspert sich Gemma. Ich drehe mich um und dort, an der Wand den Fenstern gegenüber, hängt *Der Traum.*

Laura Fuller: eine Retrospektive zufolge hat Laura Fuller in den letzten Monaten ihres Lebens fünf Bilder gemalt. Sie waren anders als die anderen. Sie waren geradezu ... entfesselt. Wild. Und das hier ... ist einfach ein unglaublicher Anblick. Es ist nicht realistisch und auch nicht impressionistisch wie einige ihrer anderen Werke. Blaue und schwarze Wirbel umgeben drei Figuren im Zentrum und über ihnen erstreckt sich, die ganze Breite einnehmend, ein strahlender Himmel – purpurrot, gelb und weiß – wie Flügel. Wie Arme, die sie umschließen.

»O Mann«, mumele ich.

Als ich zu Vera hinübersehe, weint sie.

»Ich hätte es nicht weggeben sollen«, sagt sie leise. »Aber ich konnte nicht. Kannst du verstehen, warum ich nicht ...«

Ich nicke.

»*Der Traum*«, sagt sie. »Ihr Traum. Für uns.«

Wir betrachten das Gemälde lange. Nach einer Weile trete ich ein Stück zurück, aber Vera und Gabe schauen es sich weiter an.

Schließlich dreht Vera sich mit feuchten Augen um und lächelt Gemma mit einem dieser unwiderstehlichen Vera-Lächeln an, die einen dazu bringen, ihr die ganze Welt zu Füßen zu legen.

»Könnten wir die Rückseite sehen? Bitte? Sie hat manchmal was auf die Rückseite geschrieben.«

»Wir sind auch ganz vorsichtig«, sagt Gabe und Gemma nickt.

Sie nehmen das Bild sachte von der Wand und drehen es um. Der Rahmen ist selbst gemacht, die Leinwand von Hand gespannt, und als Vera sie am unteren Rand umschlägt, kommen ein paar Worte zum Vorschein.

Für mein geliebtes Mädchen Vera und meinen geliebten Jungen Gabe – von ganzem Herzen.

Vera fährt sanft mit den Fingerspitzen über die Worte. Ich werfe Gemma einen Blick zu, um zu sehen, ob sie einschreiten wird, aber sie sagt nichts.

»Es tut mir leid«, sagt Vera und sieht Gabe an.

»Muss es nicht.« Seine Stimme klingt rau. Trotzdem bringt er ein schiefes Lächeln zustande. »So toll ist es gar nicht.«

Vera lacht kurz auf. »Sei still. Es ist ...«

»Ich weiß.« Er beugt sich zu ihr und stößt sie mit der Schulter an. »Muss es nicht«, wiederholt er noch mal leise und fährt ebenfalls mit den Fingerspitzen über die Worte.

Sie hängen das Bild wieder auf und Vera macht ein paar Dutzend Fotos davon und befiehlt Gabe, dasselbe zu tun, vorsichtshalber. Ich mache ein paar von den beiden davor und dann tritt Gemma vor und streckt die Hand nach meinem Handy aus.

»Warum stellst du dich nicht auch dazu?«, fragt sie.

»Ja.« Vera greift nach mir und ich stelle mich neben sie. Dann fordert Vera Gemma auf, sich auch dazuzustellen, ein Selfie mit uns allen und dem Bild, und als Gemma lächelt, ist das auffallend hübsch, fast so umwerfend wie bei Vera.

Und dann ist es Zeit zu gehen.

Gemma bleibt in der Eingangshalle des Gebäudes stehen und sucht nach etwas in ihrer Handtasche.

»Meine Kontaktdaten«, sagt sie und reicht uns eine schwarze Visitenkarte, das gleiche schwarze Rechteck mit eingeprägter weißer Schrift, das Mr Quarrells von *Wilderness Art and Antiques* uns gezeigt hat. »Hintendrauf steht meine Handynummer. Wenn ihr je in der Stadt seid und das Bild sehen wollt, könnt ihr mich gerne anrufen.«

Es ist ein schwacher Trost. Aber Vera nimmt ihr einfach die Karte ab und lächelt. »Ganz herzlichen Dank.« Sie stößt mich an. »Vielleicht kannst du es besuchen kommen, wenn du hier an der Uni bist.«

Vielleicht. Ja. Ich versuche Gemma anzulächeln. Gemma, die wahrscheinlich schon längst einen neuen Job haben wird, bevor wir das nächste Mal wieder hier sind. Es ist wirklich ein schwacher Trost.

Als wir rauskommen, ist der Himmel immer noch nebelverhangen. Alle Bänke im Park sind nass, also stehen wir einfach am Rand eines Fußwegs neben einem brachliegenden Blumenbeet.

»Komm, du kannst das doch sonst auch so gut«, sagt Gabe schließlich. »Sag was Witziges, um uns abzulenken.«

»Ich dachte, du fändest das ätzend.«

»Im Gegenteil, das ist das, was ich an dir am liebsten mag«, sagt er und es ist ernst gemeint. Ich blinzele.

»Na ja, es ist nicht direkt witzig, aber ich habe da neulich was gelesen … ich habe da was gelesen, wo es hieß, dass die Fingerabdrücke möglicherweise geformt werden, wenn ein Fötus von innen gegen den Bauch drückt. Wenn das stimmt, heißt das, dass man eigentlich mit Gebärmutterabdrücken an den Fingern durch die Gegend läuft.«

Das ist abgedreht genug, dass Vera einen Moment aufhört zu weinen. »Das ist echt schräg, Sloane«, sagt sie, bevor die Tränen wieder fließen.

»Nicht weinen«, sage ich.

Sie sieht mich blinzelnd an. »Warum nicht?«

Darüber hatte ich bisher noch gar nicht nachgedacht. Aber eigentlich ist es wirklich ein ziemlich blöder Spruch, oder? Warum sollte man nicht weinen? Was ist so schlimm daran, abgesehen davon, dass dein Gegenüber sich unbehaglich fühlt? Wenn ich sagen würde: »Weil ich nicht möchte, dass du traurig bist«, ginge es wieder nur um mich.

Also breite ich einfach die Arme aus und Vera lehnt sich an mich. Gabe tritt näher, legt ihr eine Hand auf den Kopf und tätschelt sie geistesabwesend. Keiner von uns sagt etwas. Die Stadt um uns herum pulsiert weiter und ich weiß nicht genau, wer von uns wen festhält, aber ich habe mich noch nie so geborgen gefühlt.

Kapitel 52

Vera teilt mir auf dem Rückflug den Platz zwischen sich und Gabe zu. Obwohl ich ungern in der Mitte sitze, füge ich mich.

Als das Flugzeug startet, kehrt Ruhe ein. Irgendwo weiter hinten weint ein Baby, doch hier zwischen uns ist es still.

Ich hatte gedacht, ich würde es hinkriegen. Dass wir das Bild mit zurücknehmen könnten. Aber ich habe es nicht hingekriegt und vielleicht ist das auch nicht so schlimm. Vielleicht hat es schon gereicht, es einfach noch mal zu sehen. Ich werfe Vera, die auf ihrem Handy scrollt, einen Blick zu und dann Gabe, der das Reisemagazin der Fluggesellschaft durchblättert, und hoffe es.

Danach betrachte ich den Bildschirm auf der Rückenlehne vor mir und verfolge unseren Flug. Ein kleiner Flugzeugavatar kriecht langsam auf einer dünnen orangefarbenen Linie von New York nach Atlanta.

Ich sehe zu Gabe hinüber und auf sein Handgelenk, als er umblättert.

»Koordinaten«, sage ich. »Stimmts?«

Er runzelt die Stirn, aber dann folgt er meinem Blick hin zu der Zahlenreihe unterhalb seiner Handfläche.

»Ja«, sagt er. »Die des Strands in Grayson. Da, äh, haben wir die Asche unserer Mutter verstreut.«

»Gabe ist unglaublich sentimental«, sagt Vera.

»Das ist nicht sentimental«, erwidere ich automatisch, und Vera lächelt.

»Ich weiß. Ich mache mich bloß lustig über ihn. Das ist meine Aufgabe, weil ich älter bin.«

»Ja?«

»Jep. Ich war ganze neun Minuten ohne ihn auf der Welt.« Sie sagt es anfangs leichthin, scherzhaft, aber zum Ende hin wird ihr Tonfall ganz weich. »Das möchte ich nie wieder erleben müssen.«

Gabe sagt nichts, sieht nur auf die Zeitschrift in seinem Schoß hinab.

»Darf ich euch was fragen?«, sage ich, als ich mich nicht länger zurückhalten kann. Ich richte mich eher an die Rückenlehne vor mir als an einen von ihnen, weil ich mir nicht sicher bin, wer von beiden antworten wird.

»Was du willst«, sagt Vera.

»Warum hat sie es nicht auch ihm gewidmet? Das Gemälde. Warum hat sie es nicht eurem Vater gewidmet? Er ist doch auch mit drauf.«

Gabes Stimme ist leise, als er antwortet. »Vielleicht wusste sie, dass er Scheiße bauen würde.«

»Er hat keine Scheiße gebaut«, sagt Vera. »Er hat bloß beschlossen ... weiterzuleben.«

Gabe verzieht den Mund.

Und das gefällt mir nicht, der gesenkte Blick, die gerunzelte Stirn. Also sage ich: »Vielleicht gibt es Leute, die jemanden so sehr lieben, dass sie nie wieder mit jemand anderem zusammen sein wollen, wenn sie denjenigen verlieren. Aber vielleicht gibt es auch Leute, die jemanden so sehr lieben, dass sie diese Art Liebe wiederfinden wollen. Vielleicht haben sie den anderen so sehr geliebt, dass sie ohne diese Art Liebe nicht mehr leben können. Und vielleicht ... ist das eine Art Liebe, wo man es gar nicht sagen muss. Wo man so sehr Teil voneinander ist, dass es nicht ausgesprochen werden muss. Weil man es bereits weiß.«

Als ich erneut zu Gabe rübersehe, hat er den Blick auf mich gerichtet.

»Ja«, sagt er. »Vielleicht.«

»Das gefällt mir.« Vera lächelt leicht. »Ich glaube, so muss es sein.«

Während wir an Höhe gewinnen, denke ich über diese Art Liebe nach. Und dass es vielleicht gar nicht nur die romantische Liebe betrifft – vielleicht gilt das Gleiche auch für Freundschaft. Vielleicht gibt es eine Art von Freundschaft, die einen öffnet ... Vielleicht hatte man vorher keinen Raum dafür in sich, aber sobald sie einen erwischt hat, sich hineingeschlichen und sich selbst Raum geschaffen hat, kann man nie wieder ohne sie leben.

Ich sehe zu Vera hinüber und muss daran denken, was sie damals bei unserem ersten gemeinsamen Mittagessen zu mir gesagt hat: *Im gesamten Werk sagen sie nirgends offiziell, dass sie sich lieben, aber es ist so dermaßen offensichtlich. Sherlock würde für Watson töten.*

»Nur damit du es weißt«, sage ich. »Ich würde für dich töten.«

Vera lächelt nur. Schlingt einen Arm um mich und zieht mich an sich. Ich lege meinen Kopf an ihre Schulter und sie drückt ihren Mund in meine Haare.

»Dito«, sagt sie und das wärmt und tröstet mich.

Kapitel 53

Ich bin rechtzeitig zu Hause, um noch ein spätes Abendessen zu bekommen und mitzukriegen, wie Laney meine Mutter anbettelt, mit ihr rauszugehen und die »Wintersternbilder« zu beobachten.

»Es herrschen perfekte Bedingungen!«, sagt Laney und wedelt zur Betonung mit der *Umfassenden Einführung in den Sternenhimmel.* »Kalt und klar! Das ist angeblich am besten! Außerdem ist *Samstag*, Mama. Samstags können wir länger aufbleiben.«

»Ich gehe mit«, sage ich, als ich mit Essen fertig bin.

»Nur eine kurze Tour zum Strand und zurück«, sagt Mom. »Und ihr geht nicht die Treppe zum Wasser runter. Bleibt einfach oben stehen und schaut von da aus.«

»Verstanden.«

»Und dann kommt ihr direkt zurück.«

»Wir habens verstanden!«, sagt Laney, nimmt meine Hand und zieht mich vom Stuhl. »Komm!«

Wir nehmen den kürzesten Weg von unserem Haus

zum Strand, einfach durch die Nebenstraßen und dann über die 30A. Der Schein von Laneys Taschenlampe wippt beim Gehen im Dunkeln.

»Papa hat gesagt, du konntest das Bild für Vera nicht zurückkriegen«, sagt Laney nach kurzem Schweigen. Nur das Geräusch unserer Schuhe auf der sandigen Straße ist zu hören.

Als wir auf den Flug gewartet haben, habe ich meinen Eltern eine Nachricht mit den wichtigsten Infos geschrieben – dass wir uns das Bild ansehen konnten, es aber nicht zum Verkauf stand. Ich war immer noch so enttäuscht, dass ich diese Nachricht nicht persönlich überbringen wollte.

»Richtig«, sage ich. »Das ging nicht.«

»Voll blöd«, sagt Laney auf eine Art, die ausdrückt, dass sie es wirklich richtig blöd findet. Ich muss unwillkürlich lächeln.

»Stimmt. Es ist ein wunderschönes Bild. Es war … ich glaube, es hat ihrer Mutter unheimlich viel bedeutet.«

»Wie schade, dass sie kein *Meine Erinnerungen*-Album hat«, sagt Laney. »Dann könnte man wenigstens sehen, was sie sich beim Malen gedacht hat.«

Ich blinzele.

Noch am selben Abend schicke ich Vera und Gabe eine Nachricht: Hatte eure Mutter Skizzenbücher?

Kapitel 54

Am Sonntagnachmittag kommt Vera rüber und holt ein schwarzes, in Stoff gebundenes Buch aus ihrem Rucksack. Wir setzen uns auf mein Bett und sie blättert langsam die Seiten um. Sie sind mit Zeichnungen bedeckt, manche mit Tintenstift, manche mit Buntstift. Auf einigen Seiten steht auch was geschrieben, aber Vera blättert um, bevor es mir gelingt, etwas Genaueres zu lesen.

»Wir haben sie uns den ganzen Vormittag über angeschaut«, sagt sie. »Gabe und ich. Mandy hat sogar auch ein bisschen mitgeguckt. Es war ... es war schön. Wir haben ... Die ganzen Sachen sind nach ihrem Tod in Kartons verpackt worden. Wir hatten sie gar nicht durchgesehen. Aber schau mal.«

Sie hält auf einer Seite ungefähr in der Mitte des Buches inne. Es ist eine Bleistiftzeichnung dreier Figuren mit Linien, die über ihnen und um sie herumwirbeln und von ihnen ausstrahlen, aber irgendwie auch auf sie zu.

Es ist schlicht und ganz rudimentär. Aber es ist *Der Traum*.

Vera lächelt mich an und blättert um. Dort findet sich noch eine Version und auf der gegenüberliegenden Seite noch eine. In der vierten Fassung ist schon etwas Farbe im Spiel und in der fünften noch mehr.

Das ist Laura Fullers Gedankenprozess. Es ist ihr Plan für das Gemälde.

Ich schlucke.

»Es ist großartig«, sage ich, eine jämmerliche Untertreibung, aber Vera versteht mich. Sie blättert weiter und mit jeder Seite wird das Bild lebendiger, bis sie bei einem innehält, das fast schon das fertige Gemälde zeigt.

»Das ist das letzte«, sagt sie. »Es gibt noch ein paar Seiten mit anderen Sachen, aber …«

Wir haben das Buch erst halb durch. Der Rest der Seiten ist leer.

Ich habe keine überwältigende Offenbarung. Ich verstehe jetzt nicht den Tod an sich. Aber ich glaube, ich habe ihn noch nie so gut verstanden wie in diesem Moment, da ich die leeren Seiten sehe, die Veras Mutter nicht mehr füllen wird.

»Wir hätten vorher schon mal nachschauen sollen«, sagt Vera mit leiser Stimme. »Dann hättest du dir die Mühe sparen können.«

»Machst du Witze? Die Mühe war doch das Beste an der ganzen Sache.«

Sie lächelt.

Anschließend bleibt sie noch da, wir gucken uns Videos im Internet an und unterhalten uns über nichts Besonderes. Am späten Nachmittag brummt Veras Handy.

»Ah«, sagt sie. »Ich muss los. Bringst du mich zur Tür?«

Ich gehe mit ihr die Treppe runter und raus auf die Veranda, wobei ich die Arme um mich schlinge, um mich zu wärmen.

Zu meiner Überraschung steigt Gabe vor unserem Haus aus ihrem Auto.

Vera geht die Treppe runter und nimmt ihm den Autoschlüssel ab. »Du kannst mit meinem Fahrrad zurückfahren«, sagt sie zu Gabe, dann wirft sie mir eine Kusshand zu. »Ruf mich später an, okay?«

»Habt ihr das geplant?«, frage ich.

»Stopp, stopp, stopp.« Gabe geht hinter das Auto und holt etwas Großes und Rechteckiges aus dem Kofferraum. »Okay, jetzt verschwinde.«

Vera grinst mich an, macht die Tür zu und fährt los.

»Was machst du hier? Was ist das?« Ich stehe immer noch auf der Veranda, aber Gabe kommt nicht die Treppe zu mir hoch. Er steht einfach vor dem Haus und hält verlegen etwas in der Hand, das ganz eindeutig eine Leinwand ist, die Vorderseite von mir abgewandt.

»Remy hat es mir erzählt«, sagt er. »Wie ihr diese Tagesmutter besucht habt. Ich dachte, vielleicht … Er hat gesagt, die Tagesmutter war nicht glücklich hiermit. Also dachte ich, vielleicht könntest du ihm ein Zuhause geben.«

Er dreht das Bild um. Es ist der rote Steg, der aufs Wasser hinausragt, während die helle Sonne daraufbrennt und ihn von innen her wärmt. Wenn man die Augen zusammenkneift, sieht es fast so aus wie der Steg bei Bree.

»Wie bist du darangekommen?«

»Remy ist noch mal mit mir hingefahren«, sagt er. »Sie wollte es echt loswerden. Es war ein Schnäppchen. Sie hat fast fünfzig Riesen weniger dafür verlangt als Jack Fine.«

»Das hättest du nicht tun müssen.«

»Du hättest auch nicht tun müssen, was du getan hast. Nichts davon. Aber du hast es getan.«

»Ja, na ja. Weißt du ... Es war ... für einen guten Zweck.«

»Welchen Zweck?«

»Dich.«

Wir sehen uns einen Moment an und es ist Gabe, der zuerst den Blick abwendet.

»Ich mag Remy nicht«, platze ich heraus.

Er dreht schnell den Kopf zurück.

»Ich meine, ich mag ihn schon. Aber nicht so. Nur für den Fall ... dass du das gedacht hast. Schließlich hat Aubrey das auch gedacht. Ich weiß nicht, wer noch diesem ... Irrglauben aufgesessen ist ...«

Er nickt. »Ich bin nicht mit Alice zusammen«, sagt er.

»Das sehe ich. Außer sie ist unsichtbar geworden.«

Das ruft ein leichtes Lächeln auf seinen Lippen hervor. »Du weißt schon, was ich meine.« Er hält kurz inne.

»Wir haben nie ... Wir haben einfach nur manchmal was zusammen gemacht. Sie mochte es, wenn jemand mit ihr zu den Schulpartys ging und so. Und ich mochte ...« Er wendet den Blick ab. »Ich habe sie erst kennengelernt, nachdem meine Mutter gestorben war. Das heißt, ich mochte es wohl einfach, etwas mit jemandem zu unternehmen, der mich nicht ... so ansah, wie alle anderen es manchmal tun.«

Ich nicke. Und ich kann es mir nicht verkneifen, es rutscht mir einfach raus ... »Unternimmst du deshalb auch was mit mir?«

»Nein«, sagt er, schnell genug, um jegliche Zweifel zu zerstreuen. »Hey, nein.«

»Und woran ...?«

Woran liegt es dann? Wenn es nicht an Remy liegt oder an Alice, wenn es kein Hindernis gibt, keine Hürde und kein Missverständnis, warum ist dann da immer noch dieser Abstand zwischen uns? Aber vielleicht war das nie der Grund. Vielleicht will er einfach nicht ...

Als er mich wieder ansieht, wirkt er unsicher.

»Ich dachte, dass du dich vielleicht einfach nicht ... weißt du.«

»Vor Leidenschaft nach dir verzehre mit der glühenden Hitze von tausend Sonnen?«

»Vielleicht nicht unbedingt tausend«, sagt er mit leuchtenden Augen. »Vielleicht nur eine. Eine richtig große Sonne. Und vielleicht nicht ausschließlich Leidenschaft, sondern Leidenschaft und all die anderen Sachen.«

»Mit der, sagen wir mal, Helligkeit eines Sterns und der rasenden Intensität eines Meteoriten und der ... diffusen Energie ... eines Gasplaneten?«

»Ja.«

Es ist kein Donnerschlag. Und auch kein Blitz, der mir durch und durch geht. Es ist keine magnetische Anziehungskraft auf den wahren Norden meines Herzens zu. Es ist einfach ... eine natürliche Reaktion, die Stufen von der Veranda hinunter auf ihn zuzugehen, das Gemälde immer noch zwischen uns. Es ist ein bisschen wie Atmen, wie das, was Remy gesagt hat – etwas, das man tut, ohne bewusst darüber nachzudenken. Etwas, das einfach so ist, weil es so ist; das es einfach gibt, weil es gar nicht anders geht.

Die Erkenntnis ist überwältigend, aber gleichzeitig auch nicht wirklich überraschend. Ich muss ihn schon die ganze Zeit über geliebt haben. Ich habe es nur nicht bemerkt.

»Ich werde dir zeigen, was ein Gasplanet ist, Gabe«, sage ich und küsse ihn.

Ich küsse ihn nur kurz, aber mit ganz viel Gefühl, dann löse ich mich ein Stück von ihm und sehe ihn an, die Augen aufgerissen, die Lippen leicht geöffnet, und als er mich strahlend anlächelt, kann ich nicht anders – ich mache doppelt so heftig weiter, ziehe ihn an mich und küsse ihn, als wäre es mir ernst, denn ja, ich meine es richtig ernst. Und als er mir mit einer Hand durchs Haar fährt und meinen Kuss genauso gefühlvoll erwidert, schicke ich ein lautloses Danke an Frank, dass er mich an jenem Abend auf der Veranda nicht geküsst hat, denn er hatte recht – das hier ist viel besser. Der Kuss damals wäre sicherlich lustig gewesen. Aber diesen hier werde ich in wunderbarer Erinnerung behalten.

»Wirklich?«, fragt Gabe, als wir uns einen Moment voneinander lösen. Ich schnaube unwillkürlich.

»Nein, du hast recht, ich habs mir anders überlegt.«

»Moment, wirklich?«, sagt er und nimmt mein Gesicht zwischen seine Hände.

»Ich mag dich«, sage ich. »Ich mag dich wie eine leidenschaftliche Sonne, ich mag dich wie einen Meteoriten, du bist für mich ein verdammter rosa Sternenregen.«

Er grinst. Und küsst mich wieder, aber dann lässt er mich los, stellt das Gemälde neben sich, legt einen Arm um mich und hält mich einfach fest, und ich glaube, das gefällt mir genauso gut. Es ist zumindest ein unglaublich inniger Moment.

»Aber du hast Nein gesagt«, sagt er leicht gedämpft. »Als ich dich gefragt habe, ob du mit mir ausgehst.«

»Moment mal, was?«

»Bei der Arbeit. Als ich dich gefragt habe, ob du mit ins Kino kommst, und du gesagt hast, du würdest Vera fragen.«

Ich rücke ein Stück von ihm ab. »Das war nicht … du hast mich nicht gefragt, ob wir zusammen *ausgehen*. Du hast gesagt, ich könne mitkommen, wenn ich wolle. Das ist nicht dasselbe, wie jemanden zu fragen, ob man zusammen ausgeht.«

»Für mich war es das schon«, sagt er verlegen, und ich würde ihm am liebsten eine runterhauen, ihn aber gleichzeitig auch für immer umarmen.

»Wenn du das nächste Mal ein Mädchen fragst, ob sie mit dir ausgeht, musst du vielleicht etwas weniger subtil vorgehen. Vielleicht solltest du versuchen, das Wort *Date* oder *zusammen* einfließen zu lassen. Es vielleicht auch als richtige Frage formulieren, weißt du, also am Ende des Satzes etwas mit der Stimme hochgehen?«

Er sieht mich nur an, ein wenig, als wollte er mir am liebsten eine runterhauen, mich aber vielleicht gleichzeitig auch für immer umarmen. Stattdessen küsst er mich einfach und es dauert lange, bis wir uns wieder voneinander lösen.

»Puh«, sagt er schließlich. »Wenn ich gewusst hätte, dass du mich küssen würdest, hätte ich mich nicht so nah neben die Mülltonnen gestellt.« Ich lächele, ganz nah bei ihm, fast direkt an seinen Lippen.

»Keine Sorge. In seinem Buch macht mein Vater es besser.«

Er schüttelt den Kopf.

»Unmöglich.«

Kapitel 55

»Wir haben gesehen, wie ihr euch draußen geküsst habt!«, krächzt Laney, als ich mit dem Bild in der Hand zurück ins Haus gehe. Gabe ist auf Veras Rad davongefahren. »Ich habs gesehen! Ich hab dich gesehen! Geküsst! Ihr habt euch geküsst!«

»Sie hat recht, das haben wir. Euch gesehen. Wie ihr euch geküsst habt«, sagt meine Mutter und kann sich nur mit Mühe ein Grinsen verkneifen. »Was hast du da? Was hat er dir geschenkt?«

»Außer seiner *Zunge*«, sagt Laney entzückt.

»Mom! Sie soll aufhören!«

»Was weißt du denn über die Zunge?«, fragt meine Mutter Laney. Sie kommt zu mir und nimmt mir das Gemälde ab. »Oh, wow. Das hat er dir geschenkt?«

»Ja«, sage ich. »Zusammen mit seiner Zunge.« Meine Mutter verzieht das Gesicht in meine Richtung, aber ihre Züge entspannen sich wieder, als sie die Leinwand betrachtet. »Ihre Mutter hat es gemalt.«

»Was für ein wundervolles Geschenk«, sagt sie und es stimmt. Das ist es.

Ich finde meinen Vater an diesem Abend tippend in seinem Arbeitszimmer vor. Als er mich im Türrahmen sieht, hält er inne.

»Mehr Fanfiction?«

»Heute Abend nicht.« Er schiebt sich seine Brille hoch in die Haare. »Was gibts?«

Ich zucke mit den Schultern und lehne mich an den Türrahmen. »Bin ich Penny?«, frage ich. »Aus *Sand an unserem Strand*? Und Austin und Sheila ... Bin ich sie? Sind sie ich?«

Er schweigt einen Moment, dann sagt er: »Sie sind sie. Und du bist du. Aber ohne dich gäbe es sie nicht.« Nach kurzer Pause fährt er fort: »Weißt du, der springende Punkt bei Fanfiction ist, dass sie aus Liebe entsteht. Figuren, die man so sehr liebt, dass man ihnen immer und immer wieder dabei zusehen will, wie sie sich auf tausend verschiedene Arten verlieben. Meine Figuren habe ich nie so sehr geliebt«, sagt er. »Aber dich liebe ich so sehr. Das heißt, vielleicht ... habe ich mich daran orientiert. Und das hat mich beeinflusst.«

Ich nicke. »Ich liebe dich auch. Na ja, ich will zwar kein Buch über dich schreiben, aber ich liebe dich auch.«

»Eines Tages tust du das vielleicht«, sagt er. »Einen Bestseller. Und Dex Finnegan kann mich dann im Film spielen.«

Ich lächele. »Das hättest du wohl gerne.«

Er erwidert mein Lächeln kurz, dann sieht er zu Boden. »Sloane … hör zu. Deine Mutter und ich, wir …«

»Schon okay. Wir müssen nicht darüber reden.«

»Wir sind ein noch nicht abgeschlossenes Werk.«

»Man sollte keine noch nicht abgeschlossenen Werke lesen«, murmele ich und er schüttelt den Kopf.

»Nein. Ich glaube, was das angeht, habe ich mich geirrt. Ich glaube … ich glaube, es hat etwas Schönes an sich zu sehen, wie es sich entwickelt. Man muss sich anstrengen und es besteht die Gefahr, dass man es nicht fertigstellt oder dass es nicht so endet, wie man es sich erhofft hat … Doch es hat trotzdem auch etwas Schönes an sich.«

Ich weiß nicht recht, ob ich ihm glaube. Aber ich denke, er glaubt sich wenigstens selbst. Immerhin.

Kapitel 56

In der nächsten Woche sitzt Aubrey neben mir im Chor.

»Wie ist das Vorsingen gelaufen?«, fragt sie.

»Ganz okay.«

Sie hebt eine Augenbraue. »Bloß okay?«

Jeder sollte Freunde haben, für die man sich eins auf die Fresse hauen lässt, hatte Gabe an jenem Abend bei der Party gesagt. Ich hatte bisher noch nie so eine Art Freundschaft gehabt. Aber vielleicht lag das daran, dass ich noch nie so eine Art Freundin gewesen war.

Und vielleicht würden Aubrey und ich nie wirklich ganz dicke miteinander werden. Aber ich könnte es wenigstens versuchen.

»Es war nicht so toll«, sage ich. »Aber ... wenn ich Glück habe, kriege ich vielleicht an einer anderen Uni noch eine Gelegenheit.«

Sie nickt. »Ich hoffe, es klappt.«

»Ich auch.«

Diese Woche ist es ungewöhnlich warm für die Jahreszeit und Vera schlägt vor, nach der Schule an den Strand zu fahren.

Ich bleibe mit Gabe etwas zurück, während die anderen vorlaufen. Vera springt Frank auf den Rücken und er trägt sie huckepack. Bree hüpft vor ihnen herum. Remy und Aubrey gehen etwas langsamer hinterher. Die Sonne steht niedrig am Himmel und sie sind alle in dieses goldene Winterlicht getaucht, das ihre Schatten unglaublich lang erscheinen lässt.

»Wie schätzt du die beiden ein?« Gabe nickt in Remys und Aubreys Richtung, als wir uns auf eine Bank setzen.

»Wie, schließen wir jetzt Wetten ab?«

»Nein.« Er zieht eine Grimasse. »Nein, ich meine nur ... Wie schätzt du sie ein?«

»Sie sind nicht wieder zusammen oder so.«

»Nein.«

»Aber in einer perfekten Welt«, sage ich, »würden sie genial zusammenpassen. Sieh sie dir doch an. Er ist hübsch und sie ist hübsch und sie würden erwachsen werden und hochintelligente, politisch engagierte Kinder bekommen, die konsequent ihren Müll trennen. Sie würden richtig sorgfältig ihren Müll trennen, Gabe.«

Er lächelt mich einen Moment an und ich kann nicht anders – ich küsse ihn.

»Wie komme ich denn dazu?«, fragt er, als wir uns voneinander lösen.

Ich zucke die Achseln. »Du riechst gut.« Und es

stimmt. Ich senke die Stimme zu einem Flüstern. »Du riechst wie tausend Babys, die tausend Jahre lang in der Plank-Position verharren.«

»Nach tausend Jahren wären sie allerdings keine Babys mehr«, entgegnet er ebenfalls flüsternd.

»Sie sind für immer Babys. Sie sind genetisch entsprechend programmiert.«

»Warum sollte jemand für immer ein Baby wollen? Mehr noch, warum wollen die Babys so trainierte Bauchmuskeln haben?«

Ich grinse und küsse ihn erneut.

Als wir wieder zum Strand hinsehen, ist Vera von Frank runtergeklettert, der jetzt mit Bree und Aubrey direkt am Ufer steht. Vera sieht zu uns herüber. Als sie unserem Blick begegnet, lächelt sie breit in der untergehenden Sonne. Sie drückt einen Kuss auf ihre Hand und legt sie dann auf ihr Herz.

Ich werfe Gabe einen Blick zu. Er erwidert die Geste.

»Nicht du!«, ruft Vera. »Sloane!«

Ich lache und mache dasselbe und es erinnert mich an das Grundschulritual von früher. Ein Versprechen. Ein Schwur. Und vielleicht bedeutet es etwas Ähnliches wie Ellas und mein *Bis morgen*, aber vielleicht reicht es auch tiefer als das. Vielleicht bedeutet es auch *Ich liebe dich*.

Dann zeigt Gabe Vera den Stinkefinger und sie schneidet eine Grimasse.

Vera dreht sich um und hüpft ans Wasser, wo sie Frank von hinten die Arme um die Taille schlingt. Er macht ein paar Tanzschritte und sie hält sich lachend fest. So ist Frank Sanger. Für alle da.

Ich sehe zu Gabe hinüber. Vielleicht habe ich mich geirrt, was mich angeht. Dass ich für niemanden da bin. Ich weiß nicht, was die Zukunft bringen wird. Mein Vater hat recht – es gibt keine Garantien. Überhaupt keine. Aber ich nehme Gabes Hand und verschränke meine Finger mit seinen und für den Moment ist das genug.

Wir sehen aufs Wasser hinaus und das ist für den Moment sogar mehr als genug.

Danksagung

Dass es dieses Buch gibt, ist zum Großteil auf die Magie der ausgezeichneten Lektorin Kate Farrell und der erstklassigen Agentin Bridget Smith zurückzuführen – mein herzlichster Dank an euch beide! Vielen Dank auch an das talentierte Team bei Macmillan/Henry Holt, mit ganz besonderem Dank an Brittany Pearlman für ihre Zauberkünste in Sachen Werbung, an die Leute der Website »Fierce Reads« für ihre fortwährende Großartigkeit und an Liz Dresner für die umwerfende Umschlaggestaltung.

Ich danke außerdem meiner Mama, meinem Papa, Hannie und Cappy für all ihre Liebe. Pei-Ciao, Rachel, Shawn und Lakshmi für die tolle Zeit. Rochelle für ihre scharfsinnige und stets hilfreiche Betalektüre. Wintaye für die Gespräche über Frank Sanger und Fanfiction. Sara, die mich in der Schlange beim Signieren überrascht hat! Mike und Sarah dafür, dass sie nie vergessen, großartig zu sein. Und auch den Mitgliedern der Elmify- und How-to-Adult-Communitys herzlichen Dank für eure Freundlichkeit und Unterstützung.

Erst mit vierundzwanzig habe ich Fanfiction entdeckt und es war eine Offenbarung. Seitdem habe ich viel Freude und Vergnügen daran gefunden. Vielen Dank an die Verfasser von Fanfiction überall, für alles, was ihr tut. Eine Million »Kudos« wären längst nicht genug.

www.koenigskinder-verlag.de

Originalverlag: Henry Holt and Company, LLC
Originaltitel: This Adventure Ends
Umschlaggestaltung und -typografie: Suse Kopp
Umschlagfotografie (Blumenmuster): iStock/Kotkoa
Umschlagfotografie (Vogel): Getty Images
Der Abdruck des Zitats auf S. 5 erfolgt mit freundlicher
Genehmigung des Rowohlt Verlags und stammt aus:
E. L. Konigsburg, *Die heimlichen Museumsgäste*

Aus dem Englischen von Katharina Diestelmeier
Lektorat: Maya Geis
Herstellung: Gunta Lauck
Satz: Pinkuin Satz und Datentechnik in der Prinzessinnenstraße in Berlin
Druck: CPI Books GmbH, Ulm
ISBN: 978-3-551-56037-7
Printed in Germany

MIX
Papier aus verantwortungsvollen Quellen
FSC® C083411